KB130875

우리 시대의
영감님

심규식 창작집

청어

작가의 말

직박구리를 지켜보며 한 철

지난 6월 중순쯤 서재 바로 밖에서 새 지저귀는 소리가 요란했다. 서재 창문을 열고 보니, 창 밖에 서 있는 단풍나무 가지 위에 어떤 놈들이 둥지를 짓고 있는 게 아닌가. 단풍나무는 창가에 바로 붙어 있어서, 서재에서 손을 뻗으면 닿을 지경이었다. 자세히 살펴보니 직박구리 부부가 나뭇가지나 마른 풀잎 등을 물어다가 둥지를 짓고 있었다. 그리고 직박구리 부부는 마치 아침이 왔음을 알리는 전령이라도 된 듯 이른 아침이면 매일 시끄럽게 울어 나의 잠을 깨웠다.

직박구리는 참새보다 몸집이 약간 크고, 제비처럼 날씬하며, 몸은 전체적으로 회갈색을 띠고 있다. 눈 밑으로 검고 큰 점이 있고, 부리는 붉거나 검은 색이다. 나무 열매나 음식 찌꺼기, 곤충, 채소 등을 먹으며, 겨울이면 남쪽으로 이동하는 놈들도 있으나, 우리나라 전역에 걸쳐 사는 텃새이다. 지난 겨울에도 우리 집 감나무 가지에 까치밥으로 남겨 놓은 몇 개의 홍시를 직박구리가 찍어먹는 걸 본 적이 있다.

나는 직박구리가 혹시 인기척에 위험을 느껴 다른 곳으로 이사를 갈까 봐 그 후로 아예 창문을 열지 않고, 마당에 나가서도 그쪽으로는 발걸음을 하지 않았다. 6월 말 경 직박구리는 4개의 앙증스런 알을 낳았다. 그리고 두어 주일이 지나자 4마리의 직박구리 새끼가 알을 깨고 나왔다. 이 글을 쓰는 지금도 직박구리 부부는 새끼들에게 먹이를 먹이느라 열심히 둥지를 드나들고 있다. 유리창 너머로 둥지를 내다보면 털도 덜 난 직박구리 새끼들은 커다란 입을 쩍쩍 벌리며 어미가 먹이를 먹여주길 기다리고 있다.

　나이가 들어가면서 생명 있는 모든 것을 보는 눈이 달라진다. 어린 아이들이 모두 다 예쁘고, 청소년들이 그렇게 의젓하고 믿음직스러울 수가 없다. 사람만이 아니다. 모든 동물이 다 귀하고 사랑스럽다. 그래서 애처롭다. 내 집을 찾아온 동물은 더 말할 것도 없다. 나는 직박구리 새끼 4마리가 아무 탈 없이 자라, 가능하다면 다시 우리 집 나무에 둥지를 틀고 우리 집 식구로 살기를 바란다.

대학을 졸업하자마자 등단하고 작품집도 낸 동료 소설가가 있었다. 나와 나이도 같은 젊은 그가 나는 몹시 부러웠다. 그런 그가 갑자기 절필을 하고 일체의 문학 활동을 하지 않았다. 잠깐 슬럼프가 왔나 했더니, 아예 글쓰기를 포기한 것이다. 한참 후 나는 그에게 이제 작품을 내놓을 때가 되지 않았느냐고 물었다. 그런데 그가 "어차피 거짓말인데 그깟 거짓말을 위하여 몇 날 며칠 머리를 싸매고 밤잠을 설칠 필요가 뭐 있느냐."고 했다. 나는 너무 놀라서 잠깐 우두망찰, 할 말을 잃었다. 소설에 대한 그의 가치관에 대해 할 말이 없던 것이다. 설마 작품집까지 낸 그의 소설관이 그럴 리가 있을까. 그러나 곰곰이 생각하니, 그가 소설에 대한 그의 가치관 때문이 아니라 소설을 쓰는 과정의 너무 힘든 고통 때문에 소설을 그만둔 것이 아닌가 하는 생각이 들었다. 퇴고에 퇴고를 거듭하며 오랜 기간에 걸쳐 애써 창작한 작품이 별 주목도 받지 못하고, 또 현실적으로도 경제적으로도 별 도움도 못 되니, 그런 생각을 할 만도 하지 않겠는가.

나는 소설이란 것에 가치를 두고 근 50년 소설을 써 왔으나, 세인이 놀랄 만한 문제작이나 역사에 남을 대작을 써 본 적이 없다. 그럼에도 나는 여전히 소설을 가치 있게 생각하고 소설을 짝사랑하고 있으니, 이 또한 타고난 운명이 아닌가 하는 생각도 해 본다.

나는 앞으로도 힘 닿는 대로 작품을 쓰려 한다. 그리고 이 나이가 되어서도 내가 넘어야 할 큰 산이 있음에 대해 고맙게 생각한다.

그간 가족들과 스승님들, 동학, 후배 여러분의 사랑과 가르침, 배려에 힘입어 오늘의 내가 있음을 새삼 느끼며, 머리 숙여 감사드린다.

2020년 초가을 삼가 저자 씀

차례

〈단편〉

우리 시대의 영감님

I.

사람을 평가할 때 신언서판이란 말을 하는데, 김치권 검사는 우선 누가 보더라도 과연 **빼어난** 인물입니다. 185센티미터의 헌칠한 키에 얼굴과 풍채는 그 누구냐, 미켈란젤론가 뭔가 하는 사람의 조각 있지요. 다윗인지 데이빗인지 하는 구약성서에 나오는 영웅 말입니다. 목동 노릇을 하다가 거인 골리앗을 돌팔매 하나로 때려잡아, 나중에 왕까지 되었다는 사람 있지 않습니까. 하기야 그 다윗이란 사람의 그림이나 조각도 여럿이라 어떤 것은 양가죽을 뒤집어 쓴 어린 소년의 모습을 한 것도 있지요만, 하여튼 미켈란젤로의 다윗은 미남 중의 미남 아닙니까. 김치권 검사가 그 다윗에 버금간다 하면 조금 과장이 될지 모르지만 누구나 한번 보면 감탄하지 않을 수 없는 용모를 지녔습니다. 게다가 얼굴 속에 전등을 켜 놓은 것처럼 귀티가 나서, 가히 보는 사람들의 혼줄을 흔들어 놓습니다요.

게다가 더욱 백미인 것은 김치권 검사의 언변입니다. 중후하면서도 둥근, 아름다운 목소리는 정말 뭐라 표현할 수가 없을 정도의 매력이 있습니다. 그의 목소리를 들은 사람들은 그가 아나운서나 성우(聲優)를 했으면 더 나을 걸 그랬다는 말을 많이 하곤 합니다. 김치권 자신도 그러한 자기 목소리에 자부심이 대단합니다.

그는 목소리만 좋은 게 아니라 언변 또한 타의 추종을 불허합니다. 보통 사람들이 원고 없이 그냥 말을 할 때엔 '에! 에!' 하는 간투사가 들어가기 십상이고, 한 말을 다시 중언부언하기도 하고, 쓸데없는 군소리가 붙기 마련인데, 김 검사는 어쩌면 그렇게 논리도 정연하게 군소리 하나 없이 술술 말이 나오는지, 마치 떡집에서 하얀 가래떡이 솔솔솔 빠져 나오는 것 같습니다요.

사람이 나이가 들면 어느 정도 배가 나오기 마련인데, 김치권 검사는 30대가 되어도 뱃살이 하나도 없어서 영락없이 미켈란젤로의 작품 다윗과 같고, 게다가 미적(美的) 감각이 남달라서 세련된 트렌치코트를 걸치고 모델처럼 걷습니다. 그러니 여자들이 그를 한번 보면 가슴앓이를 안 할 수 없지요. 심지어 남자들도 자기도 모르게 질투가 날 지경입니다.

더욱 놀라운 것은 김치권은 공부를 잘해서 초등학교에서 고등학교까지 12년간 한 번도 전교 수석을 놓쳐 본 적이 없다는 것입니다. 다들 알다시피 공부를 잘하려면 머리도 좋아야 하지만, 그에 못지않게 강한 의지와 노력이 있어야 하지 않습니까. 김치권과 함께 초등학교에서부터 고등학교까지 같은 학교를 다닌 석해종이란 학생이 있었는데, 한 번도 김치권을 이겨 본 적이 없었습니다. 어쩌다 한두 과목 그보다 몇 점 더 받은 적은 있었지만, 전과목으로 석차를 내면 언제나 김치권이 1등을 했고, 따라서 그의 동급생들은 누구나 그를 확고한 제1인자로 인정하지 않을 수 없었습니다. 석해종은 김치권을 그의 라이벌로 보고 그 나름으론 제법 해본다고 했지만 당랑거철(螳螂拒轍)이라 할까요. 늘 2인자 신세를 벗어나지 못했습니다. 너무 터무니없는 비유가 될지 모르지만, 삼국지를 보면 당대의 귀재(鬼才) 사마의가 제갈량에게 번번이 패하고 나서 "하늘이 나를 내고 왜 또 제갈량을 냈는가!"라고 탄식했다는데, 그때 석해종의 심정이 꼭 그랬습니다. 결과적으론 그도 치권이 덕택에 공부를 좀 한 셈이 됐지만.

　놀랍게도 김치권은 우리나라의 첫째가는 대학 법학과에 수석으로 입학을 했습니다. 그가 중고교에서 이름을 날렸더라도 그가 자란 곳은 지방의 작은 소도시라서 전국 1등을 할 줄은 아무도 몰랐습니다. 난리가 났죠! 난리가! 그 고을 역사상 없었던 일이라며 그런 요란법석이 없었습니다. 거리마다 〈경! 김치권 XX대학 수석 합격! 축!〉이라는 플래카드가 내걸리고, 교장은 물론 시의회 의장, 경찰서장, 시장까지 그의 집으로 축하 인사를 갔습니다. 김치권의 아버지 김희명씨는 황소를 잡아 몇 날이나 잔치를 벌였습니다.
　"이제 우리 읍에서도 영감님이 나오게 되셨구면!"
　"치권이가 효자여! 입신행도 양명어후세 이현부모 효지종야(立身行道 揚名於後世 以顯父母 孝之終也)라구! 이제 자네도 아들 덕택에 호강을 하게 생겼어! 부럽네, 부러워!"
　마을 사람들이 공짜로 술과 음식을 먹으면서 그 대가로 김희명씨에게 덕담을 한마디씩 하면, 김희명씨는 벌겋게 술이 취한 얼굴로,

"자식 자랑하는 놈이 팔불출이라는 걸 내 모르는 바 아니지만, 우리 치권이 놈이 잘나긴 잘났지! 허허허허!"

하고, 너털웃음을 터뜨리곤 했습니다. 치권이가 효도를 하긴 한 셈이지요.

고을 사람들의 기대에 어긋나지 않게 김치권은 대학 3학년 때 사법고시에 합격하고, 이후 줄곧 출세가도를 달렸습니다. 군 검찰관으로 병역 의무를 마친 그는 곧바로 부산 지방검찰청 검사로 발령을 받았고, 서울에서 대대로 명문(名門)으로 이름이 난 집안의 영애와 결혼을 하였습니다. 역시 잘난 사람이라 보통 사람들과는 가는 길이 달랐습니다. 장인과 처남들이 모두 정재계에서 이름을 떨치고 있으니!

그날 오전 김치권은 바로 그의 상관인 변상주 부장검사에게 불려갔습니다.

"김치권 검사! 김 검은 내 말이 말 같지 않나?!"

변 부장은 평소의 온화한 얼굴과는 달리 딱딱하게 굳어진 얼굴로 입을 열었습니다.

"부장님, 무슨 말씀이신지요?"

"내 지난번 〈부현건설〉 수사에 대해 말하지 않았나?"

"……"

〈부현건설〉은 부산지역에서 오래된 유명한 건설업체입니다. 그 〈부현건설〉이 해운대에 수십 층 되는 아파트를 건설하다가 인부 2명이 떨어져 죽은 사고가 난 것이지요. 비계(飛階)라나 뭐라나, 건축할 때 임시로 설치하는 안전발판 말이지요. 그게 무너지면서 네 명이 떨어졌는데, 그 중에 두 사람이 사망을 한 것이지요. 문제는 건설업체가 자기의 우월적 지위를 이용하여 죽은 인부들에게 배상을 거의 해 주지 않고 사건을 묻어 버리려 했다는 것입니다. 비계를 소홀하게 설치한 회사의 잘못에 대한 책임을 지지 않고, 일용 인부들의 실수로 몰아간 것이지요. 안전사고가 나면 건설업체의 평가에 마이너스가 난다나.

김치권은 하루 벌어서 하루 살아가는 막노동꾼의 열악한 작업 환경에 분노하고, 가장이 죽어도 대기업에 말 한마디 제대로 못하는 그 가족들에게 동정이 가서, 속된 말로 칼을 뽑았습니다. 여러 날 갖가지 증거를 수집하고 증인들을 확보하여 기소장을 만드는데, 직속상관인 변상주 부장검사가 그를 불렀습니다.

"김 검! 그 수사 그 정도에서 접게!"

변 부장검사는 심상한 얼굴로 평소 업무 지시하듯 말했습니다.

"그게 무슨 말씀이신지요?"

치권이 이해가 안 된 건 당연하지요.

"김 검! 눈치가 있어야지! 그 사람들은 김 검이 건드릴 수 있는 사람들이 아니야!"

"건드릴 수가 없다니요?"

"다친다니까! 김 검을 생각해서 하는 말이니 명심하게!"

그러나 김치권은 변 부장의 말을 듣지 않았습니다. 범죄가 명백한데, 지역 세력가들의 떠세에 지레 겁을 먹고 뺀 칼을 그냥 칼집에 집어넣는다는 게 말이 되는가. 정의를 수호하고 불의와 부패를 추상 같이 척결하겠다는 대한민국 검사가 한낱 세력 있는 기업의 횡포에 꿈쩍도 못하고 뜻을 굽히다니!

　그날 아침 출근하자마자 김치권 검사는 그간 작성한 기소장을 변 부장검사에게 결재를 올렸습니다. 〈부현건설〉을 불기소 처분하겠다는 게 아니라 〈부현건설〉의 범죄를 기소하는 내용이었습니다.

　"김 검! 내가 이 건(件)은 접어두랬잖아?! 지금 직속상관인 나를 무시하는 거야?"

　변 부장은 김치권이 작성한 기소장을 그의 책상에 내던지며 화를 냈습니다.

　"부장님, 아무리 그래도 이 건(件)은 너무 명백하게…."

　"자네, 지금 나를 가르치려는 거야?!"

　김치권이 채 말을 맺기도 전에 변 부장이 그의 말을 끊고 그를 노려보았습니다.

　"불기소 처분으로 결재 다시 올려!"

　변상주 부장은 불쾌한 표정으로 사무실을 나갔습니다.

　김치권 검사는 자존심이 상할 대로 상했습니다. 억울한 약자를 보호하고 불법을 저지른 사람들을 징치하여 사회 정의를 실현한다는 대한민국의 당당한 검사가 명백한 불의를 보고도 그냥 묵과한다는 게 도대체 말이 되는가.

그는 기소장을 가지고 바로 변 부장 집무실을 찾아갔습니다.

"왜?! 내 말에 항명이라도 하겠다는 겐가?"

"부장님 말씀을 납득할 수 없습니다. 부장님께서는 사적으론 저의 대학 선배님 되시고, 학창 시절엔 당시 군부 독재에 맞서서 치열한 투쟁을 벌인 투사라고 해서, 평소 존경해 왔습니다. 그런데 오늘 이런 말씀을 하시니, 이해하기 힘듭니다!"

"나도 검사가 사회 정의를 실현해야 한다는 생각은 변함이 없네! 그러나 이상과 현실은 달라! 나도 김 검의 생각이 잘못되었다는 건 아니네! 오히려 그 용기를 부럽게 생각하네! 김 검, 이리 앉아 보게!"

변 부장은 김치권 검사에게 자리를 권했습니다. 그리고 말했습니다.

"우리가 사물을 대하는 자세에는 두 가지가 있지. 하나는 이상주의적 발상이고, 다른 하나는 현실주의적 발상이네. 이상주의는 명분에 바탕하고 현실주의는 현실적 상황과 이익에 그 바탕을 두고 있지! 그리고 대체로 현실주의가 승리하지! 현실에 바탕을 두고 있기 때문이지. 김 검도 잘 알고 있겠지만, 고려말 최영 장군의 북벌 정책과 이성계의 4불가론이 그 한 예가 될 수 있지. 명분을 앞세운 최영 장군은 죽임을 당하고, 현실을 바탕으로 한 이성계는 조선 창업주가 되지 않는가. 병자호란 때 척화파가 이상주의적 명분을 앞세웠다면 주화파는 현실적 대안으로 청나라에 항복을 주장하지 않았던가. 척화파의 거두 김상헌이 인질로 청나라에 끌려간 데 비해 주화파를 이끌었던 이조판서 최명길은 영의정이 되지 않았나. 해방 후 김구, 김규식의 남북한 통일정부 주장과 이승만의 남한 단독정부 주장도 이상주의와 현실주의의 대립이라 볼 수 있지! 이처럼 이상주의는 대개 패배하기 마련이네. 그렇다고 이상주의가 존재할 필요가 없다는 말은 아니네! 이상주의가 패배하긴 하지만, 승리한 현실주의가 나아가야 할 원대한 목표를 제시하는 게 바로 그 패배한 이상주의니까. 그 때문에 패배한 이상주의는 후대에 칭송을 받고, 승리한 현실주의는 비난을 받는 게 아닌가. 이성계의 북진 정책, 효종의 북벌 정책, 남한 정부의 통일 정책은 모두 패배한 이상주의가 제시한 바로 그 정책이 아닌가. 내가 너무 상식적인 말을 길게 늘어놓았군! 나도 내 말이 꼭 옳다고는 못 하겠네! 그러나 지금 우리의 현실이 그렇네! 나도 어렸을 때부터 수재란 말깨나 듣고 자랐고, 스스로도 우리나라의 최고 엘리트라고 자부했었네! 그러나 검찰 세계에 들어와 보니, 검사란 거대한 검찰 조직체의 한낱 세포 같은 존재였고, 그 중에서도 가장 말단에 속한 쫄짜였네! 아마 엔간한 사람들은 다 들어본 적이 있는 말로 '검사 동일체 원칙'이라는 것이 있잖은가. 검찰총장을 정점(頂點)으로 하여 피라미드형 계층적 조직체로서 검찰 권력을 일체(一體) 불가분의 유기적 동일체로 행사하기 위한 법령이라 볼 수 있지! 그런데 이게 잘못 작동되면 우리 검찰은 무조건적인 상명하복(上命下服)의 군대 같은 조직이 되고, 개인의 의사나 재량이 전혀 발휘될 수 없는 권위주의적 조직이 되기도 하지. 그리고 안타깝게도 많은 법령은 힘 없는 사람들을 보호하는 방패가 아니라 힘 있는 사람들의 창 역할을 하는 경우가 대부분일세. 〈부현건설〉의 수사 중지는 내 뜻이 아니라 지검장의 지시일세. 솔직히 말하자면 지검장의 위엔 더 높은 상사들과 이 지역의 정치인, 중앙정치의 대부들, 심지어는 청와대까지도 연관이 되어 있을 걸세. 셰익스피어의 명언 "To be or not to be. That is the question!(사느냐 죽느냐 그것이 문제로다!)"이지. 부디 잘 생각해서 행동하게. 일개인은 정의로울 수 있지만 지극히 연약하고, 그를 둘러싸고 있는 세계는 악하지만 강고하기 짝이 없네! 그 때문에 개인과 세계의 대결에선 대개 개인이 패배하고, 그게 바로 비극 아닌가. 통속 소설이나 드라마에선 해피 엔딩으로 대중들에게 카타르시스를 주지만, 그것은 그들의 소망이며 당위(當爲)일 뿐 현실이 아닐세! 이따가 저녁에 술이나 한 잔 하세!"

그날 밤, 김치권 검사는 변 부장검사를 따라 부산에서 가장 유명한 비밀 요정 물랭루즈로 갔습니다. 김 검사의 2년 선배인 이상현 검사와 변 부장검사, 그리고 송구헌 지검장이 그날의 일행이었습니다. 물랭루즈는 그 명성답게 실내 장식이 화려하기 그지없을 뿐 아니라, 술 시중을 드는 여자들이 하나같이 아름답고 싱싱한 영계입니다. 여자를 어린 영계라고 표현하는 게 크게 잘못된 일이지만 그 세계의 속된 표현이 그렇다는 얘기입니다.

"아이고, 영감님들! 얼굴 잊어 먹겠어요! 오늘 우리 물랭루즈의 최고의 미녀들이 영감님들을 기다리고 있습니다!"

마담의 호들갑스러운 환영에 이어, 갓 20이 넘었을까 말까 한 아가씨 4

명이 미리 문 앞에 기다리고 있다가 그들을 최고의 비밀 객실로 안내했습니다. 그 객실엔 물론 술도 여러 나라의 명주(名酒)로 골고루 갖춰져 있고, 안주 또한 러시아에서 공수해온 철갑상어 알이라든지, 중국에서 온 삭스핀, 웅장(熊掌), 연와(燕窩), 녹미(鹿尾) 등 진미 중의 진미가 상다리가 부러지게 차려져 있었습니다.

"김 검, 이 검, 그간 수고 많았는데, 오랜만에 스트레스 좀 풀어보게! 검사장님도 오늘은 좀 취하셔야 합니다."

변 부장이 김 검과 이 검, 송 지검장에게 말하고는, "야들아! 오늘 이 영감님들 제대로 한번 모셔 봐라!"

하고는, 가방을 열어 현찰 100만 원씩이 묶인 돈다발 4개를 아가씨들에게 호기 좋게 던졌습니다. 수표를 사용하면 간단하지만 이런 데서는 흔적을 남기지 않기 위해 현찰을 쓰는 게 관행입니다. 현찰도 혹시 있을 뒤탈을 걱정해서 은행에서 막 나온 신권은 쓰지 않습니다. 역시 자본주의 나라에선 돈이 최곱니다. 돈은 힘이 셉니다. 아가씨들은 돈 다발을 보자 바로 겉옷을 벗고 네 영감님들 옆에 바싹 달라붙습니다. 손바닥만 한 비키니만 착용한 젊은 아가씨들의 아슬아슬한 몸매는 풍만하면서도 날씬합니다. 게다가 그녀들의 몸에서 진하게 풍겨나는 뇌쇄적인 향내는 사내들의 얼을 빼놓기에 부족함이 없습니다.

영감님들은 아가씨들이 홍홍거리면서 권하는 향기로운 술 몇 잔에 해롱해롱합니다.

"이런 자리에 가무가 없어서야 되겠나? 우선 노래부터 한 곡조씩 뽑아
봐!"

송 지검장의 말에 그의 파트너인 미스 홍이 객실 한쪽에 있는 무대로
나가, 가라오케의 마이크를 들고 요란한 반주에 맞춰 노래를 불렀습니다.

꽃 피는 동백섬에 봄이 왔건만, 형제 떠난 부산항에 갈매기만 슬피우
네. …….

"이별의 부산 정거장도 한번 불러 봐라!"

변 부장이 그의 짝인 미스 최에게 말하자, 미스 최가 무대에 나갔습니다.

시간이 지날수록 술잔이 어지럽게 돌고, 분위기가 무르익으면서 사내들
은 여자의 브래지어 속에 손을 집어넣고 농염한 육체를 마음껏 주무르고,
여자들은 사내들의 손길이 스칠 때마다 까르르 까르르 이래야 교태야 아양
을 떨며 사내들의 욕망을 자극합니다.

취할 대로 취한 송 지검장이

"어! 취한다! 난 잠깐 쉬어야겠어!"

하고 말하자 미스 홍이 냉큼 그를 부축하여, 객실 옆에 숨겨져 있는 비밀
침실로 모셔갔습니다. 그 침실로 통하는 문은 벽처럼 위장되어 있어서, 언
뜻 보면 알 수 없는 비밀의 공간입니다. 잠시 후 그 방에서는 남녀의 숨 가
쁜 신음이 들려왔습니다.

"흐흐흐흐! 역시 우리 지검장님은 정력이 좋아! 자네들에게 지검장님이 저렇게 적나라한 모습을 보이는 것은, 이제 자네들을 그의 사람으로 인정하겠다는 것이야! 그렇지 않으면 약점이 될지도 모를 저런 모습을 자네들에게 보이겠나?! 지검장님의 줄은 튼튼하기 짝이 없는 동아줄이야! 자네들은 그 동아줄을 잡게 되었으니, 앞길이 탄탄할 게야! 출세를 하려면 줄을 잘 잡는게 가장 중요하지! 썩은 동아줄을 잡았다가 호랑이가 수수밭에 떨어져 죽었다는 얘길 자네들도 잘 알 게야! 자네들도 쉬고 싶으면 들어가서 쉬어!"

변 부장은 그의 파트너 미스 최를 데리고 지검장이 들어간 옆 방으로 들어갔습니다.

"이거, 우리가 요지경 속에 들어왔구먼! 야, 미스 장! 거 '요지경'이란 노래 있지! 그거 한번 불러 봐!"

이상현 검사가 그의 짝 미스 장에게 말했습니다.

세상은 요지경, 요지경 속이다.
잘난 사람 잘난 대로 살고, 못난 사람 못난 대로 산다.
야이 야이 야들아, 내 말 좀 들어라.
여기도 짜가, 저기도 짜가, 짜가가 판친다.
인생 살면 칠팔십 년 화살같이 속히 간다.
정신 차려라 요지경에 빠진다.

김치권 검사와 이상현 검사도 무대로 올라가 미친 듯이 몸을 흔들며 여자들과 함께 노래를 불렀습니다.

2.

변상주 부장검사가 정신을 차린 것은 한참 후였습니다. 미스 최와 함께 침대에서 뒹굴다가 깜빡 잠에 떨어졌는데, 옆에 아무도 없었습니다. 객실로 나가보니, 아가씨들만 술잔을 홀짝거리고 있었습니다.

"다른 영감님들은 먼저 가셨습니다."

변 부장은 엄청나게 비싼 술값을 치르고 물랭루즈 밖으로 나갔습니다. 밤이 깊어 길거리엔 술 취한 사람들만 몇 보일 뿐 한적했습니다. 그는 택시를 잡아타고 해운대에 있는 그의 텅 빈 아파트로 돌아왔습니다.

변상주 부장검사의 가족들은 모두 서울에 살고 있습니다. 그의 아내는 아이들 교육을 핑계 삼아 그의 임지인 부산으로 따라오지 않았고, 그도 그것을 당연하게 여겼습니다. 서울 토박이 재력가의 딸이고, 동창들, 친지들과 어울려 놀기를 좋아하는 아내가 아는 사람 하나 없는 부산에 와서 하루 종일 아파트를 지키고 있다는 게 말이 안 되지요. 그는 냉장고에서 독한 위스키와 치즈를 꺼내서 탁자에 놓고, 다시 술을 마셨습니다. 오늘 상그릴라에서 엉망이 되도록 술을 마셨는데도 이상하게 잠이 오지 않았습니다.

30층 고층건물인 그의 아파트에서 밖을 보면 검은 바다가 바로 발밑까지 밀려와 있고, 오늘 따라 하늘엔 밝은 달이 둥두렷이 솟아 있습니다. 그의 입에선 뜻밖에도 수십 년 동안 불러보지 않았던 노래가 나직이 흘러나왔습니다.

> 푸른 하늘 은하수 하얀 쪽배엔, 계수나무 한 나무 토끼 한 마리.
> 돛대도 아니 달고 삿대도 없이, 가기도 잘도 간다 서쪽 나라로.
> 은하수를 건너서 구름나라로, 구름나라 지나선 어디로 가나.
> 멀리서 반짝반짝 비추이는 건, 샛별이 등대란다 길을 찾아라.

밝은 달을 한참 보고 있자 갑자기 견딜 수 없게 속이 뒤틀렸습니다. 변 부장은 비틀거리는 걸음으로 화장실로 달려가, 변기에 오물을 쏟았습니다. 구토는 오래 계속되었고, 변기엔 그가 토한 오물이 가득했습니다. 제기랄! 더럽기는! 고개를 들자 벽에 붙은 거울에 눈물어린 멍한 눈과 아무렇게나 흐트러진 머리를 한 중년 사내의 심란한 얼굴이 들어왔습니다. 그는 세면대에 머리를 박고 세차게 물을 틀었습니다. 차가운 물에 정신이 좀 드는 것도 같았습니다. 그는 거실로 나와 소파에 앉아 하늘의 달을 쳐다보았습니다. 샛별이 등대란다 길을 찾아라! 문득 그 동요의 지은이가 윤극영이란 생각이 떠올랐습니다. 한때는 나도 신동이란 말을 들은 적이 있었지! 신동의 꼬락서니가 이게 무어냐? 문득 아까 요정에서 아가씨를 껴안고 해롱거리던 자기의 모습이 떠올랐습니다.

지검장과 두 검사가 새파란 젊은 아가씨를 희롱하느라 정신이 없을 때 그는 그들이 눈치채지 않게 일어나 그들의 옷을 걸어놓은 곳으로 갔습니다. 그리고 가방을 열어 김 검사와 이 검사의 호주머니에 천만 원짜리 현찰 다발 2개씩을 쑤셔 넣고, 송 지검장 외투의 속주머니에는 다섯 개의 돈다발을 쑤셔 넣었습니다. 〈부현건설〉 일을 보는 박 변호사가 CCTV가 없는 화장실에서 그의 가방에 넣어 준 현찰이었습니다. 그는 가방을 열어 보았습니다. 가방에는 5개의 현찰뭉치가 들어 있었습니다.

변상주 부장은 얼마 전 누님 혜순이의 전화를 생각했습니다. 혜순이는 초등학교를 마친 뒤 서울로 가서 이른바 구로공단 봉제공장에서 공순이로 청춘을 다 보내고, 함께 공장생활을 한 재단사와 결혼을 하여, 지금은 동대문 근처에서 남편과 함께 작은 공장을 하고 있는 그의 누님입니다. 변상주는 산골 초등학교에서 신동이란 말을 들으며 자랐기에, 그의 집안 처지로선 과분하게 중학교 시절부터 서울로 가서 학교를 다니게 되었습니다. 그가 서울로 갈 수 있었던 것은 3년 전부터 서울에 가 있던 누님 덕이 컸습니다. 대학에 들어갈 때까지 중고등 시절을 그는 누님의 작은 자취방에서 기숙하며 누님의 도움을 받으면서 공부를 했으니까요. 그 시절 누님은 하루 열댓 시간의 노동을 하고 몇 푼 안 되는 급료를 받으며 헌신적으로 그의 뒷바라지를 해 주었으며, 결혼한 뒤에도 그가 사법고시에 합격할 때까지 계속 그의 학업에 도움을 주었습니다. 그러나 누님은 그가 검사가 된 뒤에도 그에게 생색을 내거나 보답을 바라지도 않았습니다. 그런데 얼마 전에 전화가 왔습니다. 이런 저런 안부를 묻고 누님은 어렵게 말을 꺼냈습니다.

"너 혹시 여윳돈 좀 있니? 요즈음 공장 사정이 갑자기 어려워져서…. 중국에 많은 물건을 수출했는데, 그 대금을 사기 당했다. 잠깐만 돈을 좀 변통해 주면 얼마 안 가 갚을 수 있겠는데."

그는 선뜻 대답을 하지 못하고 머뭇거렸습니다. 그러자 누님이

"아니다. 봉급 받고 사는 공무원이 무슨 돈이 있겠니? 없었던 일로 하자!"

하고 전화를 끊었습니다. 사실 그에게 돈이 없는 것은 아니었습니다. 검사의 봉급은 얼마 되지 않았지만, 살다 보니 저절로 돈이 들어왔습니다. 물론 떳떳한 돈은 아닙니다. 그렇다고 그가 검사라는 직위를 이용해서 적극적으로 축재를 하려고 했던 것도 아닙니다. 권력이 있으면 저절로 따르는 것이 돈입니다. 검사나 판사는 뒤가 구린 놈들에겐 저승사자보다 무서운 존재입니다. 법망에 걸린 놈은 검사나 판사의 말 한마디에 죽고 살기도 하고, 떳떳이 대로를 활보하느냐, 비좁은 감옥에서 콩밥을 먹느냐가 결정되니까요. 그러니 돈 있는 놈들이 법망에 걸리면 그냥 감방에 들어가겠습니까. 변호사를 쓰거나 브로커를 동원하여 돈을 뿌릴 대로 뿌리고 법망을 빠져 나가는 것이지요. 옛날 중국 한(漢)나라 사마천이 지은 〈사기(史記)〉라는 책을 보면 〈화식열전(貨殖列傳)〉이라는 부분이 있는데, 거기에 만금이 있으면 제후의 목도 잘라올 수 있고, 만금이 있으면 아무리 백 번 죽을 죄를 지은 자식이라도 그 목숨을 건져낸다는 말이 있지요. 옛날이나 지금이나 재물은 사람을 부리는 요물 중의 요물이지요.

"건강해야 공부도 하지! 이것 좀 먹어!"

얼마 안 되는 봉급을 받을 때마다 시장에서 닭을 사다가, 밥상머리에 앉아 닭다리를 뜯어 주던 누님의 말이 문득 떠올랐습니다. 변상주 부장의 눈에 다시 눈물이 글썽 솟아올랐습니다. 배은망덕한 놈! 그는 스스로를 나무랐습니다. 내일이 마침 휴일이니, 누님을 찾아갈 생각을 합니다. 그의 소파 뒤쪽에는 남모르게 숨겨 놓은 현찰이 다발로 숨겨져 있습니다. 금괴도 여러 개 들어 있습니다. 떳떳치 않은 돈이라 증거를 남기지 않으려고 현찰이나 금으로 주고 받은 것이지요.

변상주 부장도 처음 검사가 되었을 땐 기고만장했습니다. 국가의 부름을 받은 젊은 검사로서 정의가 넘치고 범죄가 없는 사회를 만들기 위해 평생을 대쪽같이 살리라 굳게 결심도 했습니다. 가난하고 불쌍한 사람들 편이 되어 돈과 권력을 가진 자들의 불의에 철퇴를 내리는 추상같은 검사가 되리라 결의를 굳혔습니다. 그러나 현실은 그게 아니었습니다.

우선 업무가 너무 많았습니다. 거의 매달 250~300건에 이르는 많은 사건을 처리해야 했습니다. 도둑, 강도, 강간, 살인 등 온갖 지저분한 사건들에 묻혀 지내다 보면 하루가 어떻게 가는지도 모릅니다. 거의 매일 밤 늦은 시간까지 야근을 하기 일쑤입니다. 그런데도 부장검사는 월말만 되면 일을 제 때에 다 처리하지 못했다고 호통을 칩니다.

"다른 검사들은 재깍재깍 잘도 하는데, 변 검은 뭘 그렇게 주물떡거리고 있어? 그깟 잡범놈들 대충대충 처리해 버려! 개 돼지만도 못한 것들 때문에 머리 썩일 것 뭐 있나! 이 사람아, 그렇게 무능력하면 근평(勤評)에 문제가 생겨!"

부장검사는 근평을 무기로 휘하 검사들을 마치 옛날 양반이 하인 다루듯 합니다. 근평이 무엇입니까. 모든 공무원들을 해마다 한 번씩 점수로 평가하여, 승진이나 전보(轉補)의 자료로 활용하는 것 아닙니까. 그러니 좀 억울해도 윗사람에게 대들지를 못하고 유구무언으로 고개를 숙여야 합니다. 날마다 범죄자나 범죄 피의자들과 씨름을 하다 보니, 지치고 짜증이 나기도 합니다. 그러다 보면 경찰에서 넘어온 사건 중에 좀 미심쩍은 것이 있어도 대개는 조서(調書)에 적혀 있는 대로 처리하고 맙니다. 그 많은 사건을 재조사하고 새로 조서를 작성하기엔 시간도 인력도 너무나 부족하기 때문입니다.

신문이나 방송을 보면 죄인이 아닌 사람이 억울하게 옥살이를 하다가 뒤늦게 무죄임이 밝혀져 경찰이나 검찰이 비난을 받는 경우도 있습니다만, 검찰들은 왜 그런 일이 일어나는지 잘 알고 있습니다. 그런 억울한 일을 당한 사람들은 대개 그 범행이 일어난 지역의 전과자나, 불량배, 혹은 정신지체자로서 직업도 없이 얼쩡거리는 사람일 경우가 많습니다. 사건이 일어나면 경찰은 우선 그런 사람들을 범인으로 지목하고, 범인으로 몰아 부치고, 그런 사람들은 제대로 된 변호사의 도움을 받지 못하는 경우가 많기 때문이지요. 요즈음엔 인권이니 뭐니 하며 떠들어 대는 사람들이나 단체도 많지만, 매일 도둑놈, 강도범, 강간범, 살인자 같은 사람들만 상대하다 보면 인권이란 것도 사치스럽게 느껴지는 것이지요.

잡범의 경우 대개 검사가 마음대로 처리하지만, 피의자가 돈과 권력을 함께 지닌 거물이라면 이야기가 다릅니다. 법대로 처리할 수가 없습니다.

그가 처음 부임했을 때였습니다.

"변 검사, 경찰서 형사 몇 데리고 XX종합병원에 가서 깡패 한 놈 잡아와!"

부장검사의 지시대로 그는 형사 몇을 데리고 병원으로 갔습니다. 병원 로비에선 젊은 남자가 술에 취해 난동을 부리고 있었습니다. 그의 말인즉슨, 그의 아내가 출산일이 다 되어 입원했는데, 의사의 잘못으로 아이를 사산했다는 것입니다. 그런데 병원에서는 의료 과실을 인정하지 않고 그의 아내를 막무가내로 퇴원시켰다는 것입니다. 변 검사는 그 사내가 깡패가 아니고, 그의 난동에 그럴 만한 까닭이 있다고 부장검사에게 소명했으나, 부장검사는

"변 검! 아직 순진하구먼! 정히 억울하면 고소하라고 해! 그런 일로 돈 뜯으려는 놈이 어디 한둘인 줄 아나! 난동죄로 콩밥 먹기 싫으면 찍소리 말고 집에 엎드려 있으라고 해!"

하고 말했습니다. 병원장이 지검장에게 전화를 한 것입니다. 지방 도시의 경우 지검장이나 지원장이 임명을 받고 부임하면, 그 지방의 기업가, 큰 병원장, 돈 많은 유지 등 방귀깨나 뀐다는 사람들과 상견례를 합니다. 어느 도시에나 그런 모임이 있지 않습니까. XX클럽, YY회, ZZ모임 등 이른

바 그 지역 유지라는 사람들의 친목 모임 말입니다. 인간을 사회적 동물이라 일컫듯이 사람이 사는 사회에서 서로 알고 지낸다는 것은 꼭 필요하고 유용한 일이지요. 그들은 가끔씩 모여 골프도 치고 카드놀이도 하고 술도 마시며 친목을 도모하고, 결정적일 때 서로를 이용합니다. 사실 판검사를 영감님이라 하여 존대하지만, 그들 또한 공직자라서 봉급이 얼마 되지 않습니다. 솔직히 말해 봉급만으로 생활하다 보면 셋방살이를 벗어나기 어렵고, 아이들이 중고등학교에 들어가면 과외비도 감당하지 못할 수준입니다. 아랫사람들 회식 한 번 시켜 주는 데도 만만찮은 비용이 드는데, 그 비용은 윗사람이 감당해야 체면이 섭니다. 명색이 검찰청 사람들인데, 너무 싸구려 음식점으로 갈 수도 없고…. 그럴 때 돈 많은 유지들이 스폰서 역할을 합니다. 자연스럽게 유착(癒着) 관계가 형성됩니다. 그러다보니 그 사람들에게 무슨 일이 발생하면 뒤를 봐 주는 것이지요. 누이 좋고 매부 좋다는 게 그런 것 아니겠습니까.

"그 사람들 수백억, 수천억씩 가진 사람들인데, 소득 재분배 좀 하는 거지! 그 사람들은 감방에 갈 것 안 가서 좋고, 우리는 그 사람들 선처해 주고 그 덕 좀 보고, 국가에선 그 사람들 교도소에서 먹여 살릴 예산을 아끼니, 일석삼조 좋은 일 아닌가? 변 검사 혼자 정의니 뭐니 해 봤자 공연히 윗사람 눈밖에 나기만 하고, 승진도 어려워! 좋은 게 좋은 거지! 자네도 전관 예우란 말 들어 봤지? 퇴임한 판검사가 변호사가 되어 1년에 수십억, 아니면 100억 대를 번다는데, 그게 대체 무슨 말이겠어? 아무리 예전에 상사였다 하더라도 현직에 있는 판검사가 아무 대가도 없이 옛 상사의 청탁을 들어 주겠나? 다 기브 앤 테이크(give and take) 아니겠나."

언젠가 재벌 집안 자식이 마약사범으로 걸렸을 때 그의 직속상사인 부부장검사가 그에게 한 말이었습니다. 부부장검사는 덧붙여서

"최고 엘리트로서 나랏일에 전념하는 법관이 그만한 혜택을 누리는 건 당연한 것이지! 공짜가 어디 있나. 변 검도 앞으로 승승장구 출세를 하려면 줄을 잘 서고, 줄 윗사람들에게 잘 보여야 해. 갖다 주는 거 싫어하는 사람 없네!"

라고 말했습니다. 출세를 하려면 윗사람 말을 잘 듣고, 뇌물을 잘 바쳐야 한다는 말이었습니다. 그리고 변상주 검사는 누구 못지않게 그런 검찰사회에 재빠르게 적응했습니다. 그 덕택에 그는 동료 검사들을 세치고 돈이 될 만한 큰 사건을 주로 배당 받았습니다. 그는 사건을 맡으면 으레 미리 윗사람들의 의중을 물어서 처리를 했고, 극진한 향응과 두둑한 사례를 잊지 않았고, 당연히 다른 검사들보다 승진도 빨랐습니다.

며칠 전, 아내는 전화로 아이들을 미국으로 유학을 보내야겠다는 말을 했습니다. 이제 중3과 중1인 어린 남매지요. 우리나라의 대학 입학은 너무 어렵고, 국제화 시대에 살아 남으려면 미국에서 중고등학교와 대학을 나오는 게 유리하다는 아내의 얘기였습니다. 그가 아직 어린 애들을 미리 먼 나라에 보낼 필요가 있냐고 말하자 아내는,

"당신은 그렇게 세상을 몰라요? 지금 법조계 고위직에 있는 사람들 자식

중에 유학 안 간 애가 있는 줄 알아요?"

하고 퉁바리를 주었습니다. 변 부장도 대부분의 고위 검찰들이 그 자녀들을 어렸을 때부터 유학을 보내고, 심지어는 부인까지 아이들을 따라가서, 남자들은 기러기 아빠 노릇을 하고 있다는 걸 알고 있습니다. 그는 사실 아이들이 일찍부터 유학을 가는 것에 부정적인 생각을 지니고 있습니다. 아직 뚜렷한 가치관이나 민족관이 서지 않은 어린 나이에 유학을 가면 정체성의 혼란을 느낄 뿐 아니라, 너무 오래 외국 생활을 하다 보면 나중에 귀국해서도 우리나라 관습에 적응하기 어렵지 않을까 하는 생각입니다. 유학을 가려면 대학을 졸업한 뒤 본인이 더 공부를 하고 싶을 때 본인 의사로 가는 것이 바람직하지, 부모의 뜻에 의해 어린 나이에 유학을 간다는 것은 아니라는 게 그의 생각입니다.

변 부장은 아내에게 전화를 걸었습니다. 아내의 뜻대로 하라는 말을 하기 위함이었습니다. 집안의 평화를 위해 그게 좋기 때문입니다. 그가 서울에서 식구들과 함께 살 때도 거의 매일 야근을 하자 집안 일은 저절로 아내의 몫이 되었고, 아파트를 바꾼다든지 아이들을 특수학교에 보낸다든지 하는 집안 일은 대부분 아내의 뜻대로 되었습니다. 부장검사로 승진하여 부산으로 내려온 뒤엔 더욱 그렇게 되었습니다. 그가 아내와 다른 생각을 말해도 아내는 좀처럼 자기의 뜻을 굽히지 않고, 결국 집안의 평화만 깨지게 됩니다.

그러나 전화는 신호음만 울릴 뿐 아내는 전화를 받지 않았습니다. 그는 다시 위스키를 마시며 무연히 바다를 바라보았습니다.

3.

송구헌 검사장은 몽롱한 기분으로 귀가했습니다. 나긋나긋하고 풍만한 젊은 여자와 관계를 가진 게 얼마만인가. 그는 아직도 그 흐뭇한 여체의 향기에 취해 무릉도원을 걷는 기분입니다. 물론 그는 얼마 전 어느 도의 도지사와 광역시의 시장이 그의 밑에 있던 부하 여직원을 건드렸다가 패가망신한 일을 잘 알고 있습니다. 그보다 얼마 전에는 그들 검찰조직의 총수가 본부인 외에 축첩을 하고, 그 여자에게서 자식까지 두었다가, 하루아침에 그 자리에서 쫓겨났던 일도 있었습니다. 또 검사로서 30여 년을 승승장구하여 법무차관까지 올라간 사람이 성상납 문제 때문에 법원에 불려다니며 개망신을 당한 일도 잘 기억하고 있습니다. 높은 지위로 올라갈수록 조심해야 하는 것이 둘이 있는데, 그 하나는 입이고, 나머지 하나는 거시기라는 말이 있습니다.

앞에서 다윗왕의 얘기를 했는데, 다윗처럼 뛰어난 왕도 권력에 도취되자 자기 휘하 장군인 우리야의 부인 밧세바에게 반하여, 우리야 장군을 전쟁터로 내보내서 죽게 한 뒤 그 부인을 취하는 치명적인 실수를 저질렀다 합니다. 하느님께선 이를 악하게 여겨 그에게 벌을 내렸으니, 다윗의 큰아들 암논이 배다른 누이를 강제로 범하고, 그 누이와 동복(同腹)인 압살롬이 이에 분개하여 암논을 죽이고 끝내 반역하여 아비 다윗과 싸우다가 사망하는 징계를 내립니다. 이 일로 인해 권력에 취하여 여자 때문에 패가망신하는 것을 '밧세바 신드롬'이라 합니다. 송 검사장도 여자가 얼마나 치명적인 존재인가 잘 알면서도 막상 젊고 요염한 여자가 육탄 공세를 벌이면 속절없이 무너지고 맙니다. 손만 뻗으면 마음껏 즐길 수 있는 여자가 바로 옆에 있는데, 사내놈으로서 그런 향락을 거절할 수 있는 자가 얼마나 있습니까. 또 아니 할 말로 그런 향락을 즐길 수 없다면 권세와 돈이 무슨 소용입니까. 겉으로야 국가와 민족을 위해서 애국을 한다는 명분을 내세우고 있지만, 권세에 따르는 부귀영화와 향락이 없다면 누가 그렇게 권력을 갖기 위해 불철주야 수고를 하겠습니까. 부귀영화와 향락은 어찌 보면 인생에서 승리한 자들의 전리품 같은 것이지요. 문제는 뒤처리를 얼마나 깔끔하게 하느냐 하는 것이지요. 그 첫째는 문제를 일으키지 않을 여자를 선택한다는 것이고, 둘째는 증거를 남기지 않는다는 것입니다. 그리고 만약을 위하여 검찰청을 드나드는 언론 기자들을 자기 편으로 만들어 놓는다는 것입니다. 결국 모든 것이 돈으로 해결되는 것입지요.

　요즈음 송구헌 검사장은 언제 옷을 벗고 변호사 개업을 하느냐 하는 문제로 고민 중입니다. 검사장은 일반 행정부의 차관급으로 그가 올라갈 수 있는 최고의 자리입니다. 물론 그 위에는 검찰총장이 있습니다만, 검찰총장은 아무나 올라갈 수 있는 자리가 아닙니다. 두루 알다시피 검찰총장은 우리나라의 2천여 명이 넘는 모든 검사들을 지휘하는 총수인지라 대통령이 임명하고 국회의 청문회를 거쳐야 하는 장관급 자리입니다. 그만큼 정치적인 판단에 의해 좌우되는 자리이기 때문에 실질적으로 청와대와 선(線)이 닿지 않은 사람은 감히 넘보기 어렵습니다. 현 검찰총장의 임기가 거의 다 되어 가는데, 차기 총장은 송 검사장보다 연수원 기수가 아래인 사람이 발탁될 것이 거의 분명합니다. 그리 되면 그보다 연수원 선배가 되는 사람들은 다 물러나는 것이 관례입니다. 신임 검찰총장이 소신껏 행정을 펴도록 생긴 관례이지요.

사실 평검사에서 검사장에 오른 것도 쉬운 일이 아니지요. 대한민국 최고 엘리트들이 모인 집단에서 부부장검사(3급), 부장검사(2급), 차장검사(1급)를 거쳐 검사장(차관급)에 오른다는 것은 결코 쉬운 일이 아닙니다. 검사라는 사람들이 다들 야심과 능력들이 어디 보통 사람들입니까. 송구헌 검사장은 그런 엘리트 사회에서 검사장에까지 오른 스스로를 무척 대견하게 생각합니다.

사실 그간 아슬아슬한 순간도 많이 겪었습니다. 몇 년 전에는 그의 밑에 있던 젊은 여검사가 지방의 재력가의 청탁을 들어주고 그 남자와 내연관계가 되어, 크게 물의를 일으킨 일이 있었습니다. 젊은 여검사가 미혼에 인물도 좋았고, 그 재력가는 이름난 호남에다가 통 큰 사람으로 소문이 났으니까요. 열 번 찍어 안 넘어가는 나무 없다는데, 돈 많고 멋진 남자가 온갖 값비싼 보석과 외제 자동차로 선물 공세를 했다니, 아무리 검사라도 별수 있겠어요? 재물에 약한 것이 인간이니까요. 송 검사장은 그 여검사를 재빨리 사표를 내게 하고, 선물 받은 자동차는 임대한 것으로 처리하여, 사건을 마무리했지요. 그녀가 같은 검사가 아니었으면 특가법상 공무원 뇌물죄로 10년 이상의 징역형에 처해질 수도 있었지요. 물론 휘하 검사들을 지휘

해야 하는 송 검사장도 징계를 받았지만, 징계 중 가장 가벼운 '견책'이었습니다. 견책이라니요? 다른 공직자가 그만한 사건에 휘말렸으면 최소 파면이 되었을 큰 사건 아닙니까. '검찰의 제 식구 감싸기'라는 것이 바로 그것이지요. 다들 알다시피 검찰이 무슨 잘못을 저지르면 터무니없게 너그러운 처벌을 한다는 것이 '검찰 제 식구 감싸기' 아닙니까. 만인(萬人)에게 평등해야 할 법이 그 법을 다루는 검사에겐 예외가 되는 것입지요. 그러나 우리 사회에선 그런 걸 뻔히 알면서 그런 검사들을 처벌할 법이나 기구가 없습니다. 이른바 '검사 천국'이지요. 판사들도 검찰이 기소를 하지 않으면 아무 힘이 없습니다. 그 때문에 대통령 선거 때마다 검찰 개혁이 공약으로 오르지만, 실제로 검찰 개혁이 제대로 된 적은 한 번도 없습니다. 검찰 개혁의 핵심은 첫째, 권력의 시녀 노릇을 하는 검찰을 명실상부하게 독립적이고 중립적으로 운영하는 것이고, 둘째 검사들의 자의적(恣意的)인 권력 남용을 막는 것입니다. 그러나 역대 대통령들은 검찰총장을 제 마음에 드는 사람으로 임명하여, 권력의 시녀 노릇을 하게 하고, 국민을 통치하는 중요한 방편으로 이용했습니다. 권위정부 시절 검찰 공안부를 시켜 정권에 반대하는 사람들을 얼마나 많이 구속하고 처벌했습니까.

송 검사장이 차장검사였을 때 큰 봉변을 당한 적이 있습니다. 그날도 지검 전체가 회식을 하는 날이었는데, 지검장은 출장을 가고 그가 가장 높은 사람이었습니다. 한참 술잔이 돌고 다들 얼큰하게 취했을 때 송 차장은 화장실엘 갔습니다. 그런데 근 20년 후배인 새까만 정평민 검사가 언제 따라왔는지 뒤따라 들어오더니, 화장실 문을 잠갔습니다. 그리고 그에게 말했습니다.

"너 같은 놈이 상사(上司)라는 게 부끄럽다. 개한텐 몽둥이가 약이다!"

"뭐라, 이놈! 아무리 술이 취했기로…"

송 차장은 그가 술에 취해 농담을 하는 줄 알았습니다. 그런데 다음 순간 쇠뭉치 같은 주먹이 그의 명치끝을 파고들었습니다. 순간 그는 숨을 쉴 수가 없었습니다. 주먹은 번개처럼 그의 옆구리, 얼굴, 배, 등을 가릴 것 없이 소나기처럼 쏟아졌습니다. 정평민은 아마추어 미들급 한국 챔피언까지 했다는 놈입니다. 그는 순식간에 화장실 바닥에 거꾸러졌습니다. 그가 쓰러지자 정평민은 잠근 화장실문을 열어 놓고 태연하게 그를 부축해 일으켰습니다. 그때 마침 부장검사 한 명이 소변을 보러 왔습니다. 정평민은

"부장검사님, 차장검사님께서 너무 취하셔서 갑자기 쓰러지셨습니다."

하고, 그를 부축해 술자리로 돌아갔습니다. 가면서 정평민이 귓속말로 말했습니다.

"나한테 맞았단 말은 하지 마시오. 그걸 믿어줄 사람도 없고, 괜히 체면만 깎이게 될 테니!"

술자리로 돌아가자 여러 사람들이 그의 피멍이 든 얼굴을 보고 야단이 났습니다. 그때 정평민이 말했습니다.

"오늘 분위기가 너무 좋아 차장님이 약간 과음을 하신 모양입니다. 화장실에서 갑자기 넘어지셔서 큰일 날 뻔했습니다."

송 차장은 느닷없는 봉변에 너무 울화가 치밀어 머리가 터질 지경이었으나, 끝내 정평민에게 매를 맞았다는 말은 하지 못했습니다. 차장검사 체면이 있지! 어찌 그런 말을 아랫것들한테 하겠습니까.

그날 낮에 송 차장은 재벌 회사인 〈A석유화학〉에서 해고된 노조원들을 모두 구속하도록 했습니다. 복직을 요구하며 회사 정문을 가로막고 데모를 한 사람들입니다.

"아니, 회사의 부당 노동행위에 대항하여 투쟁을 한 사람들을 무조건 구속한다는 게 말이 됩니까. 제 생각엔 데모 좀 한다고 노동자들을 무자비하게 해고한 회사에 더 큰 책임이 있는 것 같은데요."

실무를 맡은 정평민 검사가 송 차장에게 이의(異意)를 제기했습니다.

"정 검, 자네 우리나라의 국시(國是)가 무엇인 줄 모르나? 산업 입국, 수출 입국 아닌가. 변변한 자원도 없는 우리나라는 밤낮을 가리지 않고 공장이 돌아가야 먹고 산다는 말일세! 이를 방해하는 놈들은 무조건 일벌백계해야 한다는 걸 모르나? 그놈들이 바로 매국노야! 매국노! 이건 예전부터 저 위에서부터 내려온 금과옥조야!"

그는 정부의 절대적인 지침임을 내세워 정 검사의 입을 막았습니다. 물론 〈A석유화학〉의 법무팀이 사건 발생 초기부터 몇 번이나 그와 지검장을 찾아와, 사건을 조율하였습니다.

물론 송 차장은 그 일에 앙심을 품고 사사건건 은밀하게 정평민을 괴롭혔고, 정평민은 결국 검사를 그만두고 변호사가 되었습니다. 그러나 그 일은 평생 남에게 손찌검을 당해 본 적이 없는 그의 가슴속에 결코 지워지지 않는 응어리로 남아 있습니다.

　다음날은 휴일이어서 송구헌 검사장은 느지막이 자리에서 일어났습니다. 간밤의 숙취로 머리가 맑지 않았습니다. 그는 고속철을 타고 서울로 갔습니다. 그는 부산 검사장으로 간 뒤 한 주씩 번갈아가며 본가와 장숙재의 아파트를 찾아갔습니다. 물론 그의 휘하 검사들은 그가 매주 본가에 간 줄 알고 있습니다. 그의 아내와 대학 다니는 아들 딸은 아직도 전세 아파트에서 살고 있습니다. 검사가 받는 봉급만으로는 사실상 서울에서 아파트를 산다는 건 불가능한 일입니다. 그 때문에 그는 아직까지 집 장만을 하지 못했습니다. 엄밀하게 말하자면 못한 것이 아니라 안 한 것이지요. 고위 공직자는 해마다 재산 공개를 해야 하는데, 세간에 청렴하게 보이기 위함입니다.

　장숙재는 젊고 아름다운 재원으로 그의 먼 외가붙이가 됩니다. 그녀의 집은 매우 가난했으나 그녀는 송구헌의 도움으로 서울로 와서 대학도 다니고 석박사 학위도 하고 대학교수도 된 사실상 그의 내연녀입니다. 물론 치밀하기 짝이 없는 송 검사장은 세상 누구도 모르게 그녀와 관계를 맺고, 그간 그가 아무도 모르게 비축한 모든 돈도 그녀에게 맡겨 왔습니다. 자그마치 50억이 넘는 거금입니다.

　고속철에 오른 후 그는 그녀와만 통화하는 비밀 휴대폰으로 전화를 걸었습니다. 장숙재의 휴대폰은 꺼져 있었습니다. 전원이 나갔나. 가끔 있는 일이라서 그는 별 신경을 쓰지 않고 휴대폰을 껐습니다.

그는 조만간 검사장에서 물러나 변호사 개업을 할 예정입니다. 전관예우란 말도 그와 함께 근무한 동료와 후배가 판검사로 있을 때 통하는 말입니다. 퇴임 직후 1~3년 사이에 돈을 쓸어모아야 하지, 그들이 다른 곳으로 전출을 가거나 자리에서 물러나면 소용이 없게 됩니다. 물 들어올 때 배 나가야 한다는 말이 있지 않습니까. 송구헌 검사장은 이미 몇 년 전부터 정계(政界)의 실력자 송치열 의원과 긴밀한 관계를 맺고 있습니다. 그는 은진 송씨 종친일 뿐 아니라, 그의 대학 10여 년 선배로서 이미 집권당의 원내 대표를 역임하고, 미래의 대권을 준비하고 있는 실력자입니다. 송 검사는 남모르게 해마다 그에게 상당한 후원금을 보내며 그의 사람이 되었습니다. 물론 국회로 진출하기 위한 포석입니다. 어디나 그렇지만 정계야말로 특히 줄을 잘 서야 살아남을 수 있는 곳입니다. 자칫 잘못하면 막대한 돈과 시간, 노력만 투자하고 낙동강 오리알이 되기 십상이니까요.

장숙재가 사는 아파트의 초인종을 눌렀으나 답이 없었습니다. 그는 현관문의 문자키를 누르고 안으로 들어갔습니다. 장숙재는 없었습니다. 평소 깔끔하기 그지없는 장숙재의 성격처럼 집안은 깨끗하게 정리되어 있었습니다. 그는 다시 휴대폰으로 장숙재에게 연락을 했으나 장숙재의 휴대폰은 여전히 꺼져 있었습니다. 그는 잠깐 거실 소파에 앉아서 텔레비전을 보다가, 침실로 갔습니다. 아름답고 풍만한 장숙재의 젊은 몸을 마음껏 취했던 침실입니다. 침대의 서랍 위에 한 통의 편지가 놓여 있었습니다. 송 검사장은 문득 좋지 않은 예감이 들었습니다. 지금까지 한 번도 그녀의 편지를 받아 본 적이 없었던 것입니다.

〈송구헌 검사장님께 생전 처음이자 마지막으로 이 글을 올립니다. 제가 학교를 다니고 대학에서 강의를 하기까지 송 검사장님의 큰 은혜를 입었습니다. 그러나 그 동안 저의 이런 삶이 떳떳하지 못하다는 생각에 늘 괴로웠습니다. 저는 이제 이런 삶을 청산하고, 유럽으로 가서 새로운 삶을 시작하고자 합니다. 송구스럽지만 송 검사장님께서 저에게 맡겨놓은 돈은 제 새 삶의 밑천으로 삼겠습니다. 제 아파트는 생활이 어려운 제 여동생에게 상속했습니다. 한때나마 제가 송 검사장님 삶의 위로가 된 대가라고 생각해 주십시오. 내내 건강하시길 빕니다.〉

송 검사장은 몽둥이로 뒤통수를 맞은 듯 머리가 어찔했습니다. 어쩌다 이런 일이! 장숙재가 어찌 내게?! 그는 그가 평생 모아 온 모든 비자금이 한순간에 사라졌다는 걸 알았습니다. 떳떳하지 못한 자금이기에 어떤 조치도 취할 수 없다는 걸 깨닫자 그는 자기도 모르게 침대에 힘없이 무너졌습니다. 아, 믿는 도끼에 발등 찍힌다더니!

한참 후, 정신을 차린 송 검사장이 거실로 나갔을 때 텔레비전 화면에 송치열 의원의 얼굴이 크게 클로즈업 되어 나오고 있었습니다. 무슨 일인가 볼륨을 높여 들어보니, 얼마 전 회사가 망해 자살한 기업가가 남겨 놓은 메모가 나왔는데, 그 메모에 송치열 의원에게 누 차례 거액의 불법적인 후원금을 제공했다는 기록이 나왔다는 것이었습니다. 아뿔싸! 재앙은 혼자 오는 법이 없다더니, 정계의 대부 송치열 의원이 하루아침에 무너지다니! 그는 다시 소파에 털썩 주저앉았습니다. 채널을 다른 곳으로 돌렸으나, 다른 방송도 모두 송치열 의원의 불법 후원금 이야기뿐이었습니다.

통 큰 사람 이태평네

I.

통 큰 사람 이태평(李太平) 회장은 우선 그 풍채부터가 누가 보더라도 회장님으로 생겨 잡수셨습니다요. 어렸을 적부터 먹을 것이라면 걸신이라도 들린 듯 앞뒤 안 가리고 걸터먹은 덕분인지 키가 여느 사람보다 대가리 하나는 더 있을 만큼 껑충하게 크고, 걸때가 가을 추수 때 콩깍짓동처럼 걸까리져 위풍당당합니다. 개기름이 번들거리는 혈색 좋은 커다란 얼굴에 핏발이 선 것처럼 붉은 기운이 도는 눈이 퉁방울같이 뒤룩거리고, 주먹같이 큼지막한 시커먼 코가 얼굴 한복판에 뭉툭하게 좌정하였을 뿐더러, 입 또한 함지박처럼 유난스레 커서 먹성 하나는 끝내주게 생겼습지요. 온몸에 피둥피둥 살이 붙어서 저 바다 건너 왜놈들 스모라던가 뭐라던가 하는 놈들처럼 피둥피둥하고, 어린애 몸통만한 팔뚝에 솥뚜껑 같은 손이 달려 있습니다요. 이런 이 회장의 거통과 어눌한 듯 세련되지 못한 언변 때문에 사람들은 그를 굼뜨고 둔한 사람으로 보기도 합지요. 황소 뒷걸음치다 생쥐 잡듯 어쩌다 조상 무덤을 잘 써 당대 발복한 운 좋은 사람으로 보는 것입지요. 그러나 어림없는 말씀. 그를 어수룩한 봉으로 보고 대들었다가 큰코다친 사람이 한둘이 아닙니다요. 엉금엉금 둔하기 짝이 없는 두꺼비가 결정적인 순간엔 번개같이 파리를 낚아채지 않던갑쇼. 이 회장이 영락없이 그 두꺼비 같아서, 세상 물정 모르는 어리숙한 사람처럼 퉁방울눈을 뒤룩뒤룩 굴리면서 엄부럭을 떨다가 재빨리 먹이를 가로채고, 상대방의 등 어루만져 주면서 간을 빼먹는다 이 말입니다요.

입이 유난하게 큰 탓인지, 아니면 하도 잘 먹어서 입이 커진 것인지는 잘 모르겠으나 이 회장의 특기는 뭐니뭐니 해도 역시 먹어 치우는 것입지요. 우선 무엇보다 음식을 잘 먹어요. 양식 한식 중식 가리지 않고 많이 먹을 뿐더러 또한 그 속도가 무섭게 빠르다 이겁니다. 회사에서 회식이라도 할라치면 혼자서 능히 서너 명 몫의 음식을 마파람에 게 눈 감추듯 순식간에 먹어 치워 사람들을 놀라게 합지요. 그리고 음식만이 아니라 술은 더 잘 먹습니다. 청주 탁주 불고(不顧)하고, 양주(洋酒) 토주(土酒) 가리지 않고, 두주(斗酒) 불사(不辭)가 그의 좌우명입지요. 술과 음식 잘 먹어 치울 뿐 아니라 계집 먹어치우는 건 더욱더 이골이 났습죠. 코 크면 거시기도 크다는 말이 헛말이 아닌지 이 회장은 음식과 술 실컷 먹고 나면 으레껏 양기가 뻗쳐서 계집 생각이 나고, 계집 생각이 나면 나이 불문하고, 미추(美醜) 따지지 않고, 유부녀 처녀 가리지 않고 먹어치운다 이겁니다. 계집을 후리는 수완이 비상하여 지금까지 그가 눈독 들여서 못 먹어치운 계집이 거의 없다는 게 그의 자랑거리 중의 하나입죠.

오늘도 이태평 회장은 사업상 이른바 귀하신 분을 뫼시는데, 역시 통 큰 사람답게 장안에서 제일가는 〈상그릴라〉에서 상다리가 휘도록 진수성찬을 차려놓고, 한 병에 몇 백만 원씩 하는 최고급 양주 그렌피딕으로 우선 상대방의 기를 죽입니다요.

"이것 감질나서…. 아그덜 소꿉질하는 도토리 깝대기도 아니겠고…. 그래도 술이라면 대포로 한 잔씩 돌려야 제 맛이 나지 않겠습네까? 우리 잔 바꿉시다."

술이 몇 순배 돌고, 분위기가 제법 무르익자 이 회장이 호기를 뽐냅니다요.

"왜, 양에 안 차십니까? 역시 회장님은 듣던 대로 대단하십니다."

김 실장이 감탄했다는 듯한 얼굴로 이태평 회장의 말을 받자

"아하하하! 그런 소문이 김 실장님 귀에까지 들어갔습네까? 아하하하! 여물 잘 먹는 소가 힘을 쓰고, 귀신도 먹고 죽은 귀신이 때깔이 좋은 법이라잖습네까? 이 이태펭이가 술과 계집이라면 아직도 젊은 놈들한테 질 생각이 손톱만큼도 없는 사람입네다. 아하하하!"

"허허허, 그 연세에 참 장하십니다! 자고로 영웅호걸은 주색을 좋아한다는 말도 있잖습니까? 허허허! 그 잔이 회장님 마음에 안 차시면 바꿔 오라고 하시지요."

"역시 김 실장님도 통이 크십네다. 우리 통 큰 사람들끼리 오늘 화끈하게 한 잔 해 보십시다."

이 회장은 그의 옆에 찰싹 달라붙어 이래야 교태야 아양을 떨어대는 불여우 같은 미스 고를 시켜 웨이터를 불러오게 합니다. 미스 고는 이 회장

이 방금 유방 사이에 찔러 넣어 준 수표를 보고난 후 몸과 마음이 달떠서 흥흥 콧소리를 내며 간이라도 빼줄 듯이 살갑게 굽니다요. 술집 여자를 노골노골하게 만들어 맘 꼴리는 대로 주물러 대는 데 도통한 이 회장인지라 통 큰 사람답게 미스 고가 깜짝 놀랄 만한 액수의 수표로 단번에 미스 고를 푹 삶아 놨던 것입죠.

미스 고가 벽에 붙어 있는 벨을 누르자 스무 살 안팎의 젊은이가 득달같이 달려옵니다.

"아그야, 너 가서 이 집에서 젤로, 최고로 큰 잔을 내 오그라!"

이 회장이 웨이터에게 호기롭게 말합니다.

"…예?"

웨이터가 영문을 모르겠다는 얼굴입니다요.

"요것이 어디 술잔이냐? 어린 아그들 소꿉장난하는 도토리 깝대기제."

"…그게 양주 잡숫는 잔인데요?"

"통 큰 사람 체통이 있제 어떻게 요런 쬐끄만 잔에 뻥아리 물 찍어먹듯 남세스럽게 홀짝홀짝 하겠냐?"

"…통 큰 사람 체통이요?"

웨이터가 무슨 말인지 못 알아듣겠다는 얼굴로 묻습니다.

"이놈아가 통 큰 사람이라는 말도 몰라? 통 큰 사람!"

"…아, 예! …그 말씀은 알겠습니다만, 양주는 도수가 높아서… 양주잔에 잡수셔야죠!"

"뭐라?! 네 이놈, 지금 뭐라고 씨부렁대고 자빠졌냐?! 가서 큰 잔 가져오라면 후딱 가져 오잖고, 어디서 싸가지 없이 말대꾸여?!"

이 회장이 눈을 치뜨며 버럭 목소리를 높입니다요.

"아, 예! 알았습니다."

이 회장의 호통에 혼구멍이 난 웨이터가 벌레 씹은 얼굴로 문을 나가자 이태평 회장은 낯빛을 바꾸며 김 실장에게 말합니다.

"김 실장님이 저희 〈태평 그룹〉을 너그럽게 보살펴 주시기 때문에 우리 그룹 식구들이 이렇게 밥을 먹고 살고 있는 것 아니겠습네까? 세상 물정 어두운 이 이태펭이지만 그런 것 정도는 알고 있습네다. 내 감사의 뜻으로 쬐끄만한 케이크를 준비했습네다. 잠깐 자동차 키를 빌려 주시면 트렁크에 넣어 두도록 하겠습네다. 물론 세 분 것도 함께 준비했습네다."

"이렇게 후대해 주시는 것만도 고마운데, 무슨 케이크까지…."

"사람이 은혜를 모르면 금수와 다름없지요! 이 이태펭이 그간 의리 하나로 살아왔습네다. 아하하하!"

"명불허전이라더니, 과연 회장님은 통이 크십니다."

사례를 하는 김 실장의 입이 함지박만큼 벌어지고, 그의 옆에 앉은 세 사람의 얼굴에도 기쁜 빛이 역력합니다요. 그들은 다들 이태평 회장이 상당한 액수의 사례를 하리라 예상했으나, 케이크 상자까지 준비할 줄은 몰랐던 것입죠.

통 큰 사람이라는 말을 유난히 좋아하는 이태평 회장은 통 큰 사람답게 대단한 재력가입니다요. 그는 서울에서 가까운 경기도 여주에 36홀을 제대로 갖춘 〈태평 컨트리 클럽〉을 소유하고 있을 뿐 아니라, 서울에도 별 다섯 개짜리 특급 호텔 〈태평 힐즈〉와 대형 예식장 〈태평 웨딩〉과 〈태평 리셉션〉을 경영하고 있습니다. 그간 갖은 우여곡절을 겪으면서 오늘날의 〈태평 그룹〉을 이룬 이 회장은 돈을 벌려면 돈을 아껴서는 안 된다는 철학을 갖고 있습죠. 요즈음에는 잘 볼 수 없게 되었지만 전에는 집집마다 귀물 대접을 받은 것 중의 하나가 펌프였는데, 그 펌프로 물을 뽑아올리려면 처음에 마중물을 몇 바가지 붓고 열심히 펌프질을 해야 했습니다요. 마중물을 안 부으면 아무리 펌프질을 해도 물이 안 올라오지요. 이 회장은 돈벌이도 펌프질과 같다는 생각으로 통 크게 돈을 쏟아 부었고, 그러자 예상대로 돈이 펌프물처럼 쏟아져 나왔다 이겁니다요. 그는 통 크게 써야 통 크게 벌어들인다는 것을 그의 좌우명으로 삼아, 어렵게 번 돈을 통 크게, 통 크게 뿌려댑니다. 돈이면 안 되는 게 없는 세상이고, 돈 앞에 장사 없지요. 만인평등을 소리 높여 외치는 서슬 시퍼런 법도 돈 앞에선 큰소리를 못 치고, 무소불위 무서운 것 없는 오만한 권력도 돈만은 알아본다 이것입니다요. 아니, 사나운 개도 개백정 앞에서는 오금이 얼어붙듯 서슬 푸른 법과 권력도 돈 앞에서는 맥을 못 춘다는 게 이 회장의 현실 인식입죠. 돈처럼 신통한 것이 또 있을깝쇼. 꼬장꼬장 갖가지 규정과 법률을 들먹거리며 뻣뻣하기가 마른 명태 같던 고위 공직자도 거액의 수표 한 장이면 흐물흐물 나긋나긋해지고, 절벽 위의 고고한 낙락장송 같던 거물 정치인도 시퍼런 현금이 가득 든 사과상자에는 저항하지 못하니까요. 소금 먹은 놈이 물 켠다는 말이 괜히 있겠습니까요. 이 회장은 방귀깨나 뀐다는 정치인과 고위 공직자들을 돈으로 마음껏 주물렀고, 그 대가는 늘 기대 이상이었습죠. 그 결과가 오늘날의 〈태평 그룹〉입니다요.

두어 달 전 작년 분 소득 신고 때도 이 회장은 소득을 왕창 줄여 실수익의 10퍼센트 정도밖에 안 되는 액수를 신고했었습니다요. 10퍼센트라니! 그럴 수가 있느냐며 입에 게거품을 물 사람도 있겠지만, 그러나 그건 문자 그대로 순진한 보통 사람들 생각이고요. 우리나라에서 법대로 각종 세금 다 내고, 또 무슨 성금이야 무슨무슨 기부금이야 하는 것들 다 내고서 사업하는 놈이 어디 있느냐는 게 이 회장의 생각입니다요. 막강한 재벌들도 그 엄청난 재산을 자식들에게 승계하면서 쥐꼬리만 한 돈을 상속세랍시고 내놓는 게 우리의 현실이란 것입지요. 덜떨어진 놈들이 사회적 책임이 어떻고 분배정의가 저떻고 하며 목소리 높여 떠들어 대지만, 이태평 회장은 그런 말에 눈썹 하나 까딱하지 않습니다요. 창피는 순간이며 이익은 영원하다는 게 그의 신조이니까요.

오늘 아침 김 실장과 그의 부하 직원들이 세무 사찰을 한답시고 그의 사무실에 들이닥쳤을 때도 이 회장은 태연하기가 태산과 같았습니다요. 아무리 청렴하고 줏대 센 놈들이라도 돈과 여자로 흐물흐물하게 삶아 놓을 자신이 있었기 때문입죠.

"분식회계를 하느라 수고가 많았겠군요."

회계 장부를 훑어본 김 실장이 이 회장을 불러 놓고 말했을 때도 그는

"아하하하! 내 긴 말 안 하겠습네다. 나 이래 봬도 통 큰 놈입네다. 아하하하!"

하고, 기선을 제압했습니다요.

"통 큰 놈이라니?"

"매부 좋고 누이 좋은 게 좋지 않겠습네까? 나와 사귀어 손해 본 사람 없습네다. 아하하하!"

"아니, 지금 무슨 말씀을 하시는 겁니까?"

"아하하하! 설만들 김 실장님이 어린애도 아니겠고…. 내 오늘밤 자리를 마련하겠습네다. 아하하하!"

"이러시면 안 됩니다."

"사람이 하는 일에 안 되는 게 어디 있습네까? 나 이래 봬도 입 하나는 무겁습니다. 아하하하! 후회하지 않을 것입네다. 아하하하!"

김 실장은 몇 번이나 사양하는 척했으나, 이 회장은 김 실장과 그의 부하 직원을 강제로 납치하다시피하여, 음식 깔끔하고 계집들 물 좋기로 유명한 이곳 〈상그릴라〉로 데려온 것입니다요.

"내 그럼 잠깐 실례하겠습네다."

이태평 회장은 김 실장과 부하 직원들의 자동차 키를 가지고 지하 주차장으로 내려가, 그의 승용차에 미리 준비해 온 케이크 상자를 그들의 차 트렁크에 옮겨 싣습니다요. 물론 그 케이크 상자에는 케이크 대신 조폐공사에

서 갓 찍어낸 시퍼런 현찰이 가득 가득 들어 있습죠. 수표를 사용하면 간편하지만 이태평 회장은 이런 일에는 반드시 현찰 박치기를 하는 것을 철칙으로 삼고 있고, 그것도 아랫사람을 시키지 않고 손수 합니다요. 만에 하나 있을 수도 있을 후환을 막기 위함입죠.

다시 술자리로 돌아온 이 회장은 웨이터가 갓다 놓은 커다란 컵을 보고서, 이른바 영계라고 불리는 여자들에게

"야들아, 너그들 술 안 따르고 뭣 하고 있냐? 오늘은 이 네 분 브이아이피를 확실하게 뫼셔야 헌다! 우선 화끈하게 그 거추장스런 옷부터 벗어 봐라! 옷을 벗는 사람에겐 이것을 상으로 주겠다!"

하고는, 지갑에서 수표를 한 장 꺼내 듭니다요.

수표를 본 미스 김이 마치 뱀이 허물을 벗듯 옷을 훌러덩 벗어 넌시고는, 잽싸게 이 회장의 손에서 수표를 낚아채가자, 다른 여자들도 앞다투어 옷을 벗고서, 이태평 회장에게 손을 내밉니다요.

"아하하하! 그래! 그래! 이제야 술 마실 맛이 좀 나는군! 너그들, 오늘 확실하게 한번 써비쓰해 봐라! 내 크게 한 턱 쓸 테니."

이 회장은 나머지 여자들에게도 수표를 한 장씩 돌리며 연신 너털웃음을 터뜨립니다요. 수표를 본 여자들은 좋아서 어쩔 줄 모르겠다는 얼굴로 남자들에게 찰거머리처럼 달라붙어 갖은 아양을 떨며 술을 권합니다. 싱싱한 젊은 영계들이 풍만한 몸을 비비대며 육탄공세를 벌이자 남자들은 정신을 못 차리고 여자들이 권하는 술잔을 넙죽넙죽 받아 마십니다. 값비싼

술과 안주들이 계속 들어오고, 시간이 지날수록 술자리는 걷잡을 수 없게 낭자해지는 것입지요.

2.

이태평 회장의 사모님 계봉봉 여사는 오늘도 〈복음교회〉의 기도실에서 주 아버지 하나님에게 간절한 기도를 올리는 중입니다.

"주여, 이 환란에서 이 못난 종을 구하여 주시옵소서! 믿습니다! 믿습니다!"

계 여사는 똑같은 말을 무수히 반복하며, 성령이 임하사 영혼의 평화를 가져다주길 빌고, 또 빕니다. 말씀 한마디로 성난 바다를 잠재우고 죽은 나자로를 걸어 나오게 하신 주님이 그처럼 오랜 동안 독실한 신앙을 바쳐 온 그녀의 기도를 들어 주지 않을 리가 있겠느냐는 게 그녀의 확실한 믿음입니다요. 그녀는 오늘 몇 시간 동안이나 기도실의 마룻바닥에 무릎을 꿇고서 피맺힌 통성기도를 올리고 또 올렸습니다. 그러나 오늘 따라 그녀의 기도엔 주님의 응답이 없는 모양입니다요. 아무리 기도를 해도 마음이 진정되기는커녕 오히려 갈수록 폭풍 치는 난바다처럼 겁잡을 수 없으니 말입니다.

계 여사는 다시 성서 가운데 요나서를 펼치고는, 큰 소리로 읽습니다요.

"요나가 물고기 뱃속에서 그 하나님 여호와께 기도하여 가로되 내가 받는 고난을 인하여 여호와께 불러 아뢰었삽더니 주께서 내게 대답하셨고, 내가 스올의 뱃속에서 부르짖었삽더니 주께서 나의 음성을 들으셨나이다. 나는 감사하는 목소리로 주께 제사를 드리며 나의 서원을 주께 갚겠나이다. 구원은 여호와께로서 말미암나이다 하니라."

그녀가 어려운 일을 당할 때마다 늘 펼쳐 읽는 부분이 바로 구약의 요나서인데, 요나서를 여러 번 반복해서 읽으면 신통하게도 마음의 평정을 회복하게 될 뿐 아니라 그 해결책까지 계시 받곤 했기 때문입죠. 그러나 오늘은 기도를 하고 성경을 봉독해도 어지러운 생각 때문에 정신 집중이 안 되고, 마음의 평정도 통 찾을 수 없습니다.

어젯밤 계봉봉 여사는 복음교회에서 기도를 하다가 자정 즈음에 휴대폰을 받았습니다요.

"…어, 어, 어엄마! …크, 크, 큰 일 나, 났다! …크, 크은 일!"

폴더를 열자 진수의 다급한 목소리가 쏟아져 나왔습니다.

"진수야, 왜 그래? 무슨 일이야?"

"…아, 아, 아빠가 …주, 쭉인다!"

평소에도 말을 제대로 못하는 진수가 더욱 심하게 말을 더듬으며 금방 숨이 넘어가듯 소리쳤습니다요.

"뭐라고?! 그게 무슨 말이야?!"

"아, 아, 아빠가 서, 서, 서, 선생님 주, 주 쭉인다!"

"진수야, 그게 무슨 말이야? 찬찬히 말해 봐!"

"…아, 아, 아, 아빠 미쳤다! 서, 서, 서, 선생님 주, 쭉인다!"

계봉봉 여사는 자리를 박차고 일어나 집으로 차를 몰았습니다. 남편 이태평이 민 선생을 죽이려 하다니! 도대체 무슨 일인지 알 수 없으나, 아무튼 무언가 큰일이 난 게 분명했습니다요. 민 선생은 2년 전부터 그녀의 집에서 진수의 가정교사 겸 집안 일을 돕기도 하는 30대 초반의 여자입니다. 중국 연변에서 중학교 선생을 하다가 서울로 온 그녀는 인물도 제법 있고 행동도 조신하여, 식구들은 물론 행랑채에 거처하는 사람들도 다 좋아하는 여자입니다. 그간 계 여사와 이 회장은 아들 진수를 위해 여러 명의 가정교사를 두었으나, 번번이 얼마 못 가서 다들 머리를 내두르며 제출물에 물러나곤 했었습니다요. 정신 지체가 심한 진수가 너무 산만해서 단 몇 분도 학습에 정신을 집중하지 못할 뿐더러 아무리 반복해서 가르쳐도 말귀를 알아듣지 못했고, 게다가 황소고집에 울뚝뺄까지 있어서, 다들 감당할 수 없었던 것입죠. 그런데 민 선생은 무슨 신통한 재주를 부렸는지 그런 진수를 송아지가 제 어미를 따르듯 졸졸 따르도록 하여, 글도 가르치고 산수 문제까지 풀 수 있게 만들어 놓은 것입니다.

집에 도착한 계 여사는 너무나 뜻밖의 광경에 우두망찰하여, 머릿속이 하얗게 비어 버렸습니다요. 민 선생의 방에서 남편 이 태평이 성난 투우처럼 식식거리면서 그 황소같이 커다란 몸으로 민 선생을 깔아뭉개고 있었기 때문입죠.

"이런 더러운 것들!"

그녀는 짐승같이 새된 소리로 고함을 치며 전기스탠드를 들어 남편의 등을 후려쳤습니다요.

"어?! 당신이 웬일이야? 교회에 있어야 할 사람이?!"

벼락이라도 맞은 듯 놀라 후다닥 몸을 일으키는 남편과 민 선생을 향해 그녀는 닥치는 대로 물건을 집어던지고 휘두르며 미친 듯이 날뛰었습니다요. 선불 맞은 멧돼지마냥 남편이 후다닥 밖으로 뛰쳐나가자 계 여사는 민 선생을 향해 달려들었습니다.

"이런 화냥년 같으니라구! 네 이년, 어디 한번 죽어 봐라!"

격노한 계 여사는 민 선생의 머리끄덩이를 붙잡고 사정없이 바닥에 패대기를 치고 나서, 나둥그러진 그녀를 향해 돌진했습니다요. 눈이 뒤집힌 그녀는 민 선생이 의식을 놓고 쓰러질 때까지 한참 동안을 미친 나티처럼 그녀의 몸을 마구 짓밟아댔습니다. 남편 이태평이 계집에 게걸들린 사람처럼 여자만 보면 군침을 흘리며 달겨든다는 건 익히 알고 있었지만, 민 선생도 남편의 바람기를 알아보고 화냥기가 동해서 꼬랑지를 흔들어 댔을 것이란 게 계 여사의 생각이었습니다요. 민 선생을 완전히 작살낸 계 여사는 남편을 찾기 위해 눈을 희번득거리며 이 방 저 방을 뒤졌습니다. 그러나 이태평 회장이 누굽니까요. 그는 사세가 불리함을 알고 진작에 집 밖으로 삼십육계 줄행랑을 놓아 버린 후였습죠. 계 여사는 눈에 불을 켜고 고양이처럼 손톱을 세운 채 남편이 돌아오길 뜬눈으로 기다렸으나, 날이 새도록 이 회장은 감감 무소식이었습니다. 이런 일이 있을 때마다 어딘가로 감쪽같이 자취를 감췄다가, 아내의 사나운 기세가 제풀에 다 삭아 없어질 즈음 슬그머니 나타나는 게 그가 항용 쓰는 수법이니까요.

밤새 분노와 증오로 잠을 이루지 못한 계 여사는 오늘 아침 날이 밝자마자 이곳 복음교회를 찾아왔습니다요. 옛날 소돔과 고모라 사람들이 음탕하고 난잡한 삶에 빠져 유황불 비를 맞아 멸망할 때 의인 롯이 그곳을 떠나듯 그녀는 그녀의 호화로운 대저택을 떠나 이곳으로 온 것입죠. 교회는 그녀가 어려운 일을 당할 때마다 구원을 찾아오는 피난처이니까요.

계봉봉 여사가 이 교회를 찾게 된 것은 아들 진수 때문입니다요.

첫딸 봉희를 낳고서 7년 동안이나 까닭 없이 임신이 되지 않다가 늦은 나이에 아이를 갖게 된 그녀는 뛸 듯이 기뻤습니다. 남편 이태평이 자나깨나 아들 타령을 하는데, 그간 아이를 갖지 못해서 가슴이 시커멓게 탔으니까요. 그런데 40이 넘은 나이 탓인지 그녀는 여덟 달 만에 아들 진수를 낳았고, 그 때문인지 진수는 성장이 더뎠습니다. 몸이 여느 아이들보다 훨씬 작았을 뿐 아니라 말도 제대로 못했고, 나이가 들어가면서 정신 지체가 더욱 뚜렷하게 나타났습니다. 계 여사는 내로라하는 큰 병원과 유명하다는 의사들을 모두 찾아다녔고, 국내에서 별 효험을 못 보자 진수를 데리고 미국으로 갔었습니다. 그러나 아이는 별 차도가 없었습죠.

그녀는 깊은 절망에 빠져 허우적거리다가 어느 날 문득 귀가 번쩍 띄는 복음을 듣게 되었습니다요. 그녀의 저택에서 그리 멀지 않은 곳에 새 교회가 생겼는데, 그 교회의 목사가 성령을 받아 안수기도로 병을 고친다는 소문이었습니다요. 병원에서 못 고친 말기 암도 그 목사가 할렐루야를 외치면서 손으로 몇 번 쓰다듬자 깨끗하게 나았고, 휠체어를 타고 들어온 앉은

뱅이도 그의 고함 한마디에 벌떡 일어났다는 둥 별별 기적 같은 얘기가 다 떠돌았습죠. 계 여사는 물에 빠진 사람이 지푸라기라도 잡는 심정으로 그 교회를 찾아갔습니다요. 언덕 위 공터에 세워진 허름한 천막이 바로 〈복음 교회〉였는데, 그곳에서 그녀는 정복음 목사를 만나게 된 것입니다요. 운명 적인 만남이라는 말이 있는데, 그녀는 정복음 목사와의 만남을 바로 그렇 게 부릅니다요.

"할렐루야! 할렐루야! 계봉봉 자매님, 주님께서는 특별한 사람에게 특별 한 소명을 부여하기 위해 그를 단련하려 하시고, 그를 단련하기 위해 그에 게 특별한 고난을 예비하십니다. 계봉봉 자매님의 가정과 진수 군에게 남 다른 시련을 주신 까닭이 어디 있겠습니까? 그것은 바로 계봉봉 자매님과 진수군을 주님의 성전으로 부르기 위한 아버지 하나님의 오묘한 은총입니 다. 할렐루야! 일찍이 아밋대의 아들 요나는 하나님의 부르심을 받았으나, 이를 거역하고 다시스로 도망치려 했습니다. 그러나 아버지 하나님께서는 폭풍을 일으켜 요나를 바다 가운데 떨어지게 하고, 그를 큰 물고기로 하여 금 삼키게 하여, 결국 요나를 니느웨로 가게 하여, 사악한 니느웨를 회개 시키려는 당신의 큰 뜻을 이룩하셨습니다. 할렐루야! 병든 자를 고치고 귀 신도 쫓아내는 권능을 지닌 아버지 하나님이십니다. 그러나 이러한 은총의 기적이 이루어지기 위해서는 먼저 믿음이 있어야 합니다. 성경에도 있지 않 습니까? 너희가 겨자씨만한 믿음만 있어도 산을 움직일 수 있다고! 할렐루 야! 할렐루야! 그렇습니다! 계봉봉 자매님께서 참답게 아버지 하나님을 주님으로 영접하시면, 사랑 많으시고 은총 넘치시는 아버지 하나님께서 자매님의 그까짓 작은 소원 하나를 들어 주시지 않겠습니까? 사랑하는 자녀가 생선을 달라는데 뱀을 줄 부모가 어디 있으며, 떡을 달라는데 돌을 줄 부모가 어디 있겠습니까? 하물며 사랑 넘치는 아버지 하나님이야 더욱 일러 무엇 하겠습니까? 자매님께 닥친 이 시련이야말로 주님께서 자매님을 더 크게, 더 귀하게 쓰기 위한 단련인 것입니다. 계봉봉 자매님의 앞날에 영광 있을진저! 계봉봉 자매님의 그 이름 크게 빛날진저! 할렐루야! 할렐루야!"

정복음 목사의 눈은 금방 계봉봉 여사의 가슴을 꿰뚫을 듯 비수처럼 번득였고, 그의 말은 폭포수처럼 힘차게 그녀의 머리를 후려쳤습니요. 갈급한 그녀에게 정 목사의 말은 문자 그대로 구원을 약속하는 복스러운 말씀, 바로 복음이었습죠. 그날부터 계 여사는 정 목사의 가장 열렬한 추종자요, 복음교회의 가장 독실한 신도가 되었습니요.

정복음 목사는 아버지 하나님의 이름으로 계봉봉 여사에게 한없는 헌신과 봉사를 요구하였고, 그녀는 그러한 그의 요구에 부응하여 교회에 엄청난 충성을 바쳤습니다. 정 목사는 그녀의 충성을 갸륵하게 여겨 그녀가 교회를 다니기 시작한 지 몇 달 지나지 않아 그녀에게 장로라는 직책을 주었고, 그녀는 장로로서 부족함이 없게 교회에서의 새벽 기도로 하루를 시작하여, 대부분의 시간을 심방과 전도, 봉사와 기도 등으로 보냅니다. 보잘것없는 천막으로 시작한 복음교회가 오늘날과 같이 휑걸한 대리석 건물로 바뀐 데에는 계 여사의 공헌이 절대적이었습죠.

그런데 계 여사가 교회에 충성을 바칠수록 그녀와 남편 이태평 회장과의 사이가 점점 멀어지는 게 문젭니다요. 이 회장으로선 아내가 가정을 팽개치다시피하고 교회 일에 몰두하는 것도 못마땅했지만, 더욱 큰 불만은 그녀가 낮도깨비 같은 목사놈한테 홀려서 정신을 못 차리고 구렁이 알 같은 돈을 마구 갖다 바치는 것입니다. 십일조다, 감사헌금이다, 부흥회 특별헌금이다, 성전건축헌금이다, 등등 아내는 밑 빠진 독에 물 붓듯 교회에 엄청난 돈을 쏟아부었는데, 이 회장은 그런 돈이 아까워서 견딜 수가 없는 것입니다요.

"그 돈이 어떤 돈인데, 그 큰 돈을 겁대가리 없이 사기꾼 목사놈의 아가리에 처넣어?! 지금 당신 제 정신이야?"

이 회장이 울화를 터뜨리면, 계봉봉 여사는 그런 남편의 울화는 아랑곳하지 않고 태연하게

"당신이 착각을 해도 큰 착각을 하고 있나 본데, 그 돈이 어째서 당신 돈이야? 내가 주님께 충성해서 주님께서 우리 가정에 축복을 내려주신 것이지! 씨앗을 많이 뿌려야 수확이 더 많듯이 주님께 더 많이 바칠수록 더 넘치는 축복을 받는다는 것도 몰라?"

하며, 되레 남편에게도 교회를 다니라고 본격적으로 장광설을 늘어놓기 시작합니다요.

"미쳐도 곱게 미쳐야지! 그 사기꾼 목사놈이 하느님이야?"

"뭐라구요?! 당신이 이러니까 내가 아무리 주님께 충성을 바쳐도 주님께서 진수를 고쳐 주시지 않는 거야! 다 당신 탓이라구!"

계 여사는 눈을 허옇게 치뜨고 예리고를 함락시키려는 여호수아처럼 전의를 불태우며 대들어서, 남편이 진절머리를 내며 도망칠 때까지 집요하게 물고 늘어집니다.

"여호와의 말씀이 두 번째 요나에게 임하니라 이르시되 일어나 저 큰 성읍 니느웨로 가서 내가 네게 명한 바를 그들에게 선포하라 하신지라 요나가 여호와의 말씀대로 일어나서 니느웨로 가니라."

요나서를 몇 번이나 반복해 읽다가 계 여사는 문득 주님께서 그녀에게 그러한 시련을 주신 까닭을 깨달았습니다. 끊임없는 시련을 통해 그녀를 더욱 단련하여, 주님의 큰 일꾼으로 쓰시려 한다는 게 그녀가 새삼 깨닫게 된 주님의 뜻입니다요.

"주님, 이러한 은총을 주시니 감사하고 또 감사하옵니다. 주님의 뜻을 받들어 저 음탕한 계집을 즉시 집에서 내쫓고, 방탕한 남편 이태평이를 돌아온 탕자처럼 반드시 아버지의 앞으로 인도해서, 주님께서 주신 은총과 사랑에 보답토록 하겠습니다. 아멘!"

그녀는 니느웨로 향하는 요나의 모습을 떠올리며 결연하고 궤짓하게 교회를 나섰습니다요.

3.

민 선생은 몇 시간 동안이나 공원의 벤치에 앉아 있다가 밤이 이슥해져서야 자리에서 일어났습니다. 진수가 대문 밖에 나와서 그녀를 기다리고 있다는 휴대폰이 벌써 열댓 번이나 왔었지만, 차마 발걸음이 떨어지지 않아서 그냥 그곳에 앉아 있었습죠. 발밑에 내려다보이는 거대한 국제 도시 서울은 끝 간 데 없이 넓게 펼쳐져 있고, 보석처럼 빛나는 휘황한 불빛들로 참으로 아름답습니다. 그런데 그 속에서 살고 있는 사람들은 왜들 그렇게 아름답지 못한지 알 수가 없습니다. 그것도 남부럽지 않게 잘 사는 사람들이 더욱더 이악스럽고 몰인정할 뿐 아니라 사리에 어긋나게 행동하는 것을 그녀는 이해할 수가 없습니다요.

3년 전 서울에 온 그녀는 그간 여러 곳을 전전하며 연변에서는 해 보지 않았던 여러 가지 일을 했습니다. 공사장에서 막노동 일도 하고, 도배하는 사람들을 따라다니면서 보조 일도 했을 뿐 아니라 길거리에서 물건을 팔아 보기도 하고, 파출부와 청소부 노릇, 식당 서빙 등 하나같이 어렵고 힘든 일들이었습죠. 그 중 가장 많이 한 일은 식당 일이었습니다. 고급 식당, 일반 대중음식점, 양식 레스토랑, 한정식집, 중화반점 등 여러 군데를 옮겨다녔습죠. 그녀가 만 3년이 채 못 되는 기간에 그처럼 여러 곳으로 옮겨 다녔다고 하면, 그녀가 직장 생활이나 남들과 더불어 지내는 단체 생활에 적응하지 못하는 까다로운 성품의 소유자로 생각될 수도 있겠지만, 그러나 연변에서 선생을 할 땐 동료교사나 학생들, 또는 주민들과 아무런 문제도 없었습니다. 문제는 그녀가 연변에서 온 여자이며, 이곳이 서울이라는 데에 있었습니다요. 남조선 사람들은, 그녀가 연변에서 온 여자라는 걸 아는 순간 그녀를 대하는 자세가 갑자기 달라집니다. 사람을 노골적으로 무시하고, 하인이라도 대하듯 반말지거리를 할뿐더러, 궂은 일, 힘든 일, 위험한 일은 으레 그녀 몫이고, 게다가 품삯은 남조선 사람보다 훨씬 적게 주고, 아예 돈을 떼인 적도 한두 번이 아닙니다.

그러나 그 때문에 그녀가 그렇게 자주 직장을 옮겨 다닌 것은 아닙니다. 남조선 사내놈들은 그녀를 마음대로 주물러도 좋은 윤락녀처럼 만만하게 보고서, 기회만 있으면 눈이 벌개져서 그녀를 어떻게 해 보려고 달려듭니다요. 여자에 환장을 해도 단단히 환장을 한 놈들입지요. 양기에 좋다면서 뱀과 구렁이, 까마귀, 고라니나 오소리 등 야생동물을 닥치는 대로 잡아먹고, 다른 나라에 가서 곰 쓸개에 대롱을 꽂아놓고서 빨아먹는 희한한 작태까지 연출하여 나라 망신까지 톡톡하게 시킨 놈들이 다 그런 놈들 아니겠습니까요.

지난번 식당에서 나오게 된 것도 함께 일하는 주방장 사내 때문이었습니다. 처음부터 게슴츠레한 눈으로 그녀를 대하는 태도가 야릇하던 주방장 사내였는데, 그가 그날밤 일이 다 끝난 뒤 식당을 나갔다가 다시 돌아온 것입죠. 다른 사람들은 일이 끝나면 다들 집으로 돌아가지만 그녀는 집이 없기 때문에 식당에 남아 숙직을 하며 혼자 잠을 잤던 것입니다요. 밤마다 외롭고 고향 생각이 간절할 텐데 술이나 한 잔 하자며 전골냄비와 술병을 가지고 온 주방장은, 되는 소리 안 되는 소리 늘어놓다가 갑자기 그녀를 향해 달려들었습니다요. 그녀는 전골냄비를 들어 주방장의 머리통을 후려치고는, 그 틈을 타서 밖으로 도망을 치고, 다음날 바로 그 식당을 그만두었습니다요.

이태평 회장도 그렇습니다요. 아무리 술이 취했다 해도 얼마나 그녀를 문
문하게 봤으면 한밤중에 자고 있는 그녀를 강제로 범하려고 덤볐겠습니까.
그녀가 마구 고함을 치면서 저항을 하고, 천만다행으로 잠시 후에 계 여사
가 나타나 아슬아슬하게 일을 당하지는 않았지만, 그때는 정말 정신이 없
었습니다. 아무리 생각해도 너무 분해서 아까 낮에 그의 사무실로 이 회장
을 찾아갔을 때도 그는 태연하게

"마침 잘 왔구만. 그렇지 않아도 한번 만나고 싶었는디."

하고, 미안한 기색도 없이 뻔뻔스럽게 말했습니다요.

"그날밤은 내가 제 정신이 아니어서… 민 선생한테 실례를 했구만. 아하
하하! 술 취하면 사람이 솔직해진다고, 내가 평소에 민 선생을 이쁘게 생각
해서 그리 된 모냥이니, 너무 나쁘게만 생각지 말도록 혀, 잉?! 이쁜 사람을
보고 아무 생각이 없다면 그게 그 뭐더라, 그래 내시지 내시, 어디 사내라
할 수 있겠능가? 아하하하! 민 선생에 대한 내 호의가 그렇게 표현된 것이라
생각허고 괘념치 말도록 혀, 잉?! 물론 내 미안허제! 민 선생이 내 안사람한
테도 크게 봉변을 당하고 다음날 우리 집에서 쫓겨났다는 것도 내 다 알고
있는디, 어찌 안 미안허겠어? 미안허제. 미안허고 말고! …실은 그 때문에
나도 며칠 집에 못 들어가고 있구만. 아하하하! 우리 예펜네 성깔이 어디
보통이어야제. 그간 우리 진수놈이 민 선생을 많이 따랐는디, 이렇게 돼서
유감이구만. 물론 내 민 선생의 손해는 변상해야제! 이만한 돈이면 민 선생

맘도 좀 풀릴 것이여! 아하하하! 나 이래봬도 통 큰 사람이여. 아하하하!"

이태평 회장은 스스로의 말이 매우 만족스러운 듯 너털웃음을 터뜨리며 수표 한 장을 내밀었습니다요. 그녀는 너무 어처구니가 없어서 그 수표를 그의 얼굴에 집어던지고 그냥 나와 버렸습죠.

"아니, 민 선생, 왜 그래? 이게 얼마나 큰돈인지 보지도 않고…"

이 회장은 당황한 얼굴로 이해할 수 없다는 듯 중얼거렸으나, 그녀가 그를 찾아간 것은 돈을 바라서가 아니었습니다.

계봉봉 여사는 더욱 그렇습니다요. 좋은 대학 나와서 사업 수완 뛰어난 남편 만나, 온갖 부귀영화를 누리는 여자가, 게다가 교회 장로로서 신앙 독실하기로 유명한 여자가 그렇게 냉혹하고 표독스러울 줄은 정말 몰랐습니다. 평소 그렇게 싹싹하고 교양있게 민 선생을 대하던 그녀가 그날밤 제 남편이 잽싸게 줄행랑을 놓자 앞뒤 사정을 알아보지도 않고서 무지막지한 폭력을 휘두르다니, 민 선생은 도저히 계 여사가 어떤 사람인지 그 속을 알 수가 없었습니다. 게다가 이튿날은 교회에 가서 기도를 하고 계시를 받았다면서, 민 선생이야말로 그녀의 가정을 파괴하기 위해 숨어들어온 사탄이라며 가차없이 그녀를 집 밖으로 내쫓았습죠.

"네년이 내 남편에게 꼬리를 쳐?! 처음 이 집에 들어올 때 알아봤어야 하는 건데! 앙큼한 년!"

계 여사는 아예 처음부터 민 선생의 말은 들으려고 하지도 않고, 그녀를 사악하고 간교하기 짝이 없는 창녀 같은 여자로 몰아부쳤습니다요. 민 선생이 처음 그 집에 들어올 때부터 이 회장을 유혹해서 통정을 하고, 돈을 뜯어내려는 목적을 가지고 계획적으로 행동했다는 것입죠. 민 선생은 이 회장이 경영하는 예식장에서 청소부로 일을 하다가, 진수의 가정교사로 그 집에 들어왔었습니다. 그녀가 착실하고 부지런한데다가 연변에서 교사를 했었다는 것을 알게 된 이태평 회장이 그녀를 집으로 데려온 것인데, 계 여사는 그게 민 선생의 치밀한 계략이었다는 겁지요. 민 선생은 너무 기가 막히고 어처구니가 없어서, 변명 한마디 하지 않고 그 집을 나와버렸었습니다.

지난 며칠 찜질방에서 몸을 추스르며 민 선생은 돈을 벌기 위해 남조선으로 왔던 게 잘못이었다는 것을 뼈저리게 느꼈습니다. 연변에서 듣던 대로 남조선은 과연 잘 사는 나라였지만, 그러나 이제 그녀는 이곳에 머무르고 싶은 생각이 조금도 없습니다요. 그녀는 국적은 달라도 한 핏줄임을 믿고, 남조선이 올림픽과 월드컵을 개최할 만큼 크게 발전했다는 소식에 가슴 뿌듯한 감격을 느껴 남조선으로 왔지만, 그러나 남조선 사람들에게 연변 조선족은 하찮기 짝이 없는, 얼마든지 짓밟고 무시해도 괜찮은 이방인에 지나지 않는다는 것을 너무나 절실하게 깨닫게 된 것입죠.

그녀는 이태평 회장의 집으로 가면서도 진수가 집 안으로 들어갔기를 바랐습니다. 진수가 없으면 그냥 발걸음을 돌리려는 생각이었죠. 그런데 진수는 대문 앞에 오두마니 앉아서 그녀를 기다리고 있다가,

"…서, 서, 선생님!"

하며, 울음을 터뜨렸습니다.

"진수야, 울지 마! 열한 살이나 먹은 소년이 씩씩하지 못하게 울다니!"

민 선생은 코끝이 시큰했습니다. 진수가 전화를 걸기 시작 한 지 두 시간은 족히 지난 셈이니, 그 동안 계속 그녀가 오기를 기다리며 그곳에 앉아 있었던 것입죠.

"…서, 서, 선생님, 아, 안으로 …드, 들어가자!"

진수가 그녀의 손을 잡아 끌었습니다.

"안 돼. 선생님 이제 집 안에 못 들어가."

"…괜, 괜찮다! 우, 우리 어, 어, 엄마 어, 없다! 아, 아빠도 어, 없다! 드, 들어가자!"

진수가 그녀의 손을 잡고 마구 끌어당기자 그녀는 하는 수 없이 대문 안으로 들어갔습니다. 진수가 한번 떼를 쓰기 시작하면 누구도 당하지 못하는 황소고집이라는 걸 잘 아는 민 선생입니다요. 그녀는 진수의 마음의 문을 열고, 그의 친구가 되어 준 유일한 사람입니다. 진수 말대로 집 안에는 아무도 없었습니다요. 늘 그렇듯 이 회장은 오늘도 사업차 바쁘고, 계 여사는 교회 사람들과 시간을 보내고 있고, 가정부 아줌마는 행랑채 김 기사네로 마실을 가서, 김 기사의 아낙과 잡담을 하며 텔레비전 연속극을 보고 있는 모양입니다요.

"진수 밥 안 먹었지?"

진수는 고개를 끄덕였습니다. 그녀는 여느 때와 마찬가지로 식당으로 가서 진수에게 저녁을 먹이고 나서, 말했습니다.

"진수야, 선생님 이제 가야 해. 잘 있어."

"…서, 서, 선생님, 어, 어디 가?"

"선생님 이제 이 집에서 못 살아. 엄마가 알면 큰일 나."

"…그, 그럼 또 어, 엄마한테 매, 매 맞아?"

"그래, 이제 가야 해."

"서, 서, 선생님, …내, 내일 또 와. 아, 아무도 어, 없을 때 저, 저, 전화할게."

"우리 착한 진수, 씩씩하게 잘 자라야 해."

그녀는 진수를 달래 놓고 집을 나왔습니다.

그녀가 막 대문을 나설 때였습니다. 저쪽 골목에서 헤드라이트를 켠 승용차가 가까이 다가오더니, 그녀 옆에서 멈췄습니다요. 그녀는 가슴이 철렁했습니다. 그게 계 여사의 승용차라는 걸 한눈에 알아봤기 때문입죠. 그녀는 그곳을 벗어나려고 걸음을 빨리 했습니다만, 곧 김 기사가 달려와, 그녀의 앞을 가로막았고, 뒤이어 계 여사가 쫓아왔습니다요.

"이 앙큼한 것이 후다닥 도망치는 걸 보니, 분명 우리 집에 앙심을 품고 뭘 도둑질했거나, 아니면 무언가 해코지를 한 걸 거야. 이년의 핸드백을 조사해 보게."

계 여사의 말에 김 기사가 곤란한 얼굴로 잠시 머뭇거렸습니다. 평소 민 선생에 대해 호감을 가지고 있던 김 기사는 아무리 계 여사의 말이라도 그대로 따르기가 민망했던 것입니다요.

"내 말이 안 들리나? 김 기사도 저년과 한통속인가?"

계 여사가 다시 신경질적으로 목소리에 날을 세우자 민 선생이 김 기사에게 핸드백을 내밀었습니다.

"…그럼 민 선생, …실례하겠습니다."

김 기사가 미안한 표정으로 핸드백을 열고 안에 든 물건들을 꺼내기 시작했습니다요. 간단한 화장품 몇 가지와 손수건, 수첩과 볼펜 같은 것들이 나오고, 이어서 커다란 물방울다이아몬드가 박힌 목걸이와 루비귀고리, 사파이어가 촘촘하게 박힌 팔찌가 나왔습니다. 모두 엄청나게 비싼 것들로서 패물을 좋아하는 계 여사가 제일 아끼는 귀한 것들입죠.

"이 도둑년! 내 이럴 줄 알았어! 아까 이년의 뒷모습을 보는 순간 그런 생각이 퍼뜩 머리를 치더라구!"

계 여사는 그 패물들이 자기 것임을 알아보고, 큰 소리로 외쳤습니다요. 민 선생은 벼락이라도 맞은 듯 정신이 아찔했습니다. 왜 계 여사의 패물이 그녀의 핸드백 속에 들어 있는지 알 수가 없었습니다요.

"…아니예요. …난 훔치지 않았어요."

그녀는 목구멍 속으로 기어들어가는 작은 목소리로 말했지만, 계 여사는 그녀의 말은 들은 척도 하지 않고, 김 기사를 시켜 경찰을 부르게 했습니다요. 몇 분 지나지 않아서 경찰차가 달려오고, 그녀는 영문도 모른 채 경찰서로 끌려가게 되었습니다.

"나는 정말 모르는 일이예요. 난 훔치지 않았어요!"

경찰서에 가서도 민 선생은 자기의 결백을 거듭거듭 주장했으나, 경찰은 그녀가 연변에서 온 조선족이라는 것을 알고서는, 그녀의 말에는 귀도 기울이지 않았습니다요. 그들은 제대로 조사를 하지도 않고 일방적으로 조서를 작성한 다음 그녀를 구속했습니다. 누가 보기에도 그럴 듯한 동기와 명백한 물증이 있었으니까요.

4.

"도둑년이 들어와서 집안을 다 들어가도 모르고 있다니, 잘들 논다! 잘들 놀아!"

진수는 엄마가 머리끝까지 화가 나서 가정부 아줌마와 김 기사네에게 호통을 치는 것을 듣고서도 한 동안 그게 무슨 말인지를 몰랐습니다요. 그는 엄마에게 언제 도둑이 들었느냐고 물어 보려다가 엄마가 무서워서 그만 두었습니다. 엄마가 그런 말을 하지는 않았지만 진수는 오래 전부터 엄마가 자기를 성경에 나오는 귀신 들린 사람이나 문둥병이라도 걸린 사람처럼 주님의 은총이 아니면 고치기 어려운 병신으로 여기면서, 부끄럽게 생각하고 있다는 걸 느껴왔었고, 그런 생각을 할 때마다 자기도 모르게 주눅이 들곤 했습니다. 아빠는 엄마보다 더 노골적으로 그를 창피하게 여겨서,

"저런 병신 새끼!"

하며, 울화를 참지 못하고 탁자를 후려치기도 했습니다요. 그는 가정부 아줌마와 김 기사 내외도 말은 하지 않지만 속으로는 다들 그를 아무것도

모르는 바보로 여기고 있다는 것도 알고 있었습니다. 그가 민 선생을 그렇게 따랐던 것은, 민 선생만이 그를 그런 눈으로 보지 않고 진심으로 자기를 대해 준다는 걸 알았기 때문입니다.

"…아, 아, 아줌마, 어, 어, 언제 도, 도둑 …드, 들었어?"

엄마가 안방으로 들어가자 진수는 주방으로 가서 아줌마에게 물었습니다.

"며칠 전에 쫓겨난 민 선생, 그년이 사모님의 패물을 훔쳐 가는 걸 다행히 골목에서 사모님과 김 기사가 잡았단다. 그렇게 안 봤는데…. 그년 때문에 괜히 나와 김 기사네만 혼났다! 네가 대문을 안 닫아서 그년이 살짝 들어온 거야."

아줌마는 신경질이 날 대로 나서 불퉁가지를 부렸습니다요.

아차! 진수는 몽둥이로 뒤통수라도 세차게 얻어맞은 듯 정신이 얼떨떨했습니다. 선생님이 도둑으로 몰리다니! 그 패물들은 진수가 민 선생 몰래 그녀의 핸드백에 살짝 넣은 것이었습니다요. 그는 민 선생이 아무 잘못도 없이 억울하게 쫓겨나게 된 것을 다 알고 있었습죠. 사람들은 그를 아무 것도 모르는 멍청이로 생각해서, 그가 옆에 있어도 아무도 없는 것처럼 말도 행동도 함부로 합니다요. 그러나 진수는 자기도 알만한 것은 다 안다고 생각하고 있습죠. 언제부턴가 조금씩 조금씩 눈과 귀가 밝아져서 그 전에는 잘 안 보이던 것이 차츰 보이고, 그 전에는 모르던 것을 알게 된 것입니다. 그는 민 선생이 갑자기 집에서 쫓겨나자 그녀에게 기념이 될 만한 귀한 것을 선물하고 싶었습니다요. 그는 궁리에 궁리를 거듭하다가 아까 엄마가 거실에 있을 때 엄마 방에 살짝 들어가서 엄마가 가장 애지중지하는 패물을 슬쩍 한 것입죠. 엄마에겐 그것 밖에도 수십 개나 되는 패물이 있으니, 그까짓 두어 개 없어져도 괜찮다고 생각한 것입니다요.

"…그, 그럼 서, 서, 선생님은 어, 어떻게 됐어?"

"어떻게 되긴! 경찰서에 잡혀갔으니, 콩밥깨나 먹어야 할 게다."

"…코, 코, …코, 콩밥을 머, 먹어?"

"감옥살이를 해야 한다는 말이야! 죄인들 가둬 두고, 혼쭐내는 것 말이야."

진수는 곧바로 경찰서로 달려갔습니다. 경찰서는 그의 집에서 몇 백 미터 되지 않은 가까운 곳에 있어서, 진수도 잘 알고 있었습죠.

그는 경찰서 입구에서 경비를 서고 있는 경찰 두 명에게 다가가 말했습니다요.

"…우, 우, 우리 서, 선생님 도, 도둑 아니다! …내, 내가 우, 우리 서, 선생님 가방에 어, 엄마 모, 목걸이 너, 넣었다!"

정란신성대종(靖瀾神聖大鐘)

옛날 신라 때 경덕대왕이라는 임금이 저 건너 절골에 큰 절을 지었단다. 그 임금이 나라를 두루 순시하다가 꿈을 꾸었는데, 그 꿈에 부처님이 나타나셔서 절골에 절을 지으면 당신을 뵐 수 있다고 그러시더래. 절이 다 지어져서 임금과 신하들이 모두 번쩍번쩍 빛나는 비단옷을 떨쳐입고, 스님들도 눈부신 가사장삼을 두르고 낙성법회를 하는데, 뒤늦게 냄새 나는 남루한 옷을 걸친 거지 같은 늙은 중이 와서, 임금 뵙기를 청하더란다.

"이 지저분한 거지가 어딜 감히 올라오려고 해?"

신하와 스님들이 펄쩍 뛰며 말리는데, 임금이 그 스님을 불렀더래. 그래도 임금은 겉모습으로 사람을 보진 않았으니, 신하나 스님들보다 윗길인 셈이지.

"어느 절에서 오신 스님이시오?"

"소승은 비파암에서 왔소이다."

임금이 불법에 대해 이것저것 묻자 늙은 중의 대답에 막힘이 없더란다. 임금이 스님에게 공양을 하고 말했대.

"스님, 어디 가서 임금의 공양을 받았다고 말하지 마십시오."

그러자 공양을 마친 스님이 임금에게 다가가서, 다른 사람이 듣지 못하게 귓속말로 그러더래.

"임금님께서도 어디 가서 부처님께 공양을 했다고 말하지 마십시오."

그리고 스님이 빙그레 웃으며 공중으로 몸을 솟구쳐 구름을 타고 날아가더란다. 임금이 좌우를 거느리고 급히 스님을 따라갔으나, 그만 강물 때문에 스님을 놓치고 말았지. 임금이 자기의 덕이 부족해서 부처님을 알아보지 못한 것을 탄식하고 있는데, 신하가 강가에 놓여 있던 스님의 지팡이와 발우, 그리고 글월 한통을 가져 왔더래. 임금이 그 글월을 보니, 큰 종을 만들어서, 그 종소리가 나라 끝까지 울리면, 나라 안팎의 온갖 어려움이 모두 사라질 것이라고 쓰여 있더래. 이에 임금은 나라 안에서 제일 큰 종을 만들어서 그 절에 매달아 놓고, 매일 치게 했단다. 그러자 그 뒤로는 오랑캐도 쳐들어오지 않고, 돌림병도 돌지 않고, 해마다 풍년이 들어서, 백성들이 태평성세를 누렸더래. 그래서 절 이름을 대종사(大鐘寺)라 하게 되었고, 절골이란 이름도 생기게 되었단다.

1.

절골 가는 길은 사람들이 많이 다니지 않은 까닭인지 길이라 하기도 어려울 만큼 형편없었다. 빗물에 토사가 쓸려나가 여기저기 웅덩이가 파이고, 돌멩이와 자갈이 어지럽게 나뒹굴고 있을 뿐 아니라, 잡초와 덩굴들이 우거져서, 발걸음을 떼어 놓기가 쉽지 않았다. 길 양 옆에는 키를 넘는 억새풀과 잡목 들이 빽빽하게 들어서서, 깊은 산 속처럼 휘엿하고 호젓했다.

"예전에는 나무꾼들이 늘 나무를 하러 다녀서 길이 반들반들했는데….
힘들지 않나?"

길이 좁아서 두어 걸음 뒤따라오는 김 피디(PD)를 돌아보며 정수종씨가
물었다.

"젊은 놈이 힘들긴요. 정 실장님도 예전에 나무하러 다녔어요?"

"그럼. 학교가 파하면 늘 마을 아이들과 나무를 하러 다녔어. 그땐 다람
쥐처럼 잽싸게 이 길을 오르내리곤 했지."

그는 까마득하게 잊혀졌던 어린 시절을 떠올리며 대답했다. 그땐 학교에
서 돌아오면 으레 꼴망태기를 메고 소꼴을 베러 가거나, 아니면 지게를 지
고 나무를 하러 나서곤 했었다.

"제 아버지도 어렸을 적 나무를 하러 다니셨다는데, 저희들은 그런 말을
들으면 실감이 안 가요. 아마 실장님 세대가 그런 체험을 한 마지막 세대
가 아닌가 싶어요."

"그렇겠지. 우리 집 아이도 내가 어렸을 적 얘기를 하면 마치 옛날 호랑
이 담배 피우던 시절 얘기처럼 들으니까."

산모롱이를 몇 구비 돌아서자 저만치 자그마한 암자의 모습이 눈에 들어
왔다. 모종암(慕鐘庵)이었다. 오랜 세월 퇴락할 대로 퇴락해서 금방이라도 풀
썩 무너져 버릴 것만 같은, 어쩐지 숙연하고 비장한 느낌을 주는 건물 두
채가 주변을 붉게 물들인 단풍 속에 외롭게 서 있었다.

"여기서 손 좀 씻고 갈까?"

모종암으로 들어가는 나무다리에 다다르자 정수종씨가 골짜기로 내려가며 말했다. 다리 밑 골짜기에 맑고 깨끗한 석간수가 흐르고 있었다. 두 사람은 골짜기로 내려가서, 물에 손을 담갔다. 얼음처럼 차가운 기운이 온몸을 소름처럼 훑고 지나갔다. 정수종씨는 손을 씻고, 얼굴에 물을 끼얹었다. 순식간에 땀이 걷혔을 뿐 아니라 간밤에 마신 술기운까지 말끔하게 가신 듯 상쾌한 기분이었다.

정수종씨는 물 속에 놓여 있는 큼지막한 돌을 두 손으로 살며시 들어 보았다. 가재가 웅크리고 있음직한 돌이었다. 혹시나 해서였는데, 놀랍게도 등이 거무스름한 튼실한 가재 한 마리가 돌 밑 움푹한 곳에 웅크리고 있었다. 마을의 개울에선 오래 전에 자취를 감춘 놈들이었다. 그가 손을 내밀어 가재를 잡으려 하자 놈은 잽싸게 뒷걸음을 쳐서 다른 돌 속으로 몸을 감췄다. 그는 다시 그 돌을 들어냈다. 그러나 가재는 이번에도 재빠르게 그의 손을 피해 커다란 바위 밑으로 쏙 들어가 버렸다. 예전엔 귀신같이 가재를 잡곤 했었는데…. 옛 기억이 퍼뜩 그의 머릿속을 스쳐 지나갔다. 어린 시절 동네 아이들과 함께 가재를 잡아 싸움을 붙이기도 하고, 때론 삭정이로 불을 피워서 구워 먹기도 했었다.

"정말 전에는 엄청난 절이 있었던 게 사실인 것 같습니다."

김 피디가 암자 주변의 계단식으로 된 넓은 공터를 둘러보며 말했다.

모종암 주변은 수천 평이 넘어 보이는 넓은 공터였는데, 그 공터의 일부는 논과 밭이 되어 있고, 나머지는 다시 잡목과 덩굴풀 들이 뒤엉킨 숲으로 변해 있었다. 논에는 누렇게 벼가 익어가고 있고, 밭에서는 무와 배추가 파랗게 자라고 있었다. 논과 밭 가운데에 어지럽게 널려 있는 수십 개의 커다란 주춧돌들이 한때 이곳에 거대한 건물이 있었다는 것을 증언해 주고 있었다.

"저 논과 밭 가운데 흩어져 있는 주춧돌들을 보게. 이 정도의 규모라면 삼보 사찰에 뒤지지 않은 거찰이 있었음에 틀림없지."

"정말 그렇군요! 어쩐지 대박이 터질 것 같은 느낌이 오는데요!"

김 피디는 흥분과 기대감이 범벅된 얼굴로 말했다.

모종암은 밖에서 볼 때보다 훨씬 더 피폐해서, 사람이 살지 않은 폐허처럼 보였다. 대웅전과 요사채의 기와지붕 위엔 군데군데 잡초들이 우거져 있고, 두어 군데 서까래가 내려앉았으며, 기둥과 서까래의 단청과 바람벽의 벽화들도 빛이 바래서 희미하게 형해(形骸)만 남아 있었다. 담장 가엔 명아줏대, 바랭이, 닭의장풀, 먹때깔나무, 강아지풀 등이 다투어 우거지고, 골기와를 반으로 쪼개서 어긋무늬로 쌓은 담장들도 여기저기 무너져, 그 위를 칡덩굴과 담쟁이가 어지럽게 뒤덮고 있었다.

"절에 왔으니, 부처님께 인사는 올려야지."

그들은 대웅전으로 들어가 부처님께 절을 올렸다.

"어떻게 오신 분들이신지요?"

절을 하고 일어나는데, 등 뒤에서 소리가 들렸다. 뒤돌아보니 예순 살쯤 되어 보이는 여인이 합장을 하고 서 있었다.

"관지 스님을 뵈러 왔습니다."

정수종씨가 합장을 하며 여인에게 말했다.

"관지 노스님은 며칠 전부터 운수(雲水)를 나가셨는데요."

"언제 돌아오십니까?"

"잘 모르겠습니다. 마음 내키는 대로 오가시는 분이라…."

"꼭 좀 뵐 일이 있어서 왔는데, 이것 낭패로군요."

"이곳은 잊혀진 절이라 찾아오는 사람들이 없는데, …무슨 일로 스님을 찾으시는지요?"

"저는 YBS 방송국에서 일하고 있는 정수종이라 하고, 이 사람은 제 부서에서 일하는 김 피디입니다. 제 고향이 저 밑에 있는 성덕리라서 어린 시절에 관지 스님을 뵌 적이 있습니다. 옛날 이곳에 있었다는 대종사와 대종에 대해 관지 스님께 여쭤 볼 것이 있어서 찾아왔습니다만…."

"대종사와 대종이요?"

여인은 무슨 말인지 모르겠다는 얼굴이었다.

"옛날 불타 버렸다는 대종사와 대종에 대해 들으신 적이 있으십니까?"

"…옛날 이곳에 큰 절과 큰 종이 있었다는 얘긴 들은 적이 있지만, …저는 밥이나 하는 사람이라 자세한 것은 모릅니다. 먼 길을 오셨는데, 대접해 드릴 것도 없고, …홍시 몇 개 따다 놓은 것이 있는데, 맛보고 가시지요."

여인은 소쿠리에 잘 익은 홍시 몇 개를 내왔다.

정수종씨는 대종사와 대종에 대해 다큐멘터리 드라마를 제작하고, 가능하다면 강물 속에 빠졌다는 대종을 건져올릴 프로젝트를 기획하기 위해 찾아 왔노라고, 용건을 말했다.

"…종을 건져 올려요?"

여인은 그의 말이 무슨 뜻인지 잘 이해되지 않는 표정이었다.

"이것은 저희가 제작하여 방영한 〈한국의 범종〉이란 다큐멘터리입니다. 스님께 드리십시오."

그는 여인에게 명함을 건네고서, 관지 스님이 돌아오시면 꼭 연락을 주기 바란다는 당부를 하고 그곳을 나왔다.

정수종씨가 대종사의 대종에 대해 관심을 갖게 된 것은 지난 봄 프로젝트인 〈한국의 범종〉이라는 다큐멘터리 드라마를 방영한 후였다.

"우리 범종(梵鐘)에 관한 그 특집 잘 봤다. 내용이 깊이도 있고, 충실하고, 정말 훌륭하더라. 언제 그렇게 우리나라의 범종에 대해 공부를 했냐?"

방송을 마치고 얼마 지나지 않아 향리에 들렀을 때 형님이 칭찬하신 말이었다. 형님은 향리의 고등학교에 교장선생님으로 계시는데, 그가 제작한 프로그램은 거의 빼놓지 않고 보시고, 그에 대한 소감을 피력하시곤 했다. 형님은 그 다큐멘터리가 너무 좋아서 자료를 복사해서 학생들도 돌려 보도록 했다면서, 진심으로 기뻐하셨다. 인사치레가 아닌 칭찬에 그는 기분이 흐뭇해져서 말했다.

"사실 그 특집 때문에 1년이 넘게 국내는 물론이고 일본과 중국, 인도를 누비고 다녔죠. 꽤 투자가 많았던 프로젝트였습니다."

〈한국의 범종〉은 정수종씨가 기획하고, 추진한 그의 작품이었다. 그는 그 작품을 위해 미리 한국의 범종에 대해 상당한 공부를 했다. 그리고 종합적인 기획을 해서 윗선에 결재를 올렸다. 윗선에선 방대한 취재량과 긴 제작기간, 그리고 엄청난 제작비 때문에 난색을 표했다. 그러나 그는 열정적으로 그들을 설득하여 결재를 받아냈고, 책임자가 되어 그 프로젝트를 완성했던 것이다. 5부작으로 된 그 프로젝트를 위해 그의 팀은 국내의 이름 있는 범종은 물론이고, 다른 나라로 반출되어 있는 범종까지 샅샅이 취재하여, 시대별로 종의 모습이 어떻게 변화했는지를 보여주었다. 그리고 우리 범종과 일본, 중국 등 다른 나라의 종을 비교하여, 우리 범종이 주조된 기법과 특색, 우수성을 종합적으로 밝혀내는 데 심혈을 기울였다. 그의 팀은 그 다큐멘터리를 완성하기 위해 국내의 유명한 사찰은 물론이고, 일본과 중국, 인도, 멀리 티벳과 스리랑카를 몇 번이나 다녀왔었다. 미국에 기증한 〈우정의 종〉을 취재하기 위해 로스앤젤레스를 찾아가기도 했고, 병인양요 때 프랑스 해군에 의해 반출되었던 전등사의 범종을 취재하기 위해 프랑스의 〈기메 박물관〉을 방문하기도 했다.

다큐멘터리를 제작하면서 있었던 이런저런 에피소드를 이야기 하고 난 뒤였다.

"그런데 너, 저기, 성덕산 절골에 있었다는 대종사와 대종에 대한 이야기를 어떻게 생각하나?"

하고 형님이 뜻밖의 얘기를 꺼냈다.

"…대종사와 대종이요?"

정수종씨는 형님의 말이 무슨 뜻인지 알 수가 없어서 의아한 얼굴로 물었다.

"너도 그 얘기는 들어서 알고 있겠지?"

"그 얘기야 이 근방 사람이라면 누구나 어려서부터 듣고 자란 이야기 아닙니까?"

그는 할아버지와 할머니에게 들은 절골에 대한 옛 이야기를 떠올렸다.

"넌 그 얘길 어떻게 생각하냔 말이다."

"어떻게 생각하다뇨? 그건 그냥 문자 그대로 전설 아닙니까?"

"전설이라? 다만 전설일 뿐이란 말이냐?"

"전해져 오는 이야기니까요."

"나는 그 이야기가 전설일 뿐 아니라 역사적 사실이라고 생각한다. 너도 지금 모종암이 있는 자리에 예전엔 엄청나게 큰 건물이 있었다는 건 부정할 수 없겠지?"

"그거야…"

그의 머릿속에 절골에 있는 넓은 공터와 그 공터에 띄엄띄엄 놓여 있는 커다란 주춧돌들이 떠올랐다.

"옛날 이런 산골에 절 아니면 그런 큰 건물이 무엇이겠냐? 그게 대종사 터라는 건 모종암이란 암자 이름을 봐도 알 수 있는 것 아니냐? 대종사와 대종을 사모한다는 뜻이니 말이다."

마을에 전해지고 있는 얘기로는, 절골은 옛날 그 골짜기에 큰 절이 있어서 붙여진 이름으로서, 절골엔 신라시대부터 대종사란 거찰이 있었고, 대종사란 이름은 그 절에 크기나 아름답기가 나라에서 첫째 가는 대종이 있었기 때문인데, 오랑캐가 쳐들어와서 그 절을 불태워 버리고, 종을 약탈해 갔다는 것이다.

"무릇 이름(名)이라는 것은 문자 그대로 어떤 사물을 이르는 것 아니겠냐? 그렇다면 어떤 이름이 있는 곳엔 필히 그 실체가 있어야 하는 법이지. 절골과 대종사, 모종암이라는 이름은 그곳에 대종사라는 큰절이 있었다는 것이고, 그 증거는 그곳에 인위적으로 조성된 게 분명한 드넓은 공터와 여기저기 흩어져 있는 주춧돌들이지. 대종사가 절골에 있었다면, 그 절을 대종사라고 부르게 된 연유가 된 큰 종도 반드시 있었을 것이다. 그렇지 않았다면 어떻게 대종사란 이름이 생겨날 수 있었겠느냐. 이곳에서 삼십리 가량 떨어진 금강 아래쪽에 구룡소(九龍沼)라는 곳이 있다. 금강 물줄기가 절벽에 부딪혀서 직각으로 방향을 틀어 나가는 곳인데, 물줄기가 소용돌이칠 뿐 아니라 그 깊이를 알 수 없어서 예전부터 사람들이 가까이 가길 꺼려하는 곳이지. 마을 사람들 얘기로는 그곳에 명주실 한 꾸리가 다 들어가는 깊은 굴이 있고, 그 속에 아홉 마리의 용이 살고 있다고 해서 구룡소라고 한다는 게야. 인근 사람들은 그 구룡소를 대종소(大鐘沼)라고도 부르는데, 오랑캐가 뗏목에 싣고 가던 큰 종을 그곳에 빠뜨렸다고 해서 그렇게 부른다는 게지.

그 아홉 마리의 용은 금강을 수호하는 영물인데, 오랑캐가 우리나라의 보물인 대종을 빼앗아가자 뗏목을 뒤집어엎어서, 못 가져가게 했다는 것이지. 그렇다면 그 종이 어떤 종이겠냐?"

"형님 얘기는, 그러니까 대종사의 대종이 바로 그 구룡소란 곳에 빠져 있다는 말씀이군요."

"그렇지! 그 무거운 종이 어디로 갔겠냐?"

"…용이 뗏목을 뒤집어엎었다는 게 어디 말이나 됩니까?"

형님의 말씀은 그럴 듯했으나 정수종씨는 그 말을 믿을 수 없었다. 용이 뗏목을 뒤집어엎었다는 게 얼마나 황당한 이야기인가. 예로부터 용은 실재하는 동물이 아니라 어떤 초월적인 존재를 상징하는 말로 쓰여져 왔다. 일찍이 요순시절에 하우(夏禹)가 순의 신하로서 치산치수의 책임을 맡아 9년 홍수를 다스릴 때 누런 용을 타고 낙수를 오르내렸다는 말이 있는데, 그 누런 용이 바로 홍수의 거센 물결이 아니고 무엇이겠는가.

"용이란 우리 동양에서 일반적으로 물의 변화신을 지칭하는 이름입니다. 옛 농경사회에서 물을 다스리는 것은 나라의 가장 중요한 일이었는데, 용은 기우제의 대상으로, 또는 어촌에서 풍어제의 대상으로 신앙되었지요. 이는 삼국유사의 여러 기록이나 오늘날의 민간신앙에서 쉽게 확인할 수 있는 일입니다. 여주 신륵사의 연기설화(緣起說話)에도 원효대사가 절을 짓지 못하여 7일 간 기도를 하자 연못에서 용들이 하늘로 올라가고, 그런 뒤에야 그 자리에 절을 지었다는 내용이 나오는데, 신륵사가 강가에 있는 절이기 때문에 그런 설화가 생겨난 게 아니겠습니까? 강의 범람과 홍수로 인한 피해를 막고자 하는 비보(裨補)사찰이라는 것이지요. 그리고 백제 무왕이 창건했다는 미륵사에서도 '龍數'라는 글자가 새겨진 기와가 출토되었는데, 미륵사가 연못 위에 세워진 절이라는 것을 생각해 보면 풍수적으로 비보의 의미를 가지고 있다는 것을 쉽게 짐작할 수 있습니다."

"나도 정말 용이 뗏목을 뒤엎었다고는 생각하지 않는다. 용이 물의 신을 의미한다면 사나운 물소용돌이에 휩쓸려 종을 싣고 가던 뗏목이 뒤집어질 수도 있는 것 아니냐. 어쨌든 구룡소에 대종사의 종이 가라앉아 있다는 내 믿음은 변함이 없다. 오늘 내가 하고 싶은 말은, 바로 네가 방송국에서 설두를 해서… 그 종을 인양해 보라는 것이다."

"그 종을 인양해요?"

정수종씨는 형님의 너무 뜻밖의 말에 크게 놀랐다.

"나는 지난번 방송을 보면서 줄곧 그런 생각을 해왔다. 우리나라의 범종에 대해 그런 깊은 애정을 가진 프로듀서라면, 그리고 그런 특집을 만들어 낼 만한 능력이 있는 사람이라면 강물 속에 가라앉아 있는 그 대종을 인양할 수도 있으리라는 생각 말이다."

"…글쎄요. 그건 그리 간단한 문제가 아닙니다."

정수종씨는 자기도 모르게 고개를 가로젓고 있었다. 형님의 이야기가 모두 사실이라 할지라도 그게 언제 적 일인데, 지금까지 그 종이 강물 속에 잠겨 있겠는가. 또 설혹 강바닥 어딘가에 그 종이 묻혀 있다 할지라도 그것을 어떻게 찾아내며, 어떻게 건져 올린단 말인가.

"물론 쉬운 일이 아니지. 그러나 쉬운 일이 아니니까 가치 있는 게 아닐까? 이런 일은 너희 방송사와 같은 거대한 조직과 자본을 가진 곳만이 할 수 있는 일이지!"

정수종씨는 형님에게 방송국의 시스템을 설명하고, 자기 혼자서 결정할 수 있는 문제가 아니라는 것을 누누이 말했다.

"내가 그걸 모르겠냐? 그러나 나는 방송사와 같은 공익적 기관에선 반드시 성공할 수 있는 안전한 프로젝트만 추진해서는 안 된다고 생각한다. 이런 프로젝트는 결과의 성공과 실패를 떠나서 추진 과정을 그대로 녹화하여 방영한다면, 그 자체로서 하나의 프로그램이 될 수도 있지 않겠냐? 우리의 삶이 성공이나 실패와 관계없이 하나의 삶 자체로서 그 나름의 의미와 가치를 지니듯이 말이다."

"형님 말씀은 잘 알겠습니다."

그는 말은 그렇게 했으나, 그 대종을 인양하는 프로젝트는 불가능하다고 생각했다.

그날밤 서울로 돌아오는 길에 그는 구룡소라는 곳으로 승용차를 몰았다. 금강을 따라 강변도로가 공주에서 부여까지 나 있었기 때문에 그는 20분이 채 안 되어서 형님이 말한 구룡소란 곳에 이르렀다. 강이 병풍같이 둘러선 절벽에 부딪쳐서 직각으로 방향을 바꾸는 곳으로, 강폭이 다른 데보다 몇 배나 넓어지고, 절벽 반대편엔 넓은 백사장이 펼쳐져 있었다. 물안개가 어지럽게 솟아오르는 검은 강물을 바라보고 있다가, 그는 문득 거대한 용 아홉 마리가 물 속에서 솟구 쳐올라 대종을 실은 뗏목을 뒤집어엎는 모습을 보았다. 성난 용의 눈에서는 시퍼런 불줄기가 넌출넌출 뿜어져 나오고, 용들의 포효에 산천이 뒤흔들리는데, 용들이 일으키는 산더미 같은 물결에 혼비백산한 오랑캐들과 함께 거대한 종이 강물 속으로 휩쓸려 가라앉는 모습이었다. 놀라운 환상이었다. 그러자 이상하게도 갑자기 강이 이제까지와는 전혀 다른 새로운 존재로 느껴졌다. 지금까지 아무런 신성함도 생명도 없는 존재로만 여겨왔던 강이 돌연 감히 범접하기 어려운 신령함과 삼엄함을 지닌 어떤 거대한 영적(靈的) 존재로 변해서 그의 앞에서 그 거대한 몸을 뒤척이고 있었던 것이다. 그는 알 수 없는 두려움에 흠칫 몸을 떨며 무엇에 쫓기듯 그곳을 떠났다.

서울로 돌아온 그는 방송국 도서관에서 대종사에 관한 기록을 찾아 보았다. 조선시대의 대표적인 지리지인 이중환의 〈택리지(擇里志)〉와 한백겸의 〈동국지리지(東國地理志)〉, 정약용의 〈아방강역고(我邦疆域考)〉 등을 집중적으로 훑어보았다. 그러나 대종사에 대한 기록은 보이지 않았다. 그런데 놀랍게도 〈신증동국여지승람(新增東國輿地勝覽)〉에 대종사에 대한 기록이 보였다. 도서관에 비치된 것은 원본이 아닌 영인본이었는데, 제17권 〈공주목(公州牧)〉을 찾아 보았더니, 〈산천(山川)〉 부분에

聖德山在州南三十里一名大鐘山

(성덕산은 주의 남쪽 30리에 있는데, 일명 대종산이라고도 한다.)

라는 기록이 있고, 〈불우(佛宇)〉를 소개한 부분에 대종사에 대한 기록이
있었다.

大鐘寺在錦江東岸聖德山有大鐘故號大鐘寺其鐘之大宏傑於聖德大王
神鐘其鐘之名靖瀾神鐘俗傳昔新羅時景德王鑄造而詳記忘失而不傳

(대종사는 금강 동쪽 언덕 성덕산에 있는데, 큰 종이 있어서 이름을 대종사라 했다. 그 종의 크
기가 성덕대왕신종보다 굉걸하고, 그 종의 이름은 정란신종이다. 세상에 전하기를 옛날 신라시대
경덕왕이 주조했다 하나 상세한 기록은 망실되어 전하지 않는다.)

〈신증동국여지승람〉은 100여 년 동안 여러 차례의 수정과 증보를 거친
조선조의 대표적인 인문지리서다. 기록에 의하면, 세종의 명을 받아 맹사
성과 신색 등이 편찬한 〈신찬 팔도지리지(新撰八道地理志)〉를 바탕으로 하여,
성종 때 양성지, 노사신, 강희맹, 서거정 등이 〈동국여지승람〉을 편찬하였
고, 연산군 5년 개보수를 거쳐, 최종적으로 1530년(중종 25년)에 이행과 홍언
필 등에 의해 완성되었다는 것이다.

그렇다면 중종 때까지도 절골에 정말 대종사가 있었다는 얘기 아닌가!

갑자기 머릿속에서 폭죽이 터지는 듯한 느낌에 정수종씨는 부르르 온몸

을 떨었다. 엄청난 대박을 터뜨릴 것 같은 예감 때문이었다.

그는 그의 부서 사람들을 모아 놓고, 대종사와 대종에 관한 전설과 〈신증동국여지승람〉에서 확인한 사실을 이야기하고, 그들의 의견을 물었다.

"한마디로 대박감입니다! 이 프로젝트는 됩니다!"

"저도 느낌이 확 오는 게 예사롭지 않은데요!"

"실장님도 이 〈대종 찾기〉 프로젝트가 이벤트가 될 만하다고 생각하셔서 말씀한 것 아닙니까? 이걸 잘만 기획한다면 빅 이벤트가 될 만한 요소들을 골고루 갖추고 있다고 생각합니다. 과거의 사건을 드라마틱하게 보여 주고, 에밀레종 같은 거대한 종이 강물 속에서 극적으로 건져 올려진다면 그보다 더한 이벤트가 어디 있겠습니까? 나라 안이 떠들썩한 대사건이 될 것입니다."

젊은 부서원들은 당장 계획을 세워 〈대종 찾기〉 프로젝트를 추진하자고 의견을 모았다.

"여러분의 뜻은 알았습니다."

그날 이후로 부서원들은 날마다 대종 찾기 프로젝트를 추진하자며 졸라 댔다. 그러나 그는 결단을 내리지 못하고 여러 날 망설였다. 물론 그 대종을 찾을 수만 있다면 얼마나 폭발적인 반향을 불러일으킬 것인가! 그러나 문제는 그 종을 찾아낼 가능성이 그리 높지 않으며, 또 그 프로젝트를 수행하는 데 막대한 비용이 소요될 것이라는 점이었다.

머칠 후, 주례 간부회의 때 정수종씨는 그의 향리에 전해져 오던 전설과 지명들, 그리고 〈신증동국여지승람〉의 기록을 소개하고, 대종을 찾을 수만 있다면 큰 사건이 될 것임을 피력했다. 그런데 그의 말이 끝나자마자 강권수 이사가 대뜸

"그러니까 정 실장은, 지금 금강 어딘가에 묻혀 있을 그 종을 찾자는 말이지요?"

하고 말했다.

"종을 건져 올릴 수만 있다면 문화계의 커다란 이벤트가 될 것입니다."

"그건 성공했을 때 얘기이고, 강 속을 샅샅이 뒤져서 종을 찾아내려면 엄청난 비용이 들어갈 텐데, 만약 실패한다면 그 책임을 누가 집니까? 몇 년 전에도 일본군이 숨겨둔 금궤와 보물을 찾는다며 법석을 떨었던 사건이 있지 않았습니까? 그런 일은 대부분 태산명동(泰山鳴動)에 서일필(鼠一匹)이기 십상이니, 신중해야 합니다."

강권수는 그와 함께 방송국에 들어온 이른바 입사동기로서, 젊어 한때는 호흡이 잘 맞았던 친구였다. 그와 강권수는 의기투합하여 참으로 열심히 일했고, 수시로 술자리를 함께 하며 우정을 쌓아갔다. 두 사람은 서로 자극을 주고받으며 선의의 경쟁을 했고, 동기들 중에서 차츰 두각을 나타냈다. 그가 보기에도 강권수는 능력이나 성실성 등 모든 면에서 인정받을 만한 인재였다. 그는 그런 강권수를 능가하기 위해 많은 노력을 기울였고, 그러다보니 언제부턴가 강권수보다 조금씩 앞서 가기 시작했다. 윗사람의 인

정도 먼저 받았고, 승진도 먼저 하곤 했다. 그가 매번 몇 걸음씩 먼저 가자 강권수는 그와 거리를 두기 시작했고, 두 사람은 특별한 일도 없이 차츰 사이가 멀어졌다. 그런데 강권수가 방송사의 대주주인 김대경씨의 딸과 결혼을 하더니, 금방 그를 추월하였고, 얼마 전에는 드디어 이사가 되었다. 사람들은 그가 앉아야 할 이사 자리를 강권수가 가로챘다면서, 김대경씨의 입김이 작용한 정실 인사라고 수군댔다. 그 또한 강권수가 자기보다 먼저 이사가 된 게 심히 못마땅하고 억울했으나, 겉으론 그런 내색을 하지 않았다. 그리고 강권수를 찾아가 악수를 청하며 축하 인사까지 했었다.

"물론 실패할 수도 있지요. 그러나 반드시 성공할 수 있는 프로젝트만 추진한다면 그건 너무 안이한 자세가 아닐까요? 실패하더라도 의미 있는 일이 있을 수 있습니다."

평소의 반감 때문이었는지 정수종씨는 강권수 이사의 말을 강력하게 반박했다. 그리고 어떻게든지 대종을 찾아내서, 강권수의 콧대를 납작하게 눌러 놓으리라 결심을 굳혔다.

그는 본격적으로 일을 추진하기에 앞서 먼저 모종암을 찾아가 보기로 했다. 문득 모종암을 지키고 있는 늙은 스님이야말로 대종사와 대종에 대해 가장 잘 알고 있을 것이라는 생각이 들었기 때문이었다.

"김 피디, 내가 말한 그 모종암이란 암자에 관지라는 늙은 스님이 계시네. 내 어렸을 적부터 계셨던 분이지. 이번 주말에 그분을 만나러 가세."

2.

정수종씨가 관지 스님의 편지를 받은 것은 모종암에 갔다가 허탕을 치고 돌아온 지 20여 일 후였다.

세상에서 잊혀진 지 400여 년이 넘은 대종사와 대종에 대해 관심을 가진 귀하신 분이 내왕하셨는데, 마침 출타 중이어서 만나지 못했음을 애석하게 생각하고, 모종암에 대종사와 대종에 대해 대대로 전해져 오는 기록이 있으니, 원한다면 보여주겠다는 내용이었다.

대종사와 대종에 대한 기록이 있다니!

정수종씨는 편지를 받은 다음날 바로 김 피디와 함께 다시 모종사로 출발했다.

마당에서 콩을 털고 있던 공양주 여인이 두 사람을 알아보고 반기는 얼굴로 인사를 했다.

"관지 스님의 편지를 받고 이렇게 다시 오게 되었습니다."

"그런데 어쩌나. 스님은 산으로 땔나무 하러 가셨는데요."

"팔순이 넘은 노스님이 산으로 나무를 하러 가셨어요?"

김 피디가 놀란 얼굴로 물었다.

"우리 스님은 무엇이든 손수 하세요. 벼농사도 손수 하시고, 남새밭도 손수 가꾸시고…. 중이 일하지 않고 불자들의 시주나 받아먹고 지내는 것은 부처님을 팔아서 도둑질을 하는 것이라며 시주도 못 받게 해요. 괴짜 스님이시지요."

"요즈음 보기 어려운 스님이시군요."

정수종씨는 관지 스님이 범상치 않은 스님임을 직감했다.

"스님 오실 때까지 스님이 공부하시는 방에서 기다리시지요."

여인은 두 사람을 요사채의 한 방으로 안내하고, 지난번처럼 소쿠리에 홍시 몇 개를 가져다 주곤, 콩 터는 일을 계속했다.

방에는 작은 서안이 하나 놓여 있고, 사방 벽은 천장까지 닿은 높은 서가로 빙 둘러져 있는데, 서가엔 오래된 책들과 두루마리 자료들이 가득했다. 정수종씨가 서가의 책들을 둘러보고 있는데, 서안 위에 펼쳐져 있던 두루마리 문서를 들여다보던 김피디가

"실장님, 이걸 보십시오! 이게 바로 우리가 찾던 것 아닙니까?"

하고 외쳤다.

정수종씨는 자기도 모르게 김 피디가 들고 있던 두루마리를 빼앗듯이 가로챘다. 한지를 여러 겹 덧붙여 만든 두루마리에 위에서 아래로 〈靖瀾神聖大鐘沈沒顚末記〉라는 제목과 내용이 또박또박 붓글씨로 쓰여 있었다.

그는 두루마리를 펴서 방바닥에 펼쳐 보았다.

靖瀾神聖大鐘沈沒顚末記

夫至道包含於形象之外 視之不能見其原 大音震動於天地之間 聽之不能聞其響 是故 憑開假說 觀三眞之奧載 懸擧神鐘 悟一乘之圓音

夫其鐘也 空而能鳴其響不竭 重難轉其體 所以 王者元功克銘其上 群生
離苦亦在其中也

昔新羅時 景德大王舉忠良而教民 崇禮樂以醇風 野務本農 市無濫物 時
嫌金玉 世尙文才 二十四年臨邦勤政 一無干戈驚擾百姓 四方隣國萬里歸
賓唯有欽風

大王歸佛信心篤實 平生務布教 建立夥寺院於坊坊曲曲 大王亦樂巡視
國土 隨時行 一日至錦江聖德山 日暮而宿 夢寐中佛現而道 若營大刹於此
處 然後鑄大鐘 其鐘聲廣鳴於六合則國泰民安也 大王寤後大喜觀佛 快擲
萬資建大刹 敬捨銅二十萬斤而令鑄造大鐘 逐大王之悃 臣民之誠 匠人之
術 劉和而神器完成 厥狀如岳立 其聲若龍吟 上徹於頂巓 潛通於深海 見
之者稱奇聞之者受福 其名靖瀾神聖大鐘略號靖瀾神鐘也

世世代代 鐘鳴不絕 能伏魔鬼救之魚龍 震威暘谷清韻朔峰 聞見俱信芳
緣允種 時泰國平 外靜內康 順風雨調百穀成豐 百姓擊壤 快哉 是全佛之
鴻恩也

然而諸行無常 諸般時緣起卽色 時緣盡卽空也 靖瀾亦不可脫因緣之環
嗚呼哀哉 倭寇之魁首豊臣秀吉 統日本然後以暴槍劍蹂躪我邦 是壬辰倭
亂也 秀吉之麾下將帥宇喜多秀家先識靖瀾國之大寶見奸賊 企掠奪之 島
夷殘戮大鐘寺之僧侶 焚燒寺舍 掠奪靖瀾 構大筏而載靖瀾於厥欲脫出錦
江 是時在九龍於錦江 九龍守護江靈物也 九龍潛身於波瀾湍深沼 其筏到
達而飜之 賊咸溺死 靖瀾亦沈沒於深沼 嗚呼痛哉 雖時緣盡而逸失之 豈

不苦痛乎 但反省是亦由佛心褪我國復爲蓮邦則靖瀾亮威秀姿矣 嗚呼哀哉

壬辰 九秋 大鐘寺 僧 龍雲 謹書

"여기 좀 보십시오. 이게 아마 그걸 풀이한 것 같은데요."

정수종씨가 두루마리를 보고 있는데, 다시 김 피디가 한지에 붓으로 쓴 것을 그에게 가져왔다.

"관지 스님이 번역을 하신 것 같군."

"그렇군요."

정란신성대종침몰전말기

무릇 지극한 도는 가시적인 형상 이외의 것도 포함하나니 눈으로는 보면서도 그 근원을 알지 못하고, 지극히 큰 진리의 말씀은 천지 사이를 진동하여도 그 울림을 귀로는 들을 수가 없나니. 이런 까닭으로 부처님께서는 적절히 비유하여 진리의 심오함을 알게 하시고, 신종을 매달아 진리의 원음을 깨닫게 하셨나니.

대저 종이란 것은 속이 비어 있으나 그 울림이 능히 끝이 없고, 장중하여 옮기기 어렵도다. 그래서 왕이 된 자는 그 위에 으뜸가는 공을 새기고, 중생은 또한 그 소리를 듣는 중에 괴로움을 여의나니.

옛날 신라시대 경덕대왕께서는 충성스럽고 어진 사람을 등용하여 백성을 교화하시고, 예악을 숭상하여 풍속을 순화하셨으니, 사람들은 들에서 삶의 근본인 농사에 힘쓰고 저자에선 재물을 쓸데없이 낭비하지 않았다. 그때엔 사람들이 금과 옥 같은 사치스런 물건들을 싫어하고 글과 재주를 숭상하였나니. 대왕께서는 24년간이나 나라를 맡아서 부지런히 정사에 힘썼으며, 전쟁으로 백성들을 놀라게 한 일이 한 번도 없으셨다. 그리하여 사방의 이웃 나라와 만리 밖 먼 곳에서 온 사람들도 오직 우리나라의 풍속을 흠모했다.

대왕께서는 불교에 귀의하셔서 부처님을 믿는 마음이 독실하셨으니 평생 포교에 힘쓰시고 전국 방방곡곡에 많은 사원을 건립하셨다. 대왕께서는 또한 국토를 순시하시기를 좋아하셔서 수시로 순행을 다니셨는데, 어느 날, 금강 성덕산에 이르게 되셨다. 날이 저물어 그곳에서 하룻밤 주무시는데, 꿈에 부처님이 나타나셔서 말씀하시기를, 만약 이곳에 큰 절을 짓고 큰 종을 만들어서, 그 종소리가 널리 온 세상에 울리게 되면 나라가 태평하고 백성들이 편안하리라 하시니, 대왕께서 잠에서 깬 뒤에 부처님을 뵙게 된 것을 크게 기뻐하시고, 많은 재물을 흔쾌하게 내주시어 큰 사찰을 지으시고, 구리 20만 근을 내주셔서 대종을 주조하게 하시니, 대왕의 정성과 신하와 백성들의 성의, 장인의 재주가 합쳐져서 드디어 신비로운 종이 완성되었다. 그 모양은 산과 같이 우뚝하고, 그 소리는 용이 우는 것 같으니, 위로는 산꼭대기에 사무치고 아래로는 깊은 바다에까지 다다랐다. 그 모습을 본 사람들은 그 빼어난 모습을 예찬하고, 그 소리를 들은 사람들은 복을 받았으니. 그 이름은 정란신성대종이고, 줄여서 정란신종이라 불렀다.

세세대대로 종의 울림이 끊어지지 않았으니, 능히 마귀를 항복시키고 어룡을 구원하였다. 종소리는 햇빛 나는 골짜기를 울리고, 맑은 여운은 눈 쌓인 봉우리에 다달았다. 종을 보고 종소리를 듣는 모든 사람들이 부처님에 귀의하여 아름다운 인연의 씨를 뿌렸으니, 시절은 태평하고 나라는 평안하여 외적이 쳐들어오지 않고 나라 안이 편안하였도다. 비와 바람이 순조로워서 온갖 곡식이 풍년을 이루고, 백성이 격양가를 부르며 즐기었으니, 아아! 이 모든 것이 부처님의 크나큰 은혜이셨다!

그러나 모든 것은 덧없나니. 모든 것은 시절 인연이 있어서 생기고 그 인연이 다하면 사라지도다. 대종 또한 이 인연의 고리에서 벗어날 수 없었나니. 오호라 슬프도다! 왜구의 우두머리 풍신수길이 일본을 통일한 뒤 그 포악한 창칼로 우리나라를 유린하였으니, 이것이 바로 임진왜란이라. 수길의 휘하 장수 우희다수가가 정란신종이 신기한 나라의 보물임을 미리 알고 간사한 무리를 보내 이를 약탈하고자 꾀하였다. 섬도적들은 대종사의 스님들을 잔인하게 죽이고 절의 건물을 불질러 태우고, 정란신종을 약탈했다. 그들은 큰 뗏목을 만들고, 그 뗏목에 종을 싣고 금강을 빠져 나가려 하였다. 이때에 금강에 아홉 마리의 용이 있었으니, 용은 바로 강을 지키는 영물이라. 9룡은 미리 물결이 사납게 소용돌이치는 깊은 곳에 몸을 숨기고 있다가 뗏목이 그곳에 다다르자 그 뗏목을 뒤집어엎었다. 그리하여 도둑들은 모조리 물에 빠져 죽고 정란신종 또한 강 깊은 곳에 가라앉아 버렸다. 오호 슬프도다! 비록 시절 인연이 다하여 정란신종이 사라졌다 하나 어찌 괴롭고 마음 아프지 않으랴. 그러나 돌이켜 생각하면 이 또한 불심이 엷어져서 생긴 일이니, 다시 이 땅이 부처님의 나라가 되면 대종은 다시 그 위엄 있는 빼어난 모습을 나타낼 것이다. 오호 애재라.

임진년(1592년) 9월 가을에 대종사 중 용운 삼가 쓰다.

"이 글에 의하면 강물 속으로 대종이 가라앉은 게 확실한데, 전 아무래도 아홉 마리의 용이란 게 잘 이해되지 않습니다."

글을 다 읽고 나서 김 피디가 말했다.

"그거야…, 용이란 바로 물의 신령을 의미한 것이니, 물결에 휩쓸리거나, 아니면 자욱한 물안개 때문에 바위에 부딪혀 좌초한 것을 그렇게 표현한 것일 수도 있지."

"그럴까요? 그럼 왜 하필 용이 아홉 마리일까요?"

김 피디는 아무래도 미심쩍은 데가 있는 모양이었다.

"아홉이란 반드시 숫자 아홉을 의미하는 게 아니라, 많다는 의미로 쓴 게 아닐까 싶어."

정수종씨는 그렇게 대답했으나, 자기 말에 확신은 없었다.

관지 스님이 모종암으로 돌아온 것은 정오가 훨씬 기운 시간이었다. 거쿨진 풍채를 지닌 그는 팔순 노인답지 않게 커다란 나뭇짐을 지게에 짊어지고 성큼성큼 절로 들어섰다.

두 사람이 합장을 하고 공손하게 인사를 하자 관지 스님은 대뜸 얼굴 가득 부처님 같은 미소를 띄워올리며 반가움을 표시했다.

"제가 정수종인데, 제 고향이 바로 저 아랫마을 성덕립니다. 어렸을 적에 몇 번 스님을 뵌 적이 있지요."

"아, 그런 인연으로 해서 오늘 이런 만남이 이루어졌군요. 모두 부처님의 은혜외다."

관지 스님은 세수를 하고 나서, 두 사람과 마주 앉았다.

"방금 스님을 기다리다가 대종에 대한 기록을 읽었습니다."

"잘 하셨소이다. 그걸 보여 드리려고 내왕하시라고 하였소이다. 공양주 보살님께 듣기로는, 방송국에서 정란신종에 관심이 있다고 하시던데…."

"그 종을 찾을 수 있을까요?"

"……."

"그 종을 인양한다면 나라가 발칵 뒤집힐 대사건이 될 것입니다."

"…참으로 귀한 발원이긴 한데….."

관지 스님은 지그시 눈을 감은 채 생각에 잠겼다.

"노스님께서는 정말 그 구룡소란 곳에 정란신종이 가라앉아 있다고 생각하십니까?"

김 피디가 관지 스님의 침묵을 깨뜨리며 물었다.

"…정란신종은, …분명 그곳에 가라앉았소이다."

"저는 아홉 마리의 용들이 종을 싣고 가던 뗏목을 침몰시켰다는 게 납득이 되지 않습니다. 스님께서는 그런 얘기가 믿어지십니까?"

다시 김 피디가 말했다.

"…대종사가 불타 버린 뒤에 그 자리에 이 모종암이 섰소이다. 이 모종암을 세운 사람은 정란신종에 대한 기록을 남긴 현수 스님이외다. 그리고 대대로 그 기록과 함께 전해져 오는 이야기가 있소이다."

선조 25년 임진년 왜군 장수 중 한 명이었던 우희다수가(宇喜多秀家)는 조선에 출병하기 전에 관백 풍신수길(豊臣秀吉)의 최측근 참모인 석전삼성(石田三成)으로부터 밀명을 받았는데, 그것은 조선의 유명한 보물과 문화재를 약탈하여 일본으로 보내고, 그러한 공예 기술을 지닌 장인(匠人)들을 될 수 있는 대로 많이 붙잡아 오라는 것이었다.

"조선이 우리보다 우수한 것은 수천 년을 이어온 그들의 문화이니, 이번 기회에 그들의 문화적 기반을 송두리째 파괴하려는 것이오. 빼앗아올 수 있는 것은 모조리 빼앗아오고, 가져올 수 없는 것은 깡그리 태워 없애라는 관백의 엄명이시오. 그리고 무엇보다 중요한 것은 갖가지 기술을 가진 장인들이오. 다른 놈들은 다 죽여도 좋지만 장인들은 반드시 산 채로 잡아와야

하오. 이것은 그간 조선에 가 있던 우리 간자(間者)들이 조사하여 정리한 조선의 유명한 문화재 목록이오."

석전이 건네준 책에는 조선 8도의 문화재와 각 지방의 유명한 공예품, 그리고 그 공예품을 만드는 장인들의 이름까지 망라되어 있었다. 우희다수가는 부산포에 상륙하자마자 그의 군대 중 몇 개의 특수부대를 편성하여, 그들을 각 지방으로 파견하였다. 50명씩으로 조직된 특수부대는 왜군이 점령한 곳은 물론 그들의 군대가 아직 진주하지 않은 곳까지 진출하여 임무를 수행하였다. 그들은 유명한 사찰들을 습격하여 닥치는 대로 사람을 죽이고, 불경과 불상, 탱화, 범종, 사리장신구, 법고, 석탑, 석등, 당간과 당간지주 등 약탈할 수 있는 것은 모조리 약탈한 다음, 절에 불을 질렀다. 유서 깊은 지방의 종가(宗家)들을 노략해서 오래된 도자기와 전적, 회화, 금은으로 된 장신구 등 재물을 약탈했을 뿐 아니라 남자는 모조리 죽이고, 여자는 닥치는 대로 욕을 보였다. 또 그들은 도공(陶工)과 석공(石工), 옥공(玉工), 목공(木工), 와공(瓦工), 화공(畵工), 칠공(漆工), 지공(紙工), 염직공(染織工), 화각장(畵角匠), 단청장(丹靑匠), 입자장(笠子匠), 풍물장(風物匠), 유장(鍮匠), 은장(銀匠), 금박장(金箔匠), 두석장(豆錫匠), 수철장(水鐵匠) 등 이루 헤아릴 수 없이 많은 조선의 장인들을 붙잡아서, 일본으로 압송하였다.

우희다수가의 휘하 부대원들이 대종사에 쳐들어왔을 때 대종사에는 늙은 스님과 어린 동승 들만 남아 있었다. 젊은 승려들은 서산대사와 사명당의 격문(檄文)에 호응하여 승병이 되어 출병을 하였기 때문이었다.

"부처님의 전당에서 이 무슨 행패요?"

갑자기 들이닥친 왜군들이 노략질을 시작하자 늙은 월허 스님이 그들을 가로막고 나섰다. 그러자 지휘자인 듯싶은 사내가

"늙은 것이 살 만큼 산 모양이구나!"

하며 칼을 휘둘렀다. 단칼에 월허 스님을 베어 버린 그는

"거치적거리는 것은 모조리 참하라!"

하고 외쳤다. 그의 명령에 왜군들은 야차와 같이 날뛰며 닥치는 대로 사람들을 살해했다. 대종사는 순식간에 처참한 아비규환의 살육장으로 변하여, 절 밖으로 나가 있었던 몇 사람만 죽음을 피했을 뿐 노스님, 동승, 여자 할 것 없이 모조리 죽임을 당했다.

승병으로 나간 대종사의 젊은 승려들은 모두 9명이었는데, 그들이 그 소식을 들은 것은 참변이 있은 지 달포가 지난 뒤였다. 그들은 승병장 영규 대사의 휘하에서 청주성을 탈환하기 위해 왜군과 대적하고 있다가, 소식을 듣자마자 영규 대사에게 허락을 받은 뒤 급히 대종사로 향했다.

절로 돌아온 그들을 맞이한 것은 엄청난 화염에 휩싸여 무너져 내리고 있는 대종사의 모습이었다. 공교롭게도 그들이 절에 도착한 날이 바로 왜군들이 대종사를 떠난 날이었다. 왜군들은 그간 성덕산의 아름드리나무들을 베어서 거대한 뗏목을 만들고, 절에서 약탈한 모든 재화와 불상, 불경, 탱화, 정란신종을 실은 다음, 절을 떠나면서 그들의 만행을 흔적조차 없애기 위해 불을 지른 것이었다.

"왜구들이 떠난 지 얼마 되지 않은 게 분명합니다. 뒤쫓아갑시다!"

아홉 명의 젊은 승려들은 곧바로 가까운 성덕포로 달려갔다. 왜군들이 뗏목을 만든 곳이 성덕포였기 때문이었다.

그들이 성덕포에 이르렀을 땐 왜군들이 그곳을 출발하기 직전이었다.

"저놈들은 사람이 아니라 마구니들입니다! 당장 쳐 죽입시다!"

몇 명의 젊은 승려는 분기를 참지 못하고 당장 왜군을 향해 돌진할 기세였으나, 상좌인 용일 스님이 그들을 제지했다.

"분한 마음을 억누르고 냉정해야 하오. 저들은 숫자도 우리보다 훨씬 많은 데다가 조총까지 가지고 있으니, 지금 쳤다가는 우리만 헛되이 희생될 게 분명하오. 늘 우리가 해 왔던 대로 야음을 틈타 우리에게 유리한 지형을 이용해서 유격전을 벌여야만 승산이 있소."

그들은 나무 그늘에 몸을 숨기고 있다가, 왜군이 떠나자 강가의 길을 따라 그들을 뒤따라갔다. 그리고 밤이 되어 왜군들이 구룡소에 뗏목을 정박시키고, 닻을 내리자 작전을 전개했다.

그들은 승병으로 출정했을 때 입었던 옷과 두건을 바랑에서 꺼내서 착용했다. 밤에 적의 눈에 잘 띄지 않도록 검은 색 바탕에 용무늬를 그려 넣은 옷과 성난 용의 얼굴을 그린 두건이었다. 물론 적병에게 두려움을 주기 위함이기도 했지만, 용일(龍日), 용산(龍山), 용수(龍水), 용암(龍巖), 용월(龍月), 용운(龍雲), 용송(龍松), 용구(龍龜), 용학(龍鶴) 등 그들의 법명에 모두 용(龍)자(字)가 들어가 있었기 때문이기도 했다. 평소 단청과 탱화 등을 담당하고 있던 태안 스님이 젊은 제자들이 승병으로 나가게 되자 선물로 마련해 준 것이었다.

밤이 깊자 구룡소는 지척을 분간하기 어려울 정도로 자욱하게 물안개가 피어올랐는데, 그들은 굵은 통나무에 몸을 의지하여, 왜군의 뗏목으로 소리 없이 접근하였다. 왜군들은 아무 것도 모른 채 몇 명의 파수꾼만 세워 놓고 모두 잠들어 있었다. 그들은 왜군 몰래 뗏목 밑으로 들어가서, 대나무 대롱을 통나무 사이에 내놓고 숨을 쉬면서 검으로 통나무들을 묶어 놓은 밧줄을 끊기 시작했다.

한참 동안 밧줄을 끊자 통나무들이 불안하게 뒤놀았는데, 그때 갑자기 뗏목 위에 있던 왜군들이 소리를 지르며 소란을 떨었다. 밧줄이 끊기고 있는 것을 알아차린 것이었다. 순식간에 횃불로 뗏목 위가 환해졌고, 밧줄이 끊기고 있는 통나무 사이로 어지럽게 총알이 쏟아졌다. 그러나 아홉 명의 승려는 죽음을 무릅쓰고 악착같이 밧줄을 끊었고, 이윽고 거대한 굉음과 함께 뗏목 위에 실려 있던 대종과 약탈물들, 그리고 왜놈들이 순식간에 강물 속으로 휩쓸려 들어갔다.

이때 대종사의 아홉 승려 중 살아 남은 사람은 용운 스님밖에 없었고, 그는 불타 버린 대종사 터에 모종암을 세우고, 〈정란신성대종 침몰 전말기〉를 남겼다.

"그럼 구룡이란 게 용(龍) 자(字) 이름을 쓴 아홉 분의 스님을 말한 것이군요."

관지 스님의 이야기가 끝나자 김 피디가 납득이 간다는 듯 말했다.

"그렇소이다."

"스님들이 목숨을 바쳐 대종이 일본으로 가는 걸 막았다는 말씀인데, 그 말씀을 듣고 나니, 더욱더 그 대종을 찾아내야겠다는 생각이 드는군요."

정수종씨가 감동한 얼굴로 말하자,

"고맙고 귀한 발원이나, …쉬운 일이 아니외다. 이 늙은 중도 선생의 발원이 이루어지도록 부처님께 빌겠소이다."

관지 스님이 숙연한 얼굴로 말했다.

3.

관지 스님을 만나고 돌아온 정수종씨는 본격적으로 대종 찾기 프로젝트를 추진했다.

그는 대종사와 대종에 대한 모든 내용을 정리하고, 그러한 내용을 뒷받침할 수 있는 자료들을 첨부하여 〈정란신성대종 인양 프로젝트 기획서〉를 만들었다. 그리고 그 기획서를 간부회의의 의결자료로 제출했다.

"정 실장, 또 보물찾기 타령이오? 지난번에도 내가 반대 의견을 분명히 밝혔는데……."

회의가 시작되자마자 강권수 이사가 딴지를 걸고 나섰다.

"이건 뜬구름 잡는 보물찾기가 아니라 오랫동안 망각되었던 우리 역사를 일깨우는 일이고, 우리가 소홀히 여겨 내팽개쳐둔 우리 문화재를 발굴하는 일입니다. 단순한 보물찾기가 아닙니다."

"말이야 그럴싸하지만 결국 한 껀(件) 하자는 것 아니오?"

"솔직하게 말해서, 이 프로젝트가 성공하면 우리 문화계의 큰 이벤트가 될 것입니다."

"문제는 그 막대한 비용을 들여서 실패했을 경우인데, 그땐 어떻게 합니까? 정 실장이 책임질 수 있습니까?"

"책임져야 한다면 지겠습니다."

정수종씨는 강권수 이사의 반대에도 불구하고 강력하게 밀어부쳤다. 그는 반신반의하던 다른 간부들을 끈질기게 설득하였고, 마침내 필요한 모든 결재를 받아냈다.

정수종씨와 그의 팀은 밤낮을 가리지 않고 일을 추진하여, 20여 일 만에 모든 준비를 끝마쳤다. 강물이 줄어드는 갈수기에 강바닥을 파헤치고, 그 속에 묻혀 있는 대종을 인양하려면 최대한 서둘러야 했다.

마침내 대종을 찾는 공사가 시작되었다.

우선 강의 물길을 돌리기 위해 60여 대의 불도저와 굴삭기, 덤프트럭이 구룡소를 빙 에둘러서 백사장을 파헤치며 새로운 물길을 잡아갔다. 며칠 만에 거대한 새로운 물길이 생기게 되었다. 구룡소 쪽으로 흐르는 물길을 막자 강물은 백사장을 돌아 새 물길로 흐르고, 구룡소는 저수지처럼 갇힌 모양이 되었다.

다음 단계는 구룡소의 물을 퍼내는 작업이었다. 12대의 거대한 양수기가 밤낮을 가리지 않고 물을 뿜어내자 구룡소의 물은 닷새 만에 바닥을 드러냈다. 강이 바닥을 드러내자 엄청난 물고기들이 모습을 드러냈다. 피라미, 잉어, 뱀장어, 어름치, 누치, 퉁사리, 쉬리, 참갈겨니, 각시붕어, 참붕어, 칼납자루, 모래무지, 눈동자개 등 갖가지 물고기들이 물이 줄어들자 어쩔 줄을 모르고 이리저리 몰려다녔다.

"물고기도 이 강에 사는 중생이외다. 다치지 않게 옮겨다가 방생해야지요."

공사가 시작된 날부터 매일 나와서 일의 진척을 지켜보고 있던 관지 스님의 말이었다. 정수종씨는 관지 스님의 뜻에 따라 몇 톤이나 되는 많은 물고기들을 조심스럽게 옮겨서, 새 물길에 놓아 주었다.

구룡소의 바닥이 드러나자 다시 불도저들이 강바닥을 밀어 붙이기 시작했다. 7천여 평이 넘는 강바닥을 2~3미터 깊이로 파헤치면서 금속탐지기까지 동원하여 본격적으로 대종을 찾기 시작했다.

그러나 정란신성대종은 발견되지 않았다. 쇠붙이라곤 등신대의 동불 1구와 커다란 무쇠 가마솥이 한 개 나왔을 뿐 대종은 찾을 수 없었다.

4.

땅거미가 깔리는 절골 골짜기를 거센 눈보라가 몰아치고 있었다. 앙상하게 가지를 드러낸 나뭇가지들을 후려치며 달려온 바람이 정수종씨의 얼굴을 매섭게 후려치고, 또 후려쳤다. 눈을 뜨기도 숨을 쉬기도 어려울 만큼 엄청난 눈보라였다. 그는 몇 번씩이나 걸음을 멈추고 옷깃을 여민 다음, 다시 두어 자가 넘게 쌓인 눈을 헤치며 한 걸음 한 걸음 앞으로 나아갔다.

그가 모종암에 도착한 것은 밤이 완전히 깊은 다음이었다.

"…정 선생이… 이 시간에 이 험한 눈보라를 뚫고 오시다니…."

관지 스님은 눈을 흠뻑 뒤집어쓴 그를 보고 놀란 얼굴로 말했다.

"산길이라 눈이 많이 쌓여 있어서 시간이 좀 걸렸습니다."

"우선 안으로 들어가 몸을 녹입시다."

관지 스님은 공양주 보살에게 우선 따뜻한 차를 내오게 하고, 저녁 공양을 준비하도록 했다.

그가 저녁 공양을 마치기를 기다려, 관지 스님이 방 안으로 들어왔다.

"호롱불은 정말 오랜만입니다. 어렸을 적 호롱불 앞에서 숙제를 하다가 머리를 태운 게 한두 번이 아닌데…."

정수종씨가 방 윗목에 켜져 있는 호롱불을 바라보며 말했다.

"…세상이 많이 변했지요."

두 사람은 호롱불을 바라보며 한 동안 말없이 앉아 있었다.

"지난번 그 일로 정 선생이 방송사에서 어려움에 처하지나 않았소이까?"

이윽고 침묵을 깨고 관지 스님이 입을 열었다.

"…저에게 책임이 있으니까요. …세상 일이 다 그렇지요."

그는 보일 듯 말 듯 쓸쓸한 웃음을 지어 보였다. 그는 그 일에 대한 책임을 지고 부장 직을 내놓았던 것이다.

"그런데 그 대종은 어디로 갔을까요?"

정수종씨가 침묵을 깨고 물었다.

"…나는 지금도 정란신종이 그 강 속에 있다고 믿소이다."

관지 스님이 말했다.

"그렇게 강바닥을 샅샅이 뒤지고도 못 찾았는데, 그곳에 있을까요?"

"…구룡소 아래쪽 금동벽(金童壁) 어딘가에 묻혀 있을 것도 같고…"

금동벽은 구룡소에서 한 마장쯤 하류에 있는 깊은 소(沼)로서, 구룡소에 못지 않게 빙 둘러진 절벽 아래로 깊고 푸른 물이 호수처럼 고여 있는 곳이었다.

"…금동벽에요?"

"…며칠 전 꿈에 금동벽에서 울리는 대종 소리를 들었소이다. 큰물이 질 때 떠내려갔을 수도 있지 않겠소이까?"

"꿈에 종소릴 들으셨어요?"

"그거야… 너무 그 종을 골똘히 생각하다 보니, 꿈에 나타난 것일 수도 있겠고…. 어쨌든 아직 때가 안 된 것이겠지요."

때가 안 되다니?

"스님, …무슨 말씀이신지…?"

관지 스님은 한참 말이 없다가 이윽고 입을 열었다.

"…흔히 에밀레종이라고도 하는 성덕대왕신종이 천여 년이 넘게 경주 근처의 길가에 아무렇게나 버려진 채 나뒹굴고 있었는데, 그게 무얼 의미하외까? …부처님의 말씀을 글로 옮긴 것이 바로 불경이고, 형상으로 옮긴 것이 불상이고, 그 목소리를 옮긴 것이 범종이니, 종소리는 바로 부처님의 말씀인즉, 천년 동안을 종이 버려졌다는 건 부처님의 말씀이 세상에서 소똥개똥처럼 버림받았다는 뜻 아니겠소이까? 지금은 그 종을 경주박물관에다 옮겨다 놓았다지만, 종이란 울리지 않으면 이미 죽은 것이니, 무덤 속에 안치된 것과 다름없지요. 정란신종 또한 지금 나타난다 해도 성덕대왕신종처럼 죽은 종이 되어 묘지 같은 박물관으로 가기 십상 아니겠소이까? …그래서 아직 때가 안 되었다는 것이외다."

정수종씨는 관지 스님의 말씀을 들으며 우리나라가 다시 부처님의 나라가 되면 정란신종이 나타나리라는 용운 스님의 〈정란신성대종 침몰전말기〉를 떠올렸다.

두 사람은 다시 말없이 호롱불을 바라보며 깊은 생각에 잠겼다.

그날밤, 정수종씨는 관지 스님의 권에 따라 그곳 요사채에 머물었다. 그리고 꿈을 꾸었다.

영혼의 가장 깊숙한 곳까지 뒤흔드는 장중하고 은은한 둥근 소리(圓音)에 사람들은 모두 하던 일을 멈추고 귀를 기울였다. 참으로 아름답고 화평한 소리 중의 소리, 법열의 소리였다. 사람들은 모두 소리가 나는 곳을 향해 달려갔다. 사람만이 아니었다. 네 발 달린 들짐승들, 날개 달린 날짐승들도 그 소리를 듣고 모여들고, 온갖 미물들도 그 소리를 듣고 소리 나는 곳으로 앞다투어 왔다. 물 속의 온갖 물고기들 또한 그 소리를 듣고 헤엄쳐 왔다. 움직이는 것만이 아니었다. 산천의 초목들까지 마음을 열어 그 소리를 향해 경배를 하였다. 그것은 바로 종소리였다.

정수종씨 또한 사람들에게 뒤질세라 허겁지겁 그 소리를 향해 달려갔다. 소리가 나는 곳은 절벽이 빙 둘러진 강이었는데, 절벽 위에 '金童壁(금동벽)' 이라고 새겨져 있었다. 그런데 '金' 자(字)와 '童' 자(字)가 가까이 붙어서 '鐘(종)' 자처럼 보였다. 그것은 금동벽이 아니라 종벽(鐘壁)이었다.

그곳에 참으로 아름답고 거대한 범종이 있었다.

그 종은 우선 크기가 엄청나서 높이가 어른 키로 두 길이 넘어 보였다. 종의 꼭대기에 있는 용뉴의 용은 마치 살아 있는 것처럼 꿈틀거리고, 음통에는 화려한 보상화 무늬가 마치 살아 있는 듯 했다. 어깨와 구연부에는 화려하기 짝이 없는 보상당초무늬가 둘러졌고, 어깨 밑에는 보상당초 문양대가 장식된 유곽이 4곳에 배치되어, 그 안에는 연꽃 모양의 유두가 9개씩 조각되어 있었다. 그리고 유곽 아래엔 사방을 빙 둘러 부처님이 아난과 가섭 등 제자들과 지장보살, 관음보살, 사천왕 등에게 설법하는 영산회상도가 새겨져 있었다.

바로 정란신성대종이었다.

라일락 향기

　내가 희재를 처음 본 것은 교정에 라일락이 구름처럼 피어오르던 그해 봄, 내 나이 스무 살 때의 어느 날이었다.

　그날 5교시에 강의가 없었기 때문에 나는 점심을 먹은 다음 도서관으로 갔다. 이 책 저 책을 뒤적거리며 시간을 보내다가 6교시 강의 시간이 거의 다 되어서야 밖으로 나온 나는 강의가 있는 인문과학관으로 향했다. 도서관과 인문과학관 사이엔 라일락이 숲을 이룬 꽤 큰 구릉이 있었는데, 길은 그 구릉을 빙 둘러 돌아가게 되어 있었다. 활짝 핀 라일락꽃 때문이었을까. 나는 구릉을 질러가기 위해 길도 없는 라일락 숲으로 들어갔다.

　숲에는 크고 작은 라일락이 총총하게 군락을 이루고 있었는데, 맑은 자주색으로 갓 피어난 수천 수만 송이의 꽃들이 다투어 진한 향기를 뿜어내고 있었다.

　라일락꽃이 이렇게 진한 향기를 지니고 있었던가!

　그것은 다른 꽃향기처럼 아아하고 향그러운 것이 아니라 이야기 속 마법사의 향로에서 풍겨나는 사악하고 독한 마법의 기운처럼 머리가 어찔할 만큼 강하고 섬뜩했다. 나는 숨이 막힐 듯한 라일락 향기에 가벼운 현기증을 느끼며 라일락 떨기들을 헤치고 숲 안으로 들어갔다.

라일락 숲을 한참 헤쳐나가고 있을 때였다. 뜻밖에 두어 걸음 저쪽에 있는 키 작은 라일락나무 뒤쪽에서 여자의 목소리가 들려왔다. 나는 무의식 중에 걸음을 멈추고 그 목소리에 귀를 기울였다.

깊은 밤 구름 한 점 없는 가을하늘에 떠 있는 달 같다고나 할까. 녹음 짙은 여름 숲을 흔들고 지나가는 한 줄기 삽상한 바람 같다고나 할까. …높고, …맑고, …투명하고, …푸르고, …싱그럽고, …묘하게 윤기 있고 나긋나긋해서, …사람의 혼을 흔들고, 마음을 적시는, 생전 한번도 들어 본 적이 없는 그런 목소리였다.

나는 무엇에 홀린 듯 그 라일락 떨기 뒤로 돌아갔다. 그곳엔 사람이 앉을 만한 넓직한 바위가 놓여 있었는데, 그 바위에 라일락의 요정인 듯한 두 명의 여학생이 걸터앉아 이야기를 하고 있었다.

나는 그곳에서 그녀, 그 목소리의 주인인 희재를 보았고, 그녀와 눈이 마주친 바로 그 순간 그녀에게 완전히 사로잡혀 버렸다. 오랜 동안 내가 꿈꾸어 왔던, 언젠가는 꼭 만나리라고 생각하고 기다려 왔던, 그러나 한 번도 구체적으로 그 모습을 떠올려 볼 수 없었던, 그 여자가 그곳에 있었다. 그녀의 얼굴을 처음 본 바로 그 순간 나는 그녀가 그간 내가 그처럼 보고 싶어 했던 바로 그 여자임을 깨닫게 되었다. 아, 이런 여자를 정말 보게 될 줄이야!

나는 얼이 빠진 채 멍하니 그녀를 바라보았다. 그런 내 모습이 이상하게 느껴졌는지 그들은 대화를 멈추고 경계하는 눈빛으로 나를 살피며 말했다.

"얘, 시간 다 됐다. 이제 가자!"

"벌써 그렇게 됐니?"

그들은 바위에서 일어나 빠른 걸음으로 라일락 숲 속으로 사라졌다. 나는 어찌할 바를 모른 채 그들의 뒷모습을 우두커니 바라보고 서 있다가 한참 후에야 강의실로 향했다. 강의실로 가는 동안 그녀의 목소리가 계속 머릿속을 울렸다. 어찌 된 일인지 흙을 밟고 있는 게 아니라 마치 구름을 밟고 가는 듯한 기분이 들고, 제 정신이 아니었다. 알지 못할 어떤 마술에라도 걸린 것일까. 나도 모르는 사이에 뭔가가 내 몸과 마음에서 중요한 어떤 것을 훔쳐가 버린 것 같기도 하고, 뭔가 더할 수 없이 소중한 것이 갑자기 내 안으로 들어와 버린 것 같기도 한, 기이하고 걷잡을 수 없는 느낌이었다.

강의실에 들어가서도 교수님의 강의가 머릿속에 들어오지 않았다. 평소에 매우 흥미를 느꼈던 문화인류학이었는데, 그게 갑자기 참을 수 없이 건조하고 삭막하게 생각되었다. 익살스럽고 재치 있을 뿐더러, 명쾌한 논리와 정확한 표현으로 소문난 담당 교수님의 말씀이 갑자기 토막토막 끊어져서 아무 의미도 없는 단어들로 해체된 채 머릿속을 오락가락했다. 그 대신 방금 보았던 그녀의 얼굴이 바로 눈앞에 보듯 선명하게 떠올랐다. 도저히 강의에 정신을 집중할 수가 없었다.

교수님이 뒤돌아서서 칠판에 글씨를 쓰는 틈을 타 나는 강의실을 빠져나왔다. 그리고 무엇에 쫓기듯 아까 그녀를 보았던 그 라일락나무가 있는 곳으로 달려갔다.

그곳엔 아무도 없었다. 물론 아까 그곳을 떠난 그녀가 아직도 그곳에 있으리란 기대는 하지 않았다. 그런데도 그곳에 그녀가 없다는 게 견딜 수 없이 부당한 일로 생각되었다. 심지어 무엇에 배신을 당한 것 같은 느낌마저 들었는데, 나를 배신한 게 무엇인지는 알 수 없었다. 나는 그날 날이 저물 때까지 그녀 생각에 사로잡혀 우두커니 그 바위에 앉아 있었다.

그날밤 나는 잠을 제대로 이루지 못했다. 그리고 이튿날 아침 일찍 학교로 갔다. 나는 강의도 빼먹은 채 어제의 그 바위를 찾아갔다. 그러나 그녀는 그곳에 없었다. 나는 바위에 앉아서 어떻게 하면 그녀를 다시 볼 수 있을까 생각에 생각을 거듭했다. 그러나 별 뾰족한 수가 없었다.

그날부터 나는 그녀를 찾아 미친 듯이 캠퍼스를 쓸고 다녔다.

아무래도 여학생이라면 문과 계열 대학에 다니지 않을까 싶어서 먼저 인문과학관부터 샅샅이 뒤지기 시작했다. 그 다음 예술대학 학생들이 수강하는 예술관, 그리고 사회과학대학 학생들이 진을 치고 있는 사회과학관을 누비고 다녔다. 나는 이과대학 학생들이 있는 자연과학관, 공대생들의 아지트인 공학과학관, 의학과와 약학과 애들이 강의를 받는 히포크라테스관, 생명과학관 등도 몇 차례나 거듭해서 빠짐없이 훑아 나갔다. 교내의 시내버스 정류장에서 벤치에 앉아 몇 시간씩 버스를 오르내리는 사람들을 일일이 지켜보기도 하고, 도서관 열람석을 하나하나 훑어보기도 했다. 그녀를 처음 보았던 라일락 숲엔 수십 번도 더 가 보았다.

그러나 어디에서도 그녀를 볼 수가 없었다. 나중엔 그날 내가 그 숲 속에서 본 것은 사람이 아니라 그 숲의 요정이거나 라일락의 요정이 아니었을까 하는 터무니없는 생각까지 하게 되었다. 그렇지 않다면 1만2천 명쯤의 학생들이 생활하는 이 캠퍼스에서 어떻게 그렇게 감쪽같이 자취를 감춰 버릴 수가 있단 말인가.

시간이 갈수록 나는 점점 더 초조해졌다. 다시는 그녀를 볼 수 없는 게 아닐까 하는 생각이 마음속에서 차츰 더 자주 고개를 들었다. 그러나 그런 생각이 들 때마다 나는 어떻게든 그녀를 찾아내야 한다는 결의를 더욱 굳게 했다. 그리고 강의까지 빼먹어 가며 그녀를 찾아 캠퍼스 구석구석을 돌아다녔다. 그녀를 처음 보았던 그날, 그녀를 뒤따라가서 무슨 과에 다니는 누구인지 물어 보지 못한 게 그렇게 후회스러울 수가 없었다.

나는 밤에도 가만히 있지 못했다. 무슨 몹쓸 병에라도 걸린 사람처럼 밤마다 하숙집을 나와 캠퍼스를 돌아다니거나, 아니면 학교 앞을 흐르고 있는 금강으로 나가, 백사장이나 강둑을 배회하곤 했다. 강 건너편엔 옛적 백제시대의 산성(山城)이 반쯤 허물어진 채 이끼에 덮여 있고, 산성 안엔 퇴락한 문루(門樓)와 무너진 우물터, 단청이 벗겨진 낡은 누각 등이 고풍스러운 모습으로 남아 있었는데, 나는 강을 건너가 그 산성을 몇 시간씩 돌아다니기도 하고, 도심에서 십리쯤 떨어진 외진 나루터에 가서 몇 시간씩 강물을 바라보고 있기도 했다.

어떻게도 그녀를 찾을 수 없자 나는 절망했다. 그리고 그 절망은 무자비한 몽둥이가 되어 사정없이 나를 후려쳤다. 나는 여러 날을 먹지도 마시지도 못하고 심하게 앓았다. 자리에 누워 있는 동안 그녀가 우리 학교에 다니는 학생이 아니라 무슨 일로 잠깐 학교에 들렀던 사람일 것이며, 이제 언제 다시 그녀를 보게 될는지 알 수 없다는 체념이 음습한 안개처럼 마음속으로 적셔들었다.

나는 일주일 만에 가까스로 몸을 추스려서 학교엘 나갔다. 심하게 앓은 뒤끝이라서 그런지 어질어질 현기증이 나서 강의를 듣기가 어려웠다. 나는 수업을 포기하고 밖으로 나갔다. 나도 모르게 다시 발길이 라일락 숲으로 향해졌다. 나는 처음 그녀를 보았던 바위를 찾아가, 그 위에 걸터앉았다. 그리고 지그시 눈을 감고 현기증이 가라앉기를 기다렸다.

몇 분 지나지 않았을 때였다. 나는 차츰 가까워지는 인기척에 눈을 떴다. 그런데 놀랍게도 바로 그녀, 내가 그렇게 찾아다녔던 그녀가 내 눈앞에 서 있는 게 아닌가! 도저히 믿을 수 없는 일이었지만, 분명히 그녀였다. 그녀가 전에 보았던 그 여학생과 함께 바로 내 앞에 서 있었다.

나는 너무나 놀라 눈을 찢어지게 뜨고 그녀를 바라보았다. 그러나 다음 순간 나도 모르게 얼굴을 돌려 그녀의 눈길을 피해 버렸다. 그녀의 눈빛이 너무나 눈부셔서 바라보고 있을 수가 없었다. 그녀가 온통 빛으로 되어 있는 것 같은 느낌이었다. 갑자기 가슴이 터질 듯 두근거려서, 숨을 쉬기가 어려웠다.

"어머, 희재야, 누가 있다. 우리 다른 곳으로 가자."

그녀의 친구가 말했다. 희재! 나는 그녀의 이름을 마음속에 꼭꼭 새겼다. 희재!

"그럴까?"

그녀가 아쉬운 듯 대답했다. 그들은 약간 실망한 얼굴로 발길을 돌리려 했다.

"아, 아닙니다. 제가 자릴 비켜 드리죠."

나는 후딱 자리에서 몸을 일으키며 말했다.

"그러실 것까진 없어요. 저희가 다른 곳으로 갈게요."

희재가 말했다.

"아닙니다. 그렇지 않아도 일어서려던 참입니다."

나는 그 자리를 그들에게 양보하고 그곳을 떠났다. 그러나 어떻게 내가 그곳을 아주 떠날 수가 있겠는가. 나는 그 근처의 다른 바위에 앉아서 그들을 지켜보고 있다가, 그들이 자리에서 일어나자 멀찍이서 그들의 뒤를 따라갔다.

그들은 공학과학관의 한 강의실로 들어갔다. 희재는 공과대학에 다니고 있었던 것이다. 나는 희재의 강의가 끝나기를 기다렸다가, 다시 그녀를 뒤따라갔다. 희재는 시내버스를 타고 강을 건너 시내로 들어가더니, 버스에서 내려 걷기 시작했다. 그녀의 집은 박물관으로 올라가는 구릉지대에 있었는데, 집 앞에는 테니스장만한 넓은 공터가 있고, 공터의 건너편에 오래된 성당이 있었다. 공터 가엔 빙둘러 라일락과 목련, 개나리와 산수유나무들이 서 있고, 그 아래 군데군데 벤치가 놓여 있었다. 아마 성당에서 교인들을 위해 마련해 둔 공터 같았다. 우리 학교 학생들은 대부분 다른 지방에서 이곳으로 유학(遊學)을 와서 하숙을 하고 있었는데, 희재도 그 집에서 하숙이나 자취를 하고 있는 것 같았다. 나는 그녀가 집 안으로 사라진 뒤 날이 어두워질 때까지 그 공터의 낡은 벤치에 앉아 있었다.

다음날, 나는 희재의 모습을 보기 위해 강의가 끝나자마자 그 공터로 가서, 사람들의 눈에 잘 띄지 않는 벤치에 앉아 있었다. 30여 분쯤 기다리자 희재가 저만치 아래쪽 한길에 모습을 나타냈다. 얼굴을 알아볼 수 있을 만큼 가까운 거리는 아니었으나 나는 한눈에 그녀가 희재라는 걸 알 수 있었다. 그녀를 보았을 때의 내 마음을 어떻게 표현할 수 있을까! (20년이 지난 지금도 나는 그 벅찬 느낌을 생생하게 떠올릴 수 있다.) 나는 걷잡을 수 없이 세차게 뛰는 가슴의 동계를 억지로 억누르느라 안간힘을 다하며 그녀가 대문 안으로 사라질 때까지 그녀 몰래 그녀를 지켜보았다.

그 다음날도 나는 그 공터로 가서 희재를 기다렸다. 그런데 웬일인지 그날은 희재가 좀처럼 나타나지 않았다. 그녀는 무슨 모임이라도 있었던 듯 9시 30분이 넘은 뒤에야 귀가했는데, 그때까지 나는 공터를 서성거리며 그녀를 기다리고 있었다. 그 다음날도 나는 그 공터엘 갔고, 또 그 이튿날도 그곳엘 갔다.

2주일쯤 지난 뒤 나는 아예 성당 근처로 하숙집을 옮겼다. 그리고 특별한 일이 없으면 거의 매일 그 공터로 갔다. 희재가 일찍 귀가하거나 내가 너무 늦게 나간 날은 그녀의 얼굴을 보지 못하기도 했다. 희재의 방은 이층에 있었는데,(나는 공터에서 노는 그 집 꼬맹이를 사귀어서 그것을 알아냈다.) 나는 그녀의 방 창문에서 쏟아져 나오는 불빛을 통해 그녀가 집에 있는지 없는지를 쉽게 알 수 있었다. 그 방에 불이 켜져 있지 않으면 나는 밤이 깊을 때까지 벤치에 앉아 그녀를 기다렸다. 불이 켜져 있을 때도 나는 쉽사리 공터를 떠나지 못하고 불빛이 새어나오는 그녀의 방을 오래오래 바라보곤 했다. 그 불빛이 그렇게 밝고 따스하고 다감하게 느껴질 수가 없었다.

그러나 나는 희재가 그러한 내 마음을 아는 것을 원치 않았다. 아니, 그녀가 내 마음을 아는 게 두려웠다. 견딜 수 없이 그녀에게 내 마음을 알리고 싶은 충동이 일 때도 가끔 있었다. 그러나 왠지 그녀가 내 마음을 알게 되면 더 이상 그 공터에서 그녀를 보고 있을 수 없을 것 같은 느낌이 들었다. 그래서 나는 언제나 산책을 나왔다가 잠깐 벤치에 앉아 쉬고 있는 사람처럼, 그녀에게 아무런 관심도 없는 듯 무심하고 태연하게 행동했다.

그 해엔 장마가 유난히 오래 계속되었다.

그날따라 유난히 장대비가 줄창나게 쏟아져 내리고, 거센 바람까지 미친 말처럼 거칠게 날뛰었다. 그러나 나는 저녁을 먹은 다음 우산을 쓰고 공터로 갔다.

그녀의 방엔 불이 켜져 있지 않았다.

나는 커다란 라일락나무 밑에 놓여 있는, 사람들의 눈에 잘 띄지 않는 벤치에 앉아서 희재를 기다렸다. 희재를 기다린 지 얼마 지나지 않아 우산이 거꾸로 뒤집혀서 망가져 버렸다. 그러나 나는 쏟아져 내리는 비를 고스란히 맞으며 그냥 앉아 있었다. 순식간에 온몸이 물에 빠진 것처럼 흠씬 젖어들었다. 그러한 내 스스로의 모습이 더할 수 없이 을씨년스럽게 느껴지기도 했으나, 나는 그곳을 떠나지 않았다. 견딜 수 없이 희재가 보고 싶어서 도저히 발길을 돌릴 수가 없었다.

희재는 밤 11시가 넘은 뒤에도 모습을 나타내지 않았다. 혹시 무슨 일이 있어서 그녀가 고향에라도 간 게 아닐까 하는 생각도 들었으나, 나는 돌부처처럼 굳어진 채 그녀가 나타나길 기다렸다.

12시가 넘어서야 나는 벤치에서 몸을 일으켰다. 오랜 시간 비에 젖었기 때문인지, 아니면 그녀를 보지 못한 섭섭함과 아쉬움 때문인지 몸도 마음도 납덩이처럼 무거웠다. 내가 마악 라일락나무의 그늘에서 공터 가운데로 걸어 나가려 할 때였다. 저만치 한길 아래쪽에서 우산을 함께 쓴 남녀가 서로 어깨를 껴안은 채 공터를 향해 올라오고 있었다. 우산으로 상체가 가려져 있고, 한길 가에 띄엄띄엄 켜져 있는 가로등 불빛이 너무 희미했기 때문에 그들의 얼굴을 알아보긴 어려웠다. 그런데 웬일인지 가슴이 후두둑 떨리며 온몸에 좁쌀 같은 소름이 돋아올랐다. 나는 뭔가 좋지 않은 예감에 재빨리 라일락나무 그늘에 몸을 숨겼다.

그들은 포옹을 하듯 몸을 바짝 붙인 채 천천히 공터 쪽으로 올라오고 있었는데, 두 사람이 보통 사이가 아닌, 매우 가까운 관계라는 느낌이 다시 얼음처럼 차갑게 내 가슴을 스치고 지나갔다.

그들은 내가 라일락 나무 그늘에 몸을 숨기고 있는 것을 전혀 눈치채지 못한 듯 공터로 들어왔다. 그리고 격렬하게 상대방을 끌어안더니, 열정적인 키스를 나누었다. 그 순간 나는 언뜻 여자의 얼굴을 보았다.

그녀는 희재였다.

그들은 키스를 멈추고 나서 다정하고 은밀한 대화를 주고받다가, 또다시 키스를 했다. 마구 갈기를 펄럭이는 바람과, 그 바람에 어지럽게 머리채를 휘두르는 나무들, 창대가 내려꽂히듯 쏟아져 내리는 거센 빗줄기 속에서 격정적으로 서로의 사랑을 확인하고 있는 두 사람의 모습은 한 순간 내게 현실이 아닌 어떤 환상처럼 느껴졌다. 그러나 그것은 환상이 아닌, 엄연한 현실이었고, 그 현실은 내 가슴에 깊고 처절한 화인(火印)을 남겼다. 그 화인이 내 가슴을 지지며 파고드는 동안 나는 터져 나오려는 비명과 신음을 이를 악물고 견뎠다.

몇 번이나 키스를 나눈 그들은 이윽고 집 앞으로 걸음을 옮겼다. 그리고 다시 한번 깊은 포옹을 한 뒤 여자가 먼저 대문 안으로 사라졌다. 남자는 여자가 들어간 것을 보고 나서 발길을 돌렸다. 잠시 후 이층에 있는 희재의 방에 불이 켜지고, 창문을 통해 눈부시게 밝은 빛이 폭포수처럼 쏟아져 내렸다. 참으로 눈부시게 환한 빛이었다. 그러나 그 빛은 여느 때처럼 그렇게 따스하고 다감하게 느껴지진 않았다. 왠지 나의 접근을 거부하는 듯 차갑고 완강한 느낌을 주는 불빛이었다. 나는 공터로 나가, 한참 동안 망연하게 희재의 방을 올려다보았다. 그런 내 눈에 나도 모르게 뜨거운 눈물이 불쑥 솟구쳐 올랐다.

그날 밤, 나는 집에 돌아와서도 전혀 잠을 이루지 못하고 의자에 앉아 어두운 창 밖을 바라보며 꼬빡 밤을 새웠다. 두 사람이 포옹하고 키스하던 모습이 무수히 내 머릿속을 스쳐 지나갔다. 견고한 포옹. 그들 사이에 내가 끼어들 만한 틈은 전혀 없어 보였다.

내가 희재에 대해 알고 있는 게 무엇인가. 다시는 희재를 보기 위해 그 공터에 가지 않으리라. 가지 않으리라.

나는 수십 번이 넘게 다짐하고 또 다짐했다.

그러나 어찌된 일인지 그러한 내 생각과는 달리 하루가 채 지나지 않아 희재가 다시 못 견디게 보고 싶었다. 그녀를 보기 위해 공터엘 가서는 안 된다고 생각하자 더욱더 견딜 수 없이 그녀가 보고 싶었다. 어느새 내 안에서 희재가 그렇게 크고 넓은 자리를 차지하고 있었던가.

나는 학교에도 나가지 않고 사흘 동안을 줄곧 방 안에 처박혀 있었다. 그리고 금방 발작이라도 일으킬 것 같은 상태가 되어 바깥으로 뛰쳐나갔다. 나흘간을 나는 억수같이 쏟아지는 비를 맞으며 교외 여기저기를 마구 쏘다녔다. 며칠 사이에 나는 몸과 마음이 피폐해질 대로 피폐해져서 껑더리가 되어 버렸다. 그런데도 그녀를 보고 싶은 마음은 결코 사라지지 않았다. 아니, 오히려 시간이 갈수록 더욱더 커져 갔다. 나는 다시는 그녀를 보러 가지 않겠다는 스스로의 결의를 배반하고 또다시 그녀의 하숙집 앞 공터로 가고 말았다.

나는 밤새도록 무엇에 들린(憑) 사람처럼 넋을 놓은 채 희재의 집 앞 공터의 벤치에 앉아 있었다. 그러다가 갑자기 울려오는 성당의 종소리에 화들짝 놀라 정신을 되찾았다. 그러고 보니 어느새 새벽이 오는지 칠흑 같던 어둠이 희붐하게 약간 묽어져 있었다. 언제인지 모르게 비도 그치고 바람도 잦아져 있었다.

나는 문득 오랜만에 나 자신을 돌이켜 보았다. 온몸이 흠씬 젖은 채 봉두난발이 된 머리와 비쭉비쭉 아무렇게나 자란 수염, 초췌해질 대로 초췌해져 딴 사람처럼 변해 버린 모습이 영락없이 물에 빠진 생쥐 같았다. 갑자기 나 자신에 대한 걷잡을 수 없는 연민과, 그 연민보다 더 큰 분노가 구렁이처럼 맹렬하게 나를 휘감았다. 그리고 발작이라도 하듯 격심한 토악질이 불쑥 목구멍으로 솟구쳤다. 나는 허리를 꺾고 쭈그려 앉아 꺽꺽 여러 번 헛구역질을 했다.

구역질이 가라앉은 뒤 나는 무엇에 쫓기듯이 그곳을 떠났다. 나는 방향도 목표도 없이 오랜 시간 지척지척 걸어가다가 문득 걸음을 멈추었다. 난데없는 바다가 앞을 가로막았기 때문이었다.

나는 뜻밖의 사태에 잠깐 심한 두려움과 혼란을 느꼈다. 그러나 곧 여러 날 계속해서 내린 폭우로 강물이 그처럼 어마어마하게 불어나, 바다처럼 보였다는 것을 깨달았다. 아득하리만큼 넓었던 백사장은 흔적도 없어지고,

바로 둑 밑까지 붉은 물이 차올라 있고, 어둠 때문에 건너편 둑은 보이지도 않았다. 흉흉하고 도도하게 거스를 수 없는 힘으로 달려가는 거대한 강물. 강물은 마치 살아서 술렁이고 꿈틀거리고 몸을 뒤척이고 포효하는, 알지 못할 강렬한 악의를 지니고 나를 삼키려 드는 어떤 엄청난 짐승같이 느껴졌다. 심한 두려움 때문에 나도 모르게 흠칫 몸이 떨렸다.

그런데 그 순간 바로 그 생각, 이 거대한 강물을 헤엄쳐 건너야만 한다는 생각이 돌연 머릿속을 스쳤다.

강물을 헤엄쳐 건너가다니!

그것은 터무니없이 무모하고 위험한, 어리석기 짝이 없는 생각이었다. 그러나 한번 그 생각이 떠오르자 나는 어떤 일이 있더라도 반드시 그렇게 하지 않으면 안 될 것 같은 편집광적인 충동에 사납게 휘둘렸다.

강을 건너가야 한다!

반드시 저 너머로 건너가야 한다!

나는 걷잡을 수 없이 치솟는 맹렬한 전의(戰意)에 부르르 몸을 떨며 강물을 노려보았다. 네까짓 게 감히 나에게 덤벼?! 나는 강물이 킬킬거리며 나를 비웃는 소리를 들었다.

그래, 나는 너를 건너 저쪽으로 갈 수 있다!

나는 겉옷을 벗은 다음 강물 속으로 뛰어들었다.

강물은 기다렸다는 듯 무시무시한 폭력을 휘두르며 나에게 달겨들었다. 나는 곧 내가 흉포하고 맹목적인 살의를 가지고 날뛰는 거대한 괴물과 맞섰다는 것을 깨달았다. 나는 죽을 힘을 다해 나를 삼키려는 막강한 괴물과 싸웠다. 그리고 난폭하고 무자비한 적(敵)에게 마구 유린당하면서도 조금씩 조금씩 강 건너를 향해 나아갔다.

오랜 사투 끝에 드디어 나는 강 건너편 둑에 닿았다. 둑 위로 기어오르자마자 나는 기진맥진하여 그곳에 쓰러져 버렸다. 그간 얼마나 시간이 흘렀는지, 얼마나 하류로 떠내려왔는지, 그곳이 어디인지 전혀 알 수 없었다. 그러나 나는 내가 강을 건넜다는 것만은 알 수 있었다.

오랜만에 해가 뜨는지 강 건너편 산 위로 우련하게 동살이 잡혀왔다.

석봉 선사 구전(石峰 禪師 口傳)

해가 떨어지자 핏빛 노을이 서쪽 하늘을 검붉게 물들이더니, 이내가 발빠르게 골짜기를 덮어 내렸다. 스산한 바람이 일며 낙엽들이 어지럽게 흩날렸다.

산을 오르느라 땀에 젖었던 몸이 한기에 흠칫 진저리가 쳐졌다. 나는 거적문을 열고 흙움막 안으로 들어갔다. 흐릿한 어둠에 잠겨 있는 방. 봉두난발에, 풍채가 거굴진 노인이 눈을 감고 돌부처처럼 앉아 있었다. 나는 그에게 큰절을 올렸다.

"허락 없이 들어와 송구스럽습니다."

"……."

그의 완강한 침묵에 나도 입을 다물지 않을 수 없었다.

벽지도 바르지 않은 흙벽에 방바닥엔 수십 년 되어 보이는 다 떨어진 돗자리가 깔려 있고, 방 윗목엔 낡은 궤짝과 고리짝이 한 개 놓여 있을 뿐 가구라곤 보이지 않았다. 궤짝 위에 30센티미터쯤 되는 작은 돌부처와 요즈음은 보기 힘든 호롱이 놓여 있고, 돗자리 위엔 도토리와 상수리, 쥐밤 들이 서너 됫박 널려 있었다.

30여 분이 지난 뒤였다.

"날이 저물어 가는데, 그만 가 보시오."

노인이 눈을 뜨며 입을 열었다.

"…혜전 스님을 뵙기 위해 먼 길을 왔습니다."

"……."

"지난번에도 찾아왔다가 뵙지 못하고 그냥 갔습니다."

"…괜한 헛수고를 했구먼. 나는 시주에게 해 줄 말 없소."

"석봉 선사님에 대한 말씀을 듣기 위해 왔습니다."

"…석봉 선사?!"

뜻밖인 듯 노인의 동공이 크게 열렸다.

"스님이 석봉 선사님의 제자라고 들었습니다."

"그런 말을…?!"

"계룡산 신흥암엘 갔었습니다."

"신흥암…"

노인은 잠시 말이 없다가 자리에서 일어나 밖으로 나갔다.

한참 후에 노인이 밥 두 그릇과 김치, 간장 종지가 달랑 놓인 밥상을 들고 와 돌부처 앞에 놓고서, 무릎을 꿇고 합장을 했다. 나도 덩달아 무릎을 꿇고 두 손을 모았다.

"한 술 뜨시오"

합장을 마친 노인이 밥상을 당겨 앉으며 말했다.

"제가 곡차를 한 병 가져왔습니다."

나는 얼른 배낭에서 술병을 꺼냈다. 술병을 본 노인의 눈에 완연 반가운 빛이 감돌았다. 나는 노인에게 몇 잔의 술을 거푸 권했고, 마침내 그가

"석봉 스님 얘기를 들으러 왔다고?"

하고 입을 열었다.

내가 석봉 선사에 대해 처음 들은 것은 지난 해 여름이었다.

십수 년째 출강하고 있는 K 대학에서 한 학기 강의를 마치고 오랜 친구인 조한길 교수와 식사를 하던 중에, 그가

"전 선생, 혹시 석봉 선사라고 아시나?"

하고 물었다.

"석봉 선사? 처음 듣는 이름인데."

"계룡산 신흥암(新興庵)에 석봉이라는 괴짜 스님이 있었는데, 그 스님이 전 선생과 같은 겸면(兼面) 출신이라는 말을 들어서."

"금시초문인데, 괴짜라니?"

"한때 주먹으로 한 고을을 들었다 놓았다 했다는 얘기도 있고, 호랑이를 타고 다녔다는 얘기도 있고…."

나와 조 교수는 대학 시절 〈수요문학〉이라는 문학 동아리 활동을 할 때부터 소설을 써 왔고, 우리는 하숙방을 함께 쓸 만큼 간담상조하는 사이가 되었다. 조 교수는 대학 시절부터 불교에 귀의하여 믿음이 깊었고, 오랜 동안 그 쪽으로 공부와 정진을 계속하여, 수행을 오래 한 스님들 못지않은 경

지에 도달해 있었다. 대학 시절엔 머리를 깎고 방갓을 쓴 채 내 고향 집을 찾아와, 식구들을 놀라게 한 적도 있었고, 그가 발표한 소설 중에도 불교의 깨달음과 스님들의 이야기를 쓴 것이 많았다.

"옛날부터 유명한 스님들의 일화엔 믿기 어려운 이야기가 많지 않던가."

"그렇긴 하지."

"어느 때 사람인데?"

"정확하진 않지만 구한말에서 1970년대까지 사셨던 분인가 봐."

"그럼 별로 옛사람도 아닌데….."

"전 선생 고향 사람이라니, 소설로 써 볼 생각 없나?"

"스님 애긴 조 교수가 써야지. 공자님 앞에서 문자 썼다가 무슨 창피를 당하려구!"

나는 그의 말을 한 쪽 귀로 흘려들었을 뿐 마음에 두지 않았다. 석봉에 대해 아는 것이 없었고, 불교에 대해서도 문외한이었기 때문이다.

10여 일 후 나는 방학을 맞은 아들과 함께 계룡산 등반길에 올랐다.

산기슭 주차장에 〈계룡산 국립공원 안내도〉가 서 있었다. 그날 등산할 코스를 훑어보는데, 신흥암이란 글자가 내 눈에 들어왔다. 그리고 그 순간 불현듯 석봉이라는 이름이 머릿속에 떠올랐다.

석봉 선사!

내가 석봉 선사 이야기를 아들에게 들려주자,

"호랑이를 타고 다녔다니, 옛날이야기 같네요."

아들은 호기심 어린 얼굴로, 그러나 믿어지지 않는다는 듯 말했다.

"너, 상구보리(上求菩提) 하화중생(下化衆生)이라는 말을 들어 보았니?"

내가 묻자

"위로 참 진리를 구하고, 아래로 중생을 교화한다. 스님들이 추구하는 삶의 지표 아닙니까?"

"제법이구나. 표현은 각각 다르지만 모든 종교의 성직자들이 지향하는 삶이지."

우리는 갑사를 둘러보고 용문폭포를 거쳐 신흥암으로 갔다.

대웅전 앞에 신흥암과 천진보탑에 대한 연혁이 적혀 있었다.

석가모니 부처님의 사리를 비사문천왕이 신통력으로 이곳 계룡산으로 옮겨와, 천진보탑(天眞寶塔)에 안치하였는데, 백제 아도 화상이 계룡산 근처를 지나가다가 하늘에 상서로운 빛이 뻗치는 것을 보고 이곳을 찾아와, 부처님 진신사리가 천진보탑에 봉안된 것을 발견하고, 이곳에 갑사와 신흥암을 창건하였다는 내용이었다.

우리는 부처님께 참배하기 위해 대웅전에 해당하는 〈천진보궁(天眞寶宮)〉으로 들어갔다. 나는 불교나 기독교 신자가 아니었으나, 절이나 성당, 교회에 들릴 때면 으레 경건한 자세로 예를 표하였고, 아들에게도 그렇게 가르쳤다. 신앙의 대상으로서가 아니라 인류의 큰 스승으로서 그들이 어떻게 인류의 정신 발달 과정에서 혁명적인 진화를 가져왔는가를 알고 있었기 때문이다. 그런데 천진보궁 안엔 무수히 많은 조그마한 보살상과 나한상 들이 안치되어 있을 뿐, 그 한 가운데에 정좌해 계셔야 할 부처님이 보이지 않았다.

"그런데 부처님이 없네요?"

아들이 의아스러운 얼굴로 물었다.

"글쎄…."

내가 대답을 못하고 머뭇거리자 대웅전 한쪽 책상 앞에 앉아 있던 여인이 자리에서 일어서며 말했다.

"이곳은 부처님의 진신사리를 모신 곳이기 때문에 불상을 모시지 않습니다."

"진신사리요?"

"저 창 밖을 보십시오. 저 천진보탑에 부처님의 진신사리가 봉안되어 있습니다."

여인이 대웅전 뒤편을 가리켰다. 대개 뒷벽이 막혀 있는 다른 절 대웅전과는 달리 그곳엔 커다란 창문이 뚫려 있었는데, 그 창문을 통해 뒷산의 웅장한 바위와 그 바위 위에 탑처럼 서 있는 또 하나의 바위가 눈에 들어왔다. 천진보탑이란 게 인공적인 탑이 아니라 천연적인 바위였다.

"저 바위가 천진보탑입니까?"

"그렇습니다. 저 천진보탑에 참배를 하십시오."

전에 통도사엘 갔을 때 그곳 대웅전에도 불상이 없었는데, 석가모니의 진신사리를 봉안한 탑이 따로 있었다. 우리는 천진보탑을 향해 절을 올렸다.

"보살님, 혹시 석봉 선사라는 분을 아십니까?"

절을 마친 뒤 내가 여인을 향해 합장하며 물었다.

"…저는 이곳에 오래 있지 않아서…. 요사채에 스님들이 계실 겝니다."

아들은 휴대폰으로 천진보탑을 몇 장 찍고 나서 물었다.

"아버진 이 바위 속에 정말 부처님 진신사리가 있다고 생각하세요?"

"글쎄…. 난 잘 모르겠다만, 불자들은 그렇게 믿고 있겠지."

"만약 그게 진실이 아니라면, 그 믿음이 얼마나 허황한 것이 되겠어요?"

"…믿음은 바라는 것의 실상이요, 보이지 않은 것의 증거란 말이 있지 않니? 남의 믿음이나 종교에 대해선 함부로 말하지 않는 것이 좋다."

나는 문득 '怪力亂神 子不語(괴력난신 자불어)'라는 논어의 한 구절을 떠올렸다. 공자님께서는 괴이한 것, 신이(神異)한 것, 불가사의한 현상이나 존재에 대해선 말씀하지 않았다는 것이다. 처음 내가 그 구절을 읽었을 때는 매우 심상하게 받아들였으나, 나이가 들면서 공자님은 과연 성인의 경지에 오른 분이라는 생각을 하게 되었다. 아는 것은 안다 하고 모르는 것에 대해선 모르기 때문에 말하지 않는다는 게 얼마나 성실한 자세인가. 나는 공자의 말씀을 마음속 깊이 새겼고, 그 후 여러 종교의 경전에 쓰여 있는 이적(異蹟)과 초월적인 행위, 불가사의한 현상 등에 대해 그 유무(有無)와 진가(眞假)를 말하지 않게 되었다. 종교에서 중요한 것은 이적이나 초월적인 능력이 아니라 그 가르침의 체화(體化)라고 생각했기 때문이다.

요사채엔 젊은 스님 두 분밖에 없었다.

"…석봉 스님이라면 오래 전 분이라서, …저희는 그 분이 40년 동안이나 거의 말을 하지 않고 묵언(默言) 수행을 했다는 것밖에, 더 아는 것이 없습니다."

"40년을 묵언 수행을 하셨어요?"

"그렇게 들었습니다만, 자세한 것은 모릅니다."

"석봉 스님에 대해 잘 아시는 분이 없을까요?"

"저희 주지 스님께선 좀 더 잘 아실 것 같은데…, 지금 출타 중이십니다."

아쉽지만 다음을 기약할 수밖에 없었다.

1주일 후 나는 다시 신흥암을 찾아갔다. 허탕을 치지 않기 위해 미리 종무소로 전화를 걸어서, 주지 스님이 계신 것을 확인했다.

"저도 석봉 스님을 뫼신 게 얼마 되지 않아서 그 분에 대해선 잘 모릅니다. 워낙 말씀이 없으신 분이라서…."

지전이라는 법명을 가진 주지는 그렇게 입을 열었다.

지전이 석봉 선사와 함께 생활한 것은 그가 젊었을 적 겨우 1년여였다. 그리고 그때 석봉은 이미 칠순이 넘은 연세였고, 워낙 과묵하고 수행에만 정진했기 때문에 그와 직접 대화를 나누거나 가르침을 받아 본 적이 없었다.

석봉은 무섭게 생긴 사람이었다. 키가 육척으로 장대했고, 얼굴은 사천왕같이 크고 검붉었으며, 머리털이 하나도 없는 대머리에, 입술이 툭 튀어

나왔을 뿐더러, 눈이 화등잔 만했다. 또한 눈빛이 상대방의 심장을 찌르듯 강렬했고, 밤에도 호랑이 눈처럼 빛을 발했다. 그는 참선을 하다가 밤중이면 혼자 나가곤 했는데, 깜깜한 어둠 속에서도 신흥암에서 삼불봉을 거쳐 남매탑을 돌아오는 코스를 마치 산짐승처럼 쉬지 않고 내달리곤 했다.

알려져 있기로는, 석봉이 어렸을 때 중병으로 거의 죽게 되자 그의 부친이 부처님의 가피로 목숨을 구하고자 옥과현에 있는 관음사에 그를 맡긴 게 절과 인연을 맺게 된 계기였다고 한다.

"옥과 관음사요?"

내가 묻자

"그곳을 아십니까?"

"제 고향에 있는 절입니다."

옥과 관음사라면 내 고향 겸면 대명리에서 지척에 있는 사찰로, 내 어렸을 때부터 할머니를 따라 여러 번 갔었고, 초등학교 때도 봄가을로 소풍을 갔던 절이었다.

"그런 인연이 있군요. 석봉 스님의 제자로 9년간이나 그 분을 모셨던 스님이 계십니다."

"그 분이 누구십니까?"

"혜전이라는 스님인데, 지금은 아산 영인산 골짜기의 움막에서 수행을 하신다고 들었습니다만, 워낙 괴짜 스님인지라 만나뵙기가 쉽지 않을 겝니다."

"괴짜 스님이라면…?"

"무장무애(無障無碍)라 할까…. 무엇에도 얽매이지 않고, 아무 때나 나타났다 바람처럼 사라지고, 곡차 같은 것도 대취토록 마시고 하셔서…. 그 스님을 뵈러갈 땐 곡차를 좀 준비해 가면 좋을 것입니다."

나는 주지 스님에게 곡진하게 인사를 하고 신흥암을 나왔다.

내가 관음사를 찾아간 것은 닷새 후였다.

관음사는 곡성군 오산면 신세리에 있는 고찰로서, 예전에는 옥과현에 속했기 때문에 '옥과 관음사'로 알려져 있는 절이었다. 예전과 달리 절까지 가는 길이 말끔하게 포장되어 있을 뿐 아니라 퇴락할 대로 퇴락했던 금랑각과 원통전, 벽안당, 요사채 등 절집을 모두 중수해서, 옛 자취는 찾아보기 어려웠다.

〈관음사 사적〉에 의하면, 관음사는 백제 분서왕 3년(서기 301년)에 창건된 유서 깊은 절이다. 충청도 대흥현에 원량(元良)이라는 장님과 홍장(洪莊)이라는 딸이 살았는데, 16세 된 딸은 총명하고 효성이 지극할 뿐 아니라 용모가 심히 아리따워서 그 소문이 널리 중국에까지 알려졌다. 그때 홍법사(弘法寺) 성공(性空) 스님이 원량에게 시주하길 부탁하자, 가진 것이 없었던 원량은 홍장을 데려다가 팔아 쓰도록 했다. 스님을 따라나선 홍장이 소량포에 이르렀을 때 2척의 배에 예물을 싣고 온 중국 진(晉) 나라의 사신들이 홍장을 맞았다. 황제의 꿈에 신인(神人)이 나타나 황후를 맞이하라는 계시가 있었다는 것이다. 진 나라 황후가 된 홍장은 힘써 정업(淨業)을 닦았다. 그리고 많은 탑을 세우고, 불상을 주조했을 뿐 아니라 떠나온 모국을 잊지 못해 탑과 불상 들을 배에 실어 보냈다. 홍장이 마지막으로 보낸 금동관음보살을 실은 배가 표류하여 낙안포(지금 보성군 벌교)에 이르렀다. 그때 옥과에 살던 성덕(聖德)이라는 여인이 꿈에 관음보살의 계시를 받고 낙안포로 나아갔다. 관음보살이 오시니 영접하여 모시고, 절을 세우라는 것이었다. 성덕이 낙안포에 이르자 사공도 없는 돌배(石船) 한 척이 다가오는데, 휘황찬란한 광채에 눈이 부셨다. 그 배 안에 금동관음보살상이 실려 있었다. 성덕이 관음보살을 등에 업었는데, 새털처럼 가벼웠다. 성덕이 관음보살을 업고서 절을 지을 곳을 찾아 이곳저곳 돌아다니는데, 지금의 관음사 자리에 이르자 갑자기 보살상이 엄청나게 무거워졌다. 성덕은 그것이 관음보살의 계시임을 깨닫고, 그곳에 절을 세워, 관음보살상을 원불로 모시고, 이름을 관음사라 하였다. 후세 사람들은 관음사의 개산조(開山祖)가 된 성덕을 기려, 그 산을 성덕산이라 부르게 되었다. 원량은 딸 홍장과 이별할 때 흘린 눈물로 홀연 눈을 뜨게 되고, 이 또한 부처님의 오묘한 감응에 의한 것으로 믿었다.

나는 관음사에서 제일 오래 계셨다는 보암 스님을 찾아갔다.

"석봉이라는 스님이 소싯적에 이곳 관음사에서 출가를 하셨다던데, 그에 대해 들으신 것이 있으십니까?"

나는 보암 스님께 합장 배례한 뒤 용건을 꺼냈다. 보암은 수십 년 동안 관음사를 지켜온 노스님으로, 오랜 동안 관음사 주지를 맡다가, 지금은 조실로 계신 분이었다.

"…석봉이라… 석봉…. 예전에 석봉이라는 아이가 있었다는 얘기는 들은 적이 있소."

보암이 그의 윗대 스님들로부터 전해들은 얘기를 시작했다.

갑오년 동학 민란이 진압된 이듬해 여름, 폭풍우가 요란하던 어느 날 새벽 관음사 일주문 밖에 봉두난발한 사내와 어린 아이가 쓰러져 있었다. 중년 사내는 대퇴부에 큰 상처를 입은 데다 화농이 심해 거의 빈사상태에 이르렀고, 아이 또한 극도로 쇠약해져서 살아나기가 어려울 것 같았다.

"저는 …이웃 겸면 사람인데, 작년에 동학이 봉기했을 때 김계남 장군을 따라 나섰다가, …지금까지 관병을 피해 숨어다녔수다. …부디 아이를 부처님의 품에 거두어 줍시우."

죽기 전에 잠깐 의식을 돌린 사내는 몇 마디 띄엄띄엄 내뱉고 눈을 감았다.

스님들의 보살핌으로 가까스로 목숨을 구한 어린 아이는 머리를 깎고, 석봉이라는 법명을 갖게 되었다.

그러나 석봉은 절에서는 누구나 지키는 엄격한 일과를 지키지 않았다. 그는 늦잠을 자느라 새벽예불에도 참례하지 않았고, 울력도 하지 않았다. 다른 스님들이 마당을 쓸고, 채마밭에 가서 일을 하고, 나무를 하러 가곤 할 때에도 그는 성덕산을 뛰어다니며 산토끼, 고라니를 쫓아다니거나, 꿩알을 찾아 풀숲을 뒤졌고, 아니면 골짜기의 석간수에서 가재나 피라미 같은 것들을 잡아 구워먹으며 시간을 보내곤 했다. 그는 젊은 스님들의 말을 귓등으로도 듣지 않고 매사를 제멋대로 했고, 보다 못한 스님이 꾸중을 하거나 회초리질을 하면 불같이 골을 내며 분을 이기지 못해 식식거리곤 했다. 스님들이 그에게 한글과 한자, 그리고 불경을 가르치려 했으나, 그는 공부하는 걸 싫어했다.

석봉이 여남은 살이 된 뒤부터는 옥과 읍내로 나가, 장터를 돌아다니며 주먹질을 하곤 했다. 성깔이 대단하고 완력까지 뛰어난 그는 장터에서 닳아빠진 주먹패들에게도 지지 않았고, 사람들은 얼굴까지 험상궂은 그를 사천왕 보듯 했다.

"어린놈이 아주 싹수머리가 없습니다."

"사람 되긴 진작 글렀으니, 큰 화근덩어리가 되기 전에 내쳐야 합니다."

젊은 스님들은 그를 내쫓자고 주지 스님에게 여러 번 청했으나, 늙은 주지는

"인연이 있어 들어온 아이다."

하며 석봉을 두둔했다.

그날은 추석을 앞둔 5일장이 선 날이라 석봉은 아침부터 옥과 장터로 나가, 이곳저곳 기웃거리며 시간을 보냈다. 낫과 호미 같은 것을 만들어내는 대장간에서 한참을 보내고, 남사당패의 갖가지 놀이와 각설이들의 타령도 구경하고, 엿장수의 육자배기도 듣고…. 그러다가 배가 출출하여 돼지머리국밥을 파는 목로주점으로 들어갔다.

"얼라! 문어 대가리 새끼 중놈이 이런 데를 다 들어오네!"

"중놈이 고기 맛을 알면 절간에 빈대가 남아나질 않는다잖던가!"

목로에 앉아서 국밥을 먹고 있던 총각 세 명이 그를 보고 대뜸 비웃적거리며 시비를 걸어왔다. 비단옷을 입은 품이 제법 떵떵거리는 집안의 자제들로, 향교를 다니는 학생들로 보였다.

"관음사에 걸핏하면 주먹을 휘두르는 땡추 한 놈이 있다던데…"

"어린놈이 아직 뜨거운 맛을 못 봐서 하늘 높은 줄 모르고 까부는 게야."

그들은 석봉이 누구인지 알고 미리 작정을 한 듯 느물거리며 싸움을 걸어왔다. 석봉이 아무 말이 없자 한 놈이 그에게 다가와,

"그놈, 대가리가 꼭 목탁 같구면! 목탁 소리가 나는지 한 번 쳐볼까?"

하며 손가락으로 그의 머리를 톡톡 튕겼다. 순간 석봉이 주먹으로 그의 턱을 후려쳤고, 앉아 있던 두 명이 그에게 덤벼들며 목로집은 금세 난장판이 되었다. 석봉은 그들을 곤죽이 되게 패주고 관음사로 돌아왔다.

그런데 한 시간도 채 지나지 않아 30여 명의 사내들이 관음사로 들이닥쳤다. 그에게 맞은 총각들은 읍내에서도 손꼽히는 집안의 자제들인데, 그 중 한 명이 눈을 심하게 다쳤고, 크게 노한 그의 부친이 소작인과 머슴 들을 시켜 석봉을 잡아오도록 한 것이었다. 석봉은 그들을 보고 잽싸게 절의 뒷담을 넘어 수풀 속에 숨어 있다가, 그들이 돌아간 다음 절로 돌아왔다.

그를 보자마자 젊은 스님이 눈을 부라리며 말했다.

"야, 이놈아! 눈방울이 터져 버린 놈이 김 부사댁 도령이래! 김 부사댁이

라면 저 구렛들 전체가 다 그 집안 것인데, …넌 이제 뼈도 못 추리게 되었어."

그날 밤 주지 스님이 그를 불렀다.

"너와 관음사와의 인연이 예까지인 것 같다. 여기 있다가는 큰 변을 당할테니, 이 밤 안으로 구례 화엄사로 가거라."

주지 스님은 화엄사 주지 스님이 그의 도반(道伴)이라며 서찰 한 통을 써주었다.

석봉은 그 길로 관음사를 떠났다.

나는 관음사에서 곧바로 구례 화엄사로 차를 몰았다. 급히 해야 할 일도 없었을 뿐더러, 석봉 스님의 얘기가 한 편의 작품이 될 것 같았기 때문이었다.

구례 화엄사는 남도의 대찰이다. 백제 성왕 때 인도에서 온 연기 조사가 창건했다는 화엄사는 자장, 원효, 의상, 대각 국사 같은 고승들이 이곳에 머무르며 불법을 가르쳐, 천년 화엄성지(華嚴聖地)로 이름을 떨치게 되었다.

화엄사는 이름난 거찰답게 많은 사람들로 붐볐다. 여름철 템플스테이를 하는 사람들, 방학을 맞아 지리산 계곡에 캠핑을 하러 온 학생들, 지리산 종주를 하러 온 등반객들, 사찰순회 투어를 온 불자들, 관광차 들른 사람들로 절 안팎이 마치 장바닥같이 어지럽게 돌아갔다.

나는 먼저 종무소를 찾아갔다. 종무소엔 3명의 젊은 스님이 있었는데,

그러나 그들은 석봉에 대해 아는 것이 없었다. 요사채에 있는 스님들도 마찬가지였다.

주지 스님도 아는 게 없다면서,

"절 뒤쪽으로 조금 올라가면 구층암이라는 암자가 있습니다. 그곳에 계신 법현 스님이 이 절에 가장 오래 계신 분인데, 혹 무얼 알고 계실지 모르겠습니다."

하고 말했다.

나는 희망을 버리지 않고 구층암으로 향했다. 본사 뒤쪽으로 500여 미터쯤 오솔길을 오르자 대나무숲이 나타나고, 그 대나무숲을 지나자 반쯤 무너진 구층 석탑이 보였다. 그 탑 때문에 구층암이란 이름이 비롯된 것이란 생각이 들었다. 구층암에는 작은 부처님 1000분이 봉안된 천불보전과 수세전, 그리고 2동(棟)의 요사채가 있었는데, 법현 스님은 요사채에 계셨다. 팔순을 훌쩍 넘어 보이는 노스님은 조쌀한 얼굴에 눈빛이 온화했다. 나는 예를 갖춘 다음 석봉 선사의 얘기를 꺼냈다. 그러나 법현 스님 또한 그에 대해 아는 바가 없었다.

"…어려운 걸음을 하셨는데…, 차나 한 잔 하고 가시지요."

법현 스님은 손수 정재에 들어가 찻물을 끓여, 차를 내왔다.

"예전에 연기 조사께서 인도에서 오실 때 차 씨앗을 가져오셨다는데, 이곳 지리산 일대의 차나무들은 그 씨앗에서 퍼진 자손이라고들 합니다."

법현 스님의 차는 그의 미소처럼 은은하고 훈훈했다. 그러나 나는 화엄사에서 석봉 선사에 대한 얘기는 한마디도 듣지 못하고 발길을 돌렸다. 차를 몰아 지리산 기슭을 돌아나올 때 장대비가 마구 차창을 때렸다. 나는 운전을 하는 내내 막막한 실의에 휘둘렸다.

화엄사를 다녀온 두어 달 뒤 어느 날, 나는 무심히 텔레비전 채널을 이리저리 돌리다가 공교롭게도 영인산 휴양림에 대한 홍보 화면을 보게 되었다. 그 순간 신흥암 주지에게 들었던 말이 퍼뜩 머리를 스쳤다.

영인산 혜전 스님! 석봉 선사의 제자! 내가 왜 그걸 잊고 있었던가. 나는 즉시 인터넷에서 영인산을 찾았다. 나는 영인산의 지도를 프린터로 출력하고, 그 산에 있는 절(寺)들을 메모했다.

나는 먼저 영인산 기슭에 있는 수암사를 찾아갔다. 그러나 수암사엔 혜전을 아는 스님도 없었고, 그 근처에 스님이 홀로 기거할 만한 암자나 토굴, 움막 같은 것도 없었다. 다음날 나는 다시 염티읍 산양리에 있는 세심사를 찾아갔다. 세심사는 차 한 대가 겨우 다닐 만한 좁은 도로를 2킬로미터쯤 올라간 산 중턱에 자리한 작은 절이었는데, 역시 아무 소득이 없었다. 그리고 이틀 후 또 영인면 아산리에 있는 관음사를 찾아갔다. 나의 고향에 있는 관음사와 같은 이름의 절이었다. 그러나 그곳에서도 나는 혜전에 대한 어떤 이야기도 들을 수 없었다. 영인산에 있는 절들을 훑어보면 혜전 스님이 살고 있다는 움막집을 찾을 수 있으리라 생각했는데, 갑자기 막막해졌다.

그러나 나는 다시 영인산을 샅샅이 뒤지기 시작했다. 며칠 동안 뒷아산고

개에서 자연휴양림을 거쳐 상투봉으로 오르며 주위를 살피기도 하고, 영인면 소재지에서 연화봉으로 올라가는 산길을 뒤지기도 했다. 깃대봉 골짜기도 더듬었고, 신선봉 자락도 빠짐없이 훑어내렸다. 산에서 만난 사람들에게도 혹 움막 같은 걸 보았는지 묻고 또 물었다. 그러나 혜전의 자취는 찾을 수 없었고, 시간이 갈수록 차츰 막막한 절망이 마음속에 물처럼 차올랐다. 나는 이틀 동안이나 몹시 앓았다. 그간의 수고가 도로(徒勞)가 되자 몸살이 엄습한 것이다.

나는 자리에서 일어나자마자 다시 영인산을 찾아갔다. 수목원에 차를 두고 신선봉에 올라, 다시 닫자봉으로 향하던 길에서 나는 골짜기로 빠지는 희미한 조도(鳥道)로 접어들었다. 그리고 그 골짜기에서 마침내 작고 초라한 흙움막집을 발견하였다.

"계십니까?"

나는 두근거리는 가슴을 억누르며 움막으로 다가가, 주인을 불렀다. 그러나 아무런 대답도 인기척도 없었다.

"혜전 스님, 계십니까?"

나는 다시 큰 소리로 말했다. 그러자 잠시 후에 움막의 거적문이 열리고, 한 노인이 밖으로 나왔다. 껑충하게 큰 키에 낡아빠진 누더기를 걸치고, 비쩍 마른 풍채였으나, 어딘지 모르게 사람을 압도하는 강인함을 느끼게 하는 노인이었다.

"혜전 스님이십니까?"

나는 합장배례하고 물었다.

"…혜전이라… 그 이름 들은 지 오래 됐수!"

"스님께 말씀을 듣고자 왔습니다."

"…말씀을?"

노인이 의아하다는 듯 물었다.

"스님을 뵈려고 여러 날 이 산을 헤매고 다녔습니다."

"…헛수고를 했구면! 나는 해줄 말이 없수! 그만 가 보시우!"

노인은 나를 거들떠보지도 않고 움막 뒤란으로 사라졌다. 잠깐 소마라도 보러 갔나 했는데, 날이 어두워질 때까지 그는 돌아오지 않았다. 나는 움막에서 밤을 새웠으나, 그는 아침까지 돌아오지 않았다. 그러나 나는 절망하지 않고 산을 내려 왔다. 이제 그의 거처를 알았으니, 몇 번인들 못 찾아오랴.

그리고 오늘 드디어 나는 그와 마주 앉게 되었다.

술을 몇 잔 마신 혜전이

"뜻밖에 곡차를 대접 받았으니, 이 또한 인연인가."

나는 그간 석봉 선사의 족적을 따라 이곳 영인산까지 온 것을 간략하게 얘기했다.

"…석봉 스님의 부친이 동학도였는지 아닌지는 확실하지 않소."

드디어 혜전이 입을 열었다.

화엄사로 옮겨간 석봉은 그러나 여전히 불경 공부나 불도 수련엔 별 관심이 없었고, 걸핏하면 절을 나가, 싸움질을 하며 읍내를 주먹으로 휩쓸고 다녔다. 본래 성정이 과격한 데다가 완력을 타고났을 뿐 아니라 몸놀림이 번개 같아서, 인근에선 그를 당할 자가 없었다. 게다가 얼굴이 사천왕처럼 우락부락 험상궂어서 사람들은 다들 석봉을 두려워했다. 그가 유일하게 관심을 가진 것은 귀산이란 스님이 가르치는 택견이라는 전통 무술이었다. 발로 차고, 팔로 막고, 공중으로 솟구쳐 뛰어올라 일격에 상대를 제압하고…. 그는 택견을 익힐 때면 무엇에 들린 듯 열심이었고, 나중엔 귀산 스님을 능가할 경지가 되었다.

"너는 몸 쓰는 것 하나는 타고났구나! 아주 타고났어!"

석봉이 택견 익히는 것을 보고 귀산 스님이 늘 한 말이었다.

당시 구례에는 일본인이 운영하는 유도장이 있었는데, 그곳에서 유도를 익히는 사람들은 모두 일본인들이었다. 어느 날, 유도복을 입고 거들먹거리며 거리를 활보하던 청년 두 명과 시비가 붙게 된 석봉이 그들을 좀 두들겨 주었다. 그런데 다음 날 오후, 일본인 여남은 명이 읍내에서 절로 가는 길 중간에서 그를 기다리고 있었다. 그들은 모두 몽둥이나 각목 같은 것을 들고 있었는데, 전날 그에게 맞은 놈들이 도장에 가서 동료 패거리들을 데려온 게 분명했다. 그 중 한 명이 말했다.

"죠센징이, 게다가 중놈이 우리 내지인을 패?! 네놈이 팬 분이 누군지나 알아?! 바로 구례 군수님과 경찰서장님의 자제 분이시다, 이놈아! 차라리 호랑이 코털을 건드리지!"

"저놈 다시는 까불지 못하게 조져라!"

그들은 우루루 달려들어 마구 몽둥이를 휘둘렀고, 석봉이 쓰러지자 사정없이 짓밟아댔다. 석봉은 의식을 잃은 채 빈사지경이 되어 절로 업혀 왔고, 거의 달포를 자리에 누워 앓았다.

석봉이 어느 정도 몸을 추스르자 그를 보살펴 주던 스님이 말했다.

"석봉이 너, 이만한 걸 다행으로 알아라. 왜놈들이 어떤 놈들인지 몰라서 그놈들을 덧들였더란 말이냐? 왜놈들은 본시 싸움을 숭상하고 사람 목숨을 파리 목숨보다 못하게 여기는 야만인들이다. 옛날 임진 정유년에도 왜놈들은 우리나라에 쳐들어와서 사람으로선 차마 할 수 없는 온갖 악독한 짓을 다 저질렀다. 그때 이 화엄사의 주지 스님 설홍 대사와 대중들이 그놈들과 맞서 싸우다가 모두 돌아가셨는데, 왜놈들은 돌아가신 분들의 코와 귀를 모조리 베어 가는 천인공노할 만행을 저질렀다. 그들의 전공(戰功)을 증명해 줄 증거물을 챙긴 것인데, 그 증거물을 더 많이 부풀리기 위해서 남녀노소를 가리지 않고 민간인까지 마치 짐승을 사냥하듯 무자비하게 죽인 놈들이 바로 왜놈들이다. 그땐 그래도 왜구를 몰아냈는데, 이제 나라가 송두리째 왜놈들에게 넘어갔으니, 통탄! 통탄할 일이다! 너는 다시는 그놈들 근처에도 가지 마라. 또 그놈들과 얽혔다가는 목숨을 부지하기도 어려울 것이다. 네 성정이 거칠고 울뚝뺄이 있으니, 근신하고 또 근신해야 한다."

그러나 석봉은 몸이 완쾌되기를 기다려, 곧바로 읍내 유도장으로 쳐들어 갔다. 도장에서는 열댓 명의 일본 청소년들이 운동을 하고 있었는데, 전에 몽둥이를 휘둘렀던 그놈들이었다.

"이 쪽발이 놈들아! 비겁하게 여러 놈들이 몽둥이를 휘둘러?! 오늘 맨손으로 한번 붙어보자!"

그는 성난 호랑이처럼 그들을 향해 덮쳐가, 그간 가슴에 쌓인 분노를 폭발시켰다. 느닷없는 기습에 놀란 일본인들은 제대로 대항해 보지도 못하고 그의 주먹과 발길질에 여기저기 나가떨어지고, 몇 명은 허겁지겁 밖으로 도망쳐 나갔다.

"어린것이 제법이구나!"

그때 도장 뒤쪽 쪽문이 열리며 유도복을 입은 장대하고 당당한 중년 사내가 들어왔다. 도장의 사범인 사까다였다. 그는 유도 5단의 실력자로서 도장에서 청소년들을 가르칠 뿐 아니라 구례 경찰서 경찰들과 헌병대 군인들에게도 무술을 지도하는 유명 인사였다.

"당신이 사까다?"

"어디서 내 이름은 들은 모양이구나."

"애들을 가르치려면 똑바로 가르쳐야지."

"뭐라? 이 어린놈이!"

사까다가 벼락치듯 몸을 날려 석봉을 덮쳤으나, 다음 순간 그는 마룻바닥에 머리를 박고 고꾸라졌다. 석봉의 전광석화 같은 발길이 그의 턱을 갈겨 버린 것이다.

그날 밤 화엄사에 총검으로 무장을 한 구례 경찰서 순사 20여 명이 들이닥쳤다. 그들은 석봉이 거처하는 요사채를 포위한 다음, 총개머리판으로 석봉을 사정없이 후려치고, 군홧발로 마구 짓밟아, 수갑을 채워서 밖으로 끌어냈다. 스님 몇이 그들을 말리려 했으나, 그들은 스님들에게도 사정없이 개머리판을 휘두르고 발길질을 해댔다.

경찰서로 석봉을 끌고 간 순사들은 그를 지하의 고문실에 짐승처럼 몰아넣고, 다짜고짜 매질부터 시작했다. 몽둥이와 주먹, 발길질이 소낙비처럼 쏟아져, 그는 몇 번이나 의식을 잃었고, 의식이 겨우 돌아오면 그들은 또 무지막지하게 구타를 해댔다.

"이 후테이센징! 땡추놈이 내지인을 폭행해? 네놈 뒤에 분명 어떤 불순한 놈들이 있지? 그놈들이 누군지 불어! 삭신이 조금이라도 성할 때 불어야 목숨이라도 부지할 거다!"

순사들은 석봉이 일본에 대적하는 비밀 단체의 조직원이 분명하다면서 그 비밀을 캐낸답시고 고문에 고문을 가했다. 석봉은 몇 날 며칠 거듭되는 무자비한 고문에 정신이 나간 채 형식적인 재판을 받고 형무소로 옮겨졌다. 그의 죄는 후테이센징(불령선인, 不逞鮮人)으로서 대일본제국의 통치에 반대하고, 내지인들을 살해하려 했다는 것이었다. 그는 목포 형무소에 2년을 갇혀 있다가 대전형무소로 이감되어 3년을 더 복역하였다.

감옥에서 출감한 석봉은 쑥대머리에 낡아빠진 방갓을 쓰고, 남루한 옷 한 벌에 의지하여 동가식서가숙으로 팔도를 방랑하였다. 남쪽 바다에서 북쪽 산맥 들까지, 사람들이 붐비는 도회에도 인적이 드문 산골에도…. 발길 닿는 대로 가고, 곤비하면 쉬고, 바람 따라 구름 따라 동서남북을 지향 없이 전전하였다.

2년여가 지난 어느 날, 강원도의 산골을 헤매다니던 석봉은 길가 커다란 바위에 쓰여 있는 〈五臺山 上院寺〉라는 표치(標幟)를 보게 되었다. 오대산 상원사. 익히 들었던 이름이었다. 날도 저물어 가는데 하룻밤 머물러 갈까. 석봉은 상원사를 찾아갔다.

일주문인 청풍루를 들어가는데,

"웬 거지가 성스러운 절에 더러운 발을 들여놓는 게야!?"

젊은 몽구리 두 명이 눈을 부라리며 그의 앞을 막아섰다.

"더러운 발? 이곳은 깨끗한 발만 들어가오?"

"이 작자가! 여긴 신성한 부처님의 진신사리를 뫼신 곳이야!"

그들은 게접스러운 석봉의 몰골을 위아래로 훑어보며 시덥잖다는 듯 코웃음을 쳤다.

"부처님 집에 주인이 따로 있소?"

그는 휘적휘적 안으로 들어갔다.

"아니, 이 작자가!"

"저놈 잡아라!"

두 몽구리가 그를 붙잡으려다가 그의 가벼운 손놀림 하나에 엉덩방아를 찧으며 넘어지고,

"화적놈이다!"

다급한 고함 소리에 대여섯 명의 젊은 중들이 쏟아져 나왔다. 중들은 그를 붙잡으려 했으나, 석봉의 강한 힘과 재빠른 동작에 속수무책이었다. 한참 어지럽게 술래잡기를 하는데,

"멈추어라."

등 뒤쪽에서 스님 한 분이 나타났다. 방한암(方漢巖) 선사였다.

"부처님을 뵈러 온 시주님께 무슨 짓이냐? …시주님은 저를 따르시지요."

그는 석봉을 접빈소로 안내하고, 접빈승에게 차를 내오게 했다.

"시주께선 절과 인연이 있으시오?"

석봉이 차를 다 마실 때까지 말이 없던 한암 선사가 한참 만에 입을 열었다.

"관음사와 화엄사에 오래 있었습니다."

"…그러셨군요. 편히 쉬시오."

한암 선사는 접빈승에게 그를 대접하도록 당부하고 방을 나갔다.

다음날 석봉은 일찍 일어나 절을 나왔다. 전나무가 우거진 길을 한 마장쯤 내려오고 있는데, 몽구리 한 명이 다급히 뒤쫓아왔다.

"한암 큰스님께서 꼭 모셔오라고 하셨소."

석봉은 잠시 망설이다가 몽구리를 따라갔다.

"시주님은 부처님과 인연이 깊어 보이는데, 잠시 이곳에 머무르는 게 어떻겠소?"

한암 선사의 말에는 무언가 거역하기 어려운 힘이 있었다.

"…그럼 잠깐 머무르며 나무라도 해 보겠습니다."

석봉은 그날부터 상원사에서 불목하니 노릇을 하며 지내다가, 두어 달 뒤 머리를 깎고 가사(袈裟)를 걸치게 되었다.

상원사는 신라 성덕왕 4년(705년) 보천과 효명 왕자가 오대산에 창건했다는 가람으로 처음 이름은 진여원이었다. 다른 사찰들은 대개 석가불을 모시는 대웅전이 주된 전각인데 비해 상원사는 문수보살을 봉안한 문수전이 중심 건물이었다. 문수보살은 지혜를 상징하는 보살로서 흔히 보현보살과 함께 석가불 좌우에 협시불(挾侍佛)로 계시는데, 이곳에선 주세불로 좌정해 계시고, 그 때문에 상원사를 문수성전이라 불렀다. 또한 이곳 문수불은 특이하게도 그 모습이 어린 소년이었다. 두 눈썹 사이에 백호가 없고, 익살스럽게 상투를 좌우로 2개나 틀고, 머리카락이 이마를 덮고 있고, 천진하게 발과 발톱까지 내놓고…. 해맑게 웃고 있는 모습이 영락없이 아직 철들지 않은 사바(娑婆)의 어린애였다.

상원사는 조선 7대 임금 세조의 원당(願堂)사찰로서, 그에 관한 많은 설화가 전해지고 있었다. 세조는 중년에 고약한 종창에 오래 시달렸다. 그가 조카 단종의 왕위를 찬탈하고 죽였기 때문에 꿈에 단종의 모친 현덕왕후가 나타나 그의 얼굴에 침을 뱉은 뒤 종창이 생겼다는 속설이 나돌았다. 세조가 병을 나으려고 여러 절에 기원을 드리러 다니다가 어느 해 상원사에 오게 되었는데, 이곳 골짜기의 물이 너무 맑았다. 그는 문득 몸을 담그고 싶은 생각이 들어, 옷을 벗고 물 속으로 들어갔다. 때마침 근처를 지나가는 동자가 있어 등 밀어주기를 청했더니, 동자가 흔쾌하게 등을 밀어주었는데, 참으로 시원했다. 그 후 그렇게 여러 해를 세조를 괴롭히던 종창이 씻은 듯이 나았는데, 그 동자가 바로 문수보살이었다 한다.

그 후 세조가 그 은혜를 잊지 않고 가끔 상원사를 찾게 되었다. 어느 날 세조가 문수전으로 들어가려는데, 고양이 두 마리가 악착같이 그의 용포 자락을 붙잡고 발길을 막았다. 이상한 느낌이 들어 전각을 살펴보게 했더니, 그를 죽이려는 자객 3명이 숨어 있었다. 목숨을 구한 세조는 고양이들에게 전답을 하사했고, 사람들은 이를 묘답(猫畓)이라 했다. 문수전 계단 아래에 있는 고양이 석상은 이런 유래를 가진 것이었다.

상원사에서 생활하게 된 석봉은 그러나 절의 규칙적이고 반복적인 생활에 적응하기가 어려웠다. 우선 이른 새벽부터 시작되는 절의 일과에 맞춰 일어나기가 쉽지 않았다. 축시(丑時)부터 시작되는 새벽 예불에 늦는 것은 다반사이고, 스님들이 모두 함께 식사하는 아침 공양에도 참례하지 못해 밥을 굶기 일쑤였다. 뒤늦게 일어난 석봉이 배가 고파서 공양간을 찾아가면,

"돌봉이, 너 오늘도 또 늦잠 잤나? 아침 공양에 늦으면 굶어야 한다는

걸 모르나?"

공양주 스님은 꾸짖는 표정이면서도 먹을 것을 주섬주섬 챙겨 주곤 했다.

참선 시간에 졸다가 죽비를 맞는 것도 으레 석봉의 몫이었고, 경전을 공부하다가 꾸중을 듣거나 웃음거리가 되는 것도 석봉이었다.

언젠가 한번은 강법 스님이 법화경을 강설하다가, 졸고 있는 석봉에게 물었다.

"석봉아! 구류동거 일법계(九類同居一法界) 하면, 자라장리 살진주(紫羅帳裏撒珍珠)라. 이게 무슨 뜻인고?"

방금 전에 스님이 설명했던 내용이었다. 졸음에서 깬 석봉이 어리둥절한 얼굴로 머뭇거리자

"구류동거 일법계 자라장리 살진주가 무슨 뜻이냐?"

"…구류나 동거나 한 세상 살아가는 것이고, 자라가 장차 살찐다는 뜻 아닌가요?"

석봉의 대답에 강원을 가득 채운 대중이 모두 폭소를 터뜨렸다.

"운림이 답해 보아라."

강법사가 제일 앞에 앉은 나이 어린 동승을 지목하자

"모든 생명이 함께 한 세상에 살아가면 그 아름다움이 고운 비단 속에 진주를 뿌려놓은 것과 같다는 말씀입니다."

운림이 또랑또랑한 목소리로 말했다.

"운림이가 석봉이 형님이다."

강법 스님의 말에 또 한바탕 웃음이 터져 나왔다.

석봉은 이렇게 웃음거리가 된 것이 한두 번이 아니었고, 그는 점점 더 참선과 강독 시간에 자리를 비우고 절 밖으로 싸돌아다녔다. 처음엔 비로봉과 호령봉, 상왕봉 등 오대산 봉우리들을 올라다니다가, 나중엔 아예 며칠씩 절을 비우고, 원근의 산들을 타기 시작했다. 황병산, 함백산, 가리왕산, 오봉산, 삼악산, 대암산, 두타산….

어느 날, 또 석봉이 산에 오르려는데, 요사채 마루에 놓아둔 지팡이가 보이지 않았다. 그가 오래 전부터 가지고 다니던 명아주 지팡이였는데, 누가 그를 골려주려고 숨겼던 것이다.

"어느 놈이 내 지팡이에 손을 댔느냐? 당장 가져다 놓지 않으면 사지가 성치 못하리라!"

석봉이 성난 얼굴로 고함을 질렀다. 절을 쩡쩡 울리는 사나운 목소리와 험상궂은 얼굴에 승려들이 모두 기겁해 도망치고, 잠시 후 누군가 지팡이를 가져다 놓았다.

"석봉이 중 되기는 애전에 글렀는데, 큰일 내기 전에 내치시지요."

"석봉 같은 땡추를 저렇게 놔두면 절의 기강을 유지하기 어렵습니다."

"엄격하신 스님께서 유독 석봉에게만 관대하시다는 말씀도 돌고 있습니다."

상원사의 승려들 중 석봉의 행태를 곡하게 본 스님들이 여러 번 한암 선사를 찾아가 석봉을 쫓아내길 청했으나, 한암 선사는

"대기만성이란 말이 있다. 너희들은 너희들 공부나 열심히 해라."

하거나,

"앞 사람이 뒤 되고, 뒷사람이 앞 된다."

하며 그들을 돌려보내곤 했다.

석봉이 근 열흘을 밖으로 싸다니다 돌아온 어느 날이었다. 한암 선사가 석봉을 그의 거처로 불렀다.

"아직도 불을 못 껐느냐?"

"저를 내쳐 주십시오. 저는 아무래도 재목이 아닙니다."

한암 선사가 한동안 말없이 석봉을 바라보다가 입을 열었다.

"모든 것은 마음먹기에 달려 있다. 한번 큰마음을 발하고, 오로지 용맹, 정직, 견실로 나아가면 못 이룰 것이 없다. …너도 알고 있잖느냐. 세존께서 설산에서 6년 고행 후에 밤에 별을 보고 큰 깨달음을 얻으셨다는 것을. …2조 혜가 대사께선 제 팔을 끊고 정진하여 선(禪)의 진수를 체득하셨고, 협존자는 80세가 되도록 자리에 눕지를 않으셨다. …대의 선사는 60년을 섭심불매, 마음을 모아 잠을 자지 않으셨고, …법상 선사는 대매산 봉우리에서 옷 대신 나뭇잎을 두르고 송화 가루를 먹으며 8촌 철탑을 머리에 인 채 자리에 눕지 않으셨다. 영우 선사는 대제봉 정상에서 40년을 정진 수련하셨고, 진포 율사는 손발이 끊어지도록 돌을 두드리며 참회하셨다. …네 눈에는 나라 잃고 하루살이처럼 살아가는 의지가지없는 중생들이 보이지 않느냐? 마음의 서원(誓願)이 사무치면 길이 보일 것이다. 너는 부처님과 인

154

연이 깊어 보이니, 나날을 정진하면 반드시 좋은 열매를 볼 것이다. 우선 마음속의 불을 꺼라."

말씀 후 한암 선사는 석봉의 머리를 오래 쓰다듬어 주었고, 이윽고 석봉의 눈에서 왈칵 눈물이 쏟아졌다.

그날 이후 석봉은 딴 사람이 되었다. 그는 이제 화를 내지 않았다. 언짢은 일에도 섭섭한 일에도 늘 웃는 얼굴이었고, 어린 몽구리들이 그의 험상궂은 얼굴을 보고 금강역사라느니 인왕이라느니 놀려대도 빙그레 웃고 말았다. 이제 그는 상원사의 젊은 승려들 중에서도 가장 부지런한 중이 되었다. 제일 먼저 일어나고 제일 늦게 누웠으며, 참선도 불경 공부도 치열하게 했다. 그리고 차츰 말이 없어져, 한마디도 하지 않은 날이 많았다.

몇 년 후, 석봉은 상원사를 떠나, 다시 만행 길에 올랐다. 팔도의 명산대천과 사찰들을 두루 돌았다. 그가 영남과 호남, 기호 지방을 거쳐 평안도에 들어선 것은 근 2년이 지난 후였다. 평안도의 고암산과 백암산에 있는 절들에 참배하고, 대암산 대암사에 이르렀을 땐 낙엽들이 거의 지고 산이 앙상해질 무렵이었다.

"이 근처에 한 동안 혼자 지낼 암자나 토굴 같은 게 없을까요?"

대암사에서 하룻밤을 신세진 다음 그곳 스님에게 묻자,

"산골짜기에 게딱지 같은 초막이 하나 있는데, 어느 노스님이 계시다가 돌아가시고, 지금은 비어 있을 겝니다."

석봉은 곧 그 초막을 찾아 나섰다. 초막은 금방이라도 쓰러질 것 같이 엉성하고 남루했으나, 솥과 몇 개의 그릇이 있고, 초막 근처에 물이 흐르고 있어서, 동자를 할 수 있을 것 같았다.

석봉이 대암산 초막에서 지낸 지 며칠 후였다. 참선 삼매에 빠져 있는데 먼 데서 희미하게 무슨 소리가 울려왔다. 낮고 웅장하면서도 어딘가 애절한, 그냥 지나칠 수 없게 마음을 끄는 짐승의 소리였다. 그 소리는 간헐적으로 이어졌고, 석봉은 한 나절을 소리가 나는 곳을 찾아 헤맸다. 그리고 산의 팔부 능선쯤에 있는 동굴을 발견하였다. 크고 작은 험악한 바위들 때문에 접근이 어려운 곳에 입구가 교묘하게 가려진 굴이 있었다. 석봉이 동굴로 가까이 다가가자, 으헝! 엄청난 포효가 동굴을 울리며 그를 덮쳐왔다. 산군이다! 온몸에 오싹 소름이 돋았다. 그러나 다음 순간 그는 조심스럽게 동굴 안으로 들어갔다. 너댓 걸음을 들어가자 동굴이 ㄱ자(字)로 꺾이고, 그 안에 황소만한 거대한 호랑이가 도사리고 있었다. 어흥! 다시 엄청난 포효가 동굴을 울렸다. 그는 돌부처처럼 굳어진 채 그러나 눈에 힘을 주어 호랑이를 바라보았다. 놀랍게도 호랑이는 온몸이 피투성이가 된 채 가까스로 몸을 가누고 앉아 있고, 젖무리엔 강아지만한 새끼 한 마리가 붙어 있었다.

"산군님, 어찌 이리 되었소?"

그가 호랑이에게 다가가 말했다. 그러나 기진맥진한 호랑이는 몸을 움직이지도 못하고 왕방울 같은 눈만 번뜩였다. 호랑이의 몸을 살펴보니 총알을 맞은 게 분명했고, 그것도 한두 군데가 아니었다. 그는 우선 골짜기에서 물을 떠다 먹이고, 강계 저자 거리로 내려가, 소가 잘못 쏜 엽총에 맞았다고 둘러대고 약을 지어왔다. 그가 억지로 호랑이에게 약을 먹이려 했으나, 호랑이는 약을 한 모금도 넘기지 못했고, 엿새 만에 숨을 거두었다. 죽기 직전, 어흐흥! 호랑이는 그를 뚫어지게 응시하며 크게 포효했고, 그 큰 눈에서 주루룩 눈물이 흘러내렸다.

"죽일 놈들!"

석봉의 눈에서도 굵은 눈물이 흘렀다.

당시 호랑이는 우리나라 전역에서 살고 있는 가장 크고 사나운 맹수였다. 큰 놈은 그 몸무게가 400킬로그램이 넘고, 길이는 꼬리까지 4미터나 되었다. 호랑이는 온몸에 아름다운 칡무늬를 두르고, 화등잔만한 눈에, 막강한 턱, 긴 송곳니, 황소도 한번 쳐 쓰러뜨리는 철퇴 같은 앞발과, 쇠갈퀴 같은 발톱을 가졌고, 위로는 4미터를 도약하고, 밑으로는 10미터가 넘는 절벽을 사뿐히 뛰어내렸다. 하룻밤에 수백 리를 오가고, 전속력으로 달릴 땐 그 빠르기가 시속 80킬로미터를 넘어, 거센 바람이 일고 초목이 흔들렸다. 한번 포효하면 산과 골짜기가 흔들리고, 모든 동물들이 숨을 죽였다. 이런 위엄과 위풍당당함으로 호랑이는 큰 산의 정기를 받고 태어난 신성한 존재로서, 산중왕, 산군, 산신령 등의 이름으로 누천 년 전부터 이 땅에 사는 사람들의 경외(敬畏)를 받았고, 영물(靈物)로 숭배되어 수많은 설화의 주인공이 되었다.

일본인들은 조선을 강제 합방한 5년 후부터 〈해수구제정책(害獸驅除政策)〉이란 이름으로 우리나라의 호랑이와 표범, 곰, 늑대 등 맹수들을 멸절시키기 위한 작전을 지속적으로 시행했다. 그 중에서도 호랑이를 토벌하는 게 그들의 주된 목표였다. 그들은 일본군과 강제 징집된 조선 포수들, 경찰들로 구성된 〈정호군(征虎軍)〉이라는 이름의 군대를 만들어, 온 나라의 산과 들을 이 잡듯 뒤지며 호랑이의 씨를 말리려 들었다. 그들이 겉으로 내세운 명분은 맹수들이 조선인의 생명과 재산을 해치기 때문에 조선을 위해 이 작전을 수행한다는 것이었으나, 실은 일본 제국주의 군대의 위엄과 용맹을 과시하여 조선인들을 겁박하고, 신성한 신군으로 상징되는 조선의 넋과 기백을 압살하려는 음흉한 의도를 감추고 있었다. 일본의 유명한 사업가인 야마모토 다다시부로가 정호군과 함께 죽은 호랑이를 앞에 두고 의기양양하게 찍은 사진, 일본 고관 마에조노가 사냥한 호랑이를 자랑하듯 찍은 사진들을 널리 유포한 것은 이러한 그들의 야비한 의도를 달성하기 위함이었다.

석봉도 일본의 해수구제작전에 대해 들은 적이 있었고, 정호군을 직접 두 눈으로 본 것도 한두 번이 아니었다. 동굴에서 상처 입은 호랑이를 처음 보았을 때 그는 그 호랑이가 정호군의 총을 맞고 필사적으로 도망쳐 그곳까지 왔다는 걸 알았었다.

석봉은 죽은 호랑이를 동굴 속에 묻어준 뒤 그 새끼를 초막으로 데려왔다. 그는 막막했다. 새끼호랑이는 젖을 제대로 먹지 못해 아사 직전이었는데, 어찌해야 할지 알 수 없었다. 그는 걸망에 새끼호랑이를 집어넣고서 산

아래로 내려가, 젖동냥을 다녔다. 그는 개젖, 소젖, 사람젖을 가리지 않고 젖을 구걸해 먹였으나, 새끼호랑이는 젖 부족으로 걸신이라도 들린 듯 허덕댔다. 어느 날 강계 저자 거리를 나갔다가 그는 새끼 일곱 마리를 낳은 개가 있는데, 여섯 마리 강아지가 다 죽고 한 마리만 남았다는 말을 들었다. 그는 개 주인을 찾아갔다. 주인은 어림도 없다며 손사래를 쳤으나, 그는 몇 번을 더 찾아가, 결국 어미 개와 강아지를 데려왔다. 그날로 개는 새끼호랑이의 젖어미가 되고, 새끼호랑이는 강아지와 형제가 되었다. 그는 새끼호랑이에게 대암이라는 이름을 붙여 주었다.

석봉이 처음 대암사를 찾았을 땐 겨울 한 철을 보낸 뒤 다시 만행에 나설 예정이었으나, 예기치 않게 여러 해를 대암산 초막에 머무르게 되었다. 그가 예사 스님이 아니란 걸 안 대암사 주지가 가끔씩 식량을 짊어지고 올라왔을 뿐, 그는 아무도 만나지 않고 정진하고 또 정진했다. 꽃이 피고 낙엽이 지고, 비가 내리고 눈이 내리고…. 몇 해가 지나자 대암은 늠름하고 당당한 성호(成虎)가 되었다. 대암은 이미 인근 수백 리에 산중왕으로 군림하고 있었으나, 석봉 앞에선 으레 꼬리를 내리고 애교를 부렸고, 석봉이 선정(禪定)에 들면 수호신처럼 그의 옆을 지켰다. 그는 석봉을 부모로 알고 있었고, 엔간한 석봉의 말은 다 알아들었다.

이때부터 적유령산맥 근처에 사는 사람들 사이에 이상한 소문이 떠돌았다.

"어두운 밤에 두 개의 시퍼런 불이 번개처럼 달리는데, 자세히 보니 그게 황소만한 호랑이였드래."

"호랑이 등에 산신령이 타고 있었다는 얘기도 있더구먼."

"그게 산신령이 아니라 호랑이를 부리는 신인(神人)이래."

범이 나타났다는 곳은 적유령산맥 근처만이 아니었다. 10여 년에 걸쳐 실시된 일제(日帝)의 해수구제작전으로 호랑이가 자취를 감추었던 백두대간 곳곳에서 호랑이를 봤다는 얘기가 돌았다.

어느 날, 사냥총을 든 건장한 사내 세 명이 석봉의 초막을 찾아왔다. 털모자를 쓰고 날렵한 몸차림을 한 걸 보아선 짐승을 잡는 포수 같았다.

"스님, 저희를 도와주십시오."

뜻밖에도 그들은 중국 흑룡강성, 요녕성, 길림성을 바탕으로 활동하는 독립군이었다. 그들 얘기인즉슨, 이번에 강계에 들렀다가 우연히 호랑이를 타고 다니는 이인(異人) 이야기를 듣고서 기이하게 여겨, 이곳 주지 스님에게 그 얘기를 했는데, 놀랍게도 주지 스님이 이 대암산 깊은 골짜기에 바로 그 이인이 은거하고 있다고 말했다는 것이다.

"…주지 스님이 그런 말을 쉬이 입에 담을 분이 아니신데…."

"그분은 오래전부터 저희를 도와온 숨은 고승이십니다."

"스님께서 도와주신다면 저희는 수백 명의 지원군을 얻는 것보다 더 낫습니다."

"산 속에 숨어 사는 한낱 납자(衲子)가 무슨 도움이 된다고…."

"스님, 산군을 탄 산신령이 신출귀몰한다면 얼마나 놀랍겠습니까."

"…알겠소!"

석봉은 주지가 일부러 그들을 보냈다는 것을 깨달았다.

어흥! 어흐흥! 칠흑 같이 어두운 밤 평안도 삭주에 있는 금광왕 정일도의 집을 엄청난 포효가 뒤흔들었다. 정일도가 채 잠에서 깨기도 전에 왈칵 방문이 열리고, 한 무리의 사람들이 방으로 쏟아져 들어왔다.

"누, 누구요?"

사색이 된 정일도가 묻자,

"입 다물고, 불을 밝혀라!"

무리 중에 한 명이 으르듯 말했다. 불을 밝히다 말고 성일도는 벌렁 뒤로 넘어졌다. 무시무시한 호랑이가 그의 코앞에서 붉은 입을 벌리고 있지 않는가. 정신을 차려보니, 호랑이 등에 한 사람이 올라앉아 있고, 그 뒤에 범강장달 같은 사내 6명이 서 있었다. 모두 흰 두건으로 얼굴을 가리고, 손에 총을 들고 있었다. 어흐흥! 다시 호랑이가 금방 그를 덮칠 듯이 으르렁거렸다.

"우리는 독립투사다. 당신도 임시정부와 독립군이 우리나라의 독립을 위해 목숨을 걸고 투쟁하고 있다는 것은 알고 있을 것이다. 이봉창, 윤봉길, 백정기 같은 투사들의 소식도 들었을 것이다. 독립이 되면 당신 같은 친일(親日) 모리배는 그날로 민족의 준엄한 심판대에 오를 것이다. 우리는 그런 당신에게 조국을 위해 일할 기회를 주러 왔다."

정일도는 삭주 다릿골(橋洞) 사람으로 당시 조선을 휩쓸던 금노다지 바람을 타고 억만장자가 된 사람이었다. 구한말부터 일제에 의해 개발되기 시작한 금광은 조선에 금광 열풍을 불러왔고, 최창학, 방응모, 이종만 같은 사람들이 금을 캐어 억만장자가 되자 팔도의 산하는 금노다지를 캐려는 사람들로 들끓었다. 해마다 10여 명의 벼락부자가 탄생했고, 정일도도 그런 사람 중의 하나였다.

"…조국을 위해 일을 해요?"

"군자금을 내놓아라!"

그들은 정일도를 겁박하여, 그의 집에 숨겨져 있던 막대한 금괴와 돈을 싹쓸이하여 갔다. 망연자실 앉아 있는 정일도에게 한 명이 말했다.

"오늘 일은 함구해라. 일본 관헌에게 신고해 봤자 우리를 잡을 수는 없다. 오히려 독립군과 내통하여 군자금을 조달했다는 죄로 곤욕을 치를 수도 있으니 신중하게 처신해라. 독립이 되면 이 문서가 도움이 될 것이다."

그들은 정일도에게 종이 한 장을 던져주고 바람처럼 사라졌다. 상해 임시정부에 군자금을 헌납했다는 증명서였다. 임시 정부 국새가 찍혀 있는 헌납서는 성명과 금액을 쓰는 난이 비어 있었다. 정일도는 한참이나 그 증서를 바라보다가 빈 난에 그의 이름과 그들이 가져간 금괴와 돈 액수를 적어, 서랍 깊숙이 집어넣었다.

정일도처럼 돈을 빼앗긴 사람은 한둘이 아니었다. 전북 부안에서 만석꾼으로 이름난 김정수의 집에도, 경주의 뼈대 있는 최 부자 집에도, 개성 부자 천삼상의 집에도 호랑이를 앞세운 무리들이 다녀갔다. 그러나 돈을 빼앗긴 사람들이 한결같이 입을 다물었기 때문에 이런 일들이 세상에는 거의 알려지지 않았다.

1936년 가을 어느 날 밤 희천군 창참 주재소는 독립군으로 보이는 10여 명의 습격을 받고 순식간에 쑥대밭이 되었다. 주재소에 있던 일본 순사들이 변변한 저항도 못한 채 꼼짝없이 당한 것은 거대한 범이 바람처럼 뛰어들어, 어홍! 어흐흥! 붉은 아가리를 벌리고 금방이라도 덮칠 듯 그들을 제압했기 때문이었다.

희천 경찰서 창참 주재소는 10여 년 전에 독립군 천마(天摩)사령관 최시흥의 부하 최오산이 거느린 군대의 습격을 받아 초토화 된 뒤 많은 병장기를 보유하고 있었는데, 호랑이를 앞세운 무리들에게 그 병장기를 모두 빼앗기는 수난을 당한 것이다. 희천 경찰부와 일본 헌병대는 이 사건을 중대하게 여겨, 백방으로 수사를 했으나, 어떤 꼬리도 잡을 수 없었다.

창참 주재소에 이어, 6, 7년 동안 압록강과 두만강 일대, 길림성, 요녕성, 흑룡강성까지 일본군 헌병 분대나 주재소, 부유한 일본인 상인 들이 습격을 당했다. 분개한 일본 당국은 이러한 사실이 조선인들에게 알려질까 봐 일체 보도를 금하고 범인 체포에 혈안이 되었다. 그러나 그들은 유령처럼 숨어 있다가 어느 날 예기치 못한 곳에 나타나고, 순식간에 자취를 감추었다. 대동아 전쟁이 끝나고 일제가 한반도에서 물러날 때까지 그들은 끝내

잡히지 않았고, 그 신원도 밝혀지지 않았다.

"나는 계룡산 신흥암에서 석봉 선사님을 만나게 되었소. 그분은 해방 후 이름도 밝히지 않고 팔도의 크고 작은 절들을 유랑하다가, 고희가 되자 신흥암 뒤 조그만 초막에 주석하고 계셨던 게야. 석봉 스님은 마치 벙어리처럼 하루 종일 아무 말씀도 하지 않았어. 늘 한결같은 모습으로 참선 삼매경에 들어 계셨지. 수행이 깊은 스님들은 천진보탑에 봉안된 부처님 진신사리가 한밤중 깜깜한 어둠 속에서 환하게 방광(放光)하는 것을 보곤 했는데, 방광하는 것은 천진보탑만이 아니었소. 석봉이 앉아 참선을 하고 있는 움막에서도 가끔씩 눈부신 빛이 쏟아져 나와, 대중들을 놀라게 했지. 스님은 가끔씩 산을 오르곤 했는데, 거침없이 산을 달리는 모습이 마치 호랑이 같았소. 영락없는 호랑이였지. 젊은 우리도 엄두를 못 낼 만큼 대단한 용력이었소. 하도 말씀을 안 하시니 스님이 어떤 분인지, 얼마나 높은 경지에 올랐는지 아는 사람이 거의 없었소이다. 나는 아침저녁으로 공양을 드리러 초막에 드나들며 9년 동안 스님을 스승으로 뫼시게 되어, 그 인연으로 스님에 대해 조금이나마 알게 되었지."

혜전이 긴 얘기를 마쳤다. 나는 그의 이야기에 압도되어 한 동안 아무 말도 하지 못했다. 그런 스님이 계셨다니!

"곡차가 남았나?"

한참 만에 침묵을 깨고 혜전이 말했다. 나는 얼른 그의 잔에 술을 따랐다. 혜전은 목이 마른 듯 술잔을 단번에 비웠다.

"스님은 석봉 선사님의 열반을 보셨습니까?"

내가 묻자

"…열반…."

그해 겨울 혜전은 평소처럼 저녁 공양이 든 발우를 들고 초막으로 올라갔다. 석봉 선사가 식사를 마친 다음 여느 때와 다르게 혜전을 가까이 오게 하더니, 그의 머리를 쓰다듬으며 말했다.

"혜전아, 그간 고생했다. 내일부터는 안 와도 된다."

"또 어디 만행 가시게요?"

"이 옷이 너무 낡아 벗을 때가 됐다."

혜전은 아연하였다.

"내가 이 절 대중에게 은혜 베푼 것이 없으니, 다비를 받는 것도 부당하다. 지금 눈이 쌓여 깊은 산에 사는 중생들이 굶주렸을 것이다."

다음날 아침 석봉은 초막에 없었다.

"마지막으로 그 몸을 산에 사는 중생에게 헌신한 것이지."

혜전은 말을 마치고 방을 나갔다. 나는 그의 말을 생각하며 오래 그 자리에 앉아 있다가, 밖으로 나갔다. 또 만행을 떠났나. 혜전이 보이지 않았다.

달빛이 유난히 맑았다.

신강정오수도(新江亭午睡圖)

　강을 거슬러 오른 푸른 바람은 늙은 소나무 가지를 흔들어 댄다. 머리 센 노인은 소나무 밑 정자에서 배꼽을 드러낸 채 긴 졸음에 빠져 있고, 그루터기 앞에선 예닐곱 살 되어 보이는 동자가 약탕기에 한가로이 부채질을 하고 있다. 그 옆에 날개를 퍼덕이며 노닐고 있는 선학 두 마리. ─〈강정오수도〉

　"확인해 보셨습니까?"

　탁자 위에 놓인 강정오수도를 홀린 듯이 바라보고 있는 장 여사에게 김씨가 물었다. 그의 날카로운 촉수(觸手)는 그녀가 이미 그 그림의 출처를 확인하고 마음이 달아서 다시 왔다는 걸 감지했지만, 김씨는 짐짓 태연한 표정이었다. 이틀 전 그는 그녀에게 강정오수도의 전(前) 소장자였던 경성실업 정춘택 사장의 주소와 전화번호를 적어 주었었다. 저명한 실업가인 정 사장이 소장했던 그림이라는 사실이야말로 장 여사에게 그 작품의 가치와 진품 여부를 가장 효과적으로 확신시키리란 걸 예측했었기 때문이었다.

　"경성실업 정 사장이 작품을 양도하였다더군요."

　장 여사가 입가에 미소를 떠올리며 대답하였다. 세련된 미소였다.

"김 선생님을 믿지 못해서 그런 것은 아니니, 오해 없으시기 바랍니다."

그녀는 고급스런 멋이 들어 있는 김씨의 넥타이에 눈을 주며 덧붙였다. 한여름인데도 김씨는 흰 와이셔츠에 넥타이를 매고 검은 양복을 입었는데, 그런 그의 정장 차림은 훤칠한 풍채와 약간 우울한 듯한 단정한 얼굴에 더할 수 없이 잘 어울려 보였다.

"오해는 무슨…. 물껀이 물껀인데, 확인이야 당연한 거죠."

평소 김씨는 골동품이나 고서화 등을 물건이라 하고, 그 물건을 꼭 '물껀'이라고 된소리로 발음하는 습성이 있다.

"그러나, 출처가 확실하다고 해서, 그것이 백 퍼센트 진품이라는 증거는 될 수 없겠죠?"

장 여사가 또 그 세련된 미소를 머금으며 물었다. 김씨는 장 여사의 여유 있는 미소에 분득 그녀가 그렇게 호락호락 만만한 풋나기가 아닐는지도 모른다는 생각을 떠올렸다.

"화풍을 보면 어느 정도는 알 수 있지요. 두루 알다시피 현재(玄齋) 심사정(沈師正) 선생은 겸재 정선, 단원 김홍도와 더불어 조선조 중기를 대표하는 큰 화가입니다. 그는 중년 이후부터 대륙의 화풍을 숭상하여 호방서창(豪放舒暢)하고 웅건초탈(雄健超脫)한, 매우 독특한 그림 세계를 이루었습니다. 몇 작품을 보시겠습니까?"

그는 자리에서 일어나 갤러리의 참고실에 가서, 서가에 꽂혀 있는 두 권의 책을 가져 왔다. 〈국립중앙박물관소장작품도록〉과 〈덕수궁미술관작품

집〉이었다. 그는 책의 이곳저곳을 뒤적이더니, 두 책에 실려 있는 심사정의 작품을 장 여사 앞에 펼쳐 놓았다. 그리고, 강상야박도(江上夜泊圖), 설중탐매도(雪中探梅圖), 맹호도(猛虎圖), 하경산수도(夏景山水圖), 추경산수도(秋景山水圖), 운룡도(雲龍圖) 등을 차례차례 넘겨 가면서, 그 운필의 대담함과 통쾌함, 분방함을 예찬하고, 유아청운(幽雅淸韻)한 화풍과 힘찬 서권기(書卷氣), 그윽한 문자향(文字香)을 기리었다. 그리고 그와 같은 현재 선생의 모든 특징이 한 폭의 압권(壓卷)으로 형상화된 것이 강정오수도임을 역설하였다. 나직나직한 어조로 담담하게 말을 이어가는 그의 얼굴엔 즐거운 일을 하는 데서 우러나는 유열이 흠씬 배어 있었다.

"그밖에 달리 작품의 가치를 확인할 수는 없나요?"

장 여사가 김씨의 긴 얘기가 끝나자 다시 물었다. 김씨는 자기를 지긋이 응시하는 장 여사의 강한 눈빛에서 또다시 이 여자는 어쩌면 딴 사람과는 다를는지도 모른다는 느낌을 받았다. 조금만 방심해도 모든 걸 망쳐 버릴 것 같은 불길한 예감이 퍼뜩 머릿속을 스쳤다.

그는 또 전문적인 고미술품 감정기관 하나 변변히 없는 우리나라의 문화적 불모상황을 언급하고, 몇 명 안 되는 대학 교수와, 박물관이나 미술관 관계자들이 골동품이나 고서화 감정에 조예가 있다는 걸 설명하였다.

"제가 S대학의 김지환 교수와 Y미술관 박봉진 박사와는 조금 친분이 있습니다. 가끔 물껀 감정을 의뢰하곤 하지요. 장 여사님께서 이 물껀의 감정을 원하신다면 한 번 부탁해 볼까요?"

김씨는 장 여사의 얼굴에 만족스런 미소가 어리는 것을 지켜보며, 미스 리를 시켜 S대학 김 교수와 전화를 연결하도록 하였다. 화랑(畵廊) 중앙 진열대 위에 전시된 자기(磁器)들을 손보던 미스 리가 S대학 연구실과 김 교수 자택으로 연거푸 전화를 넣더니, 김 교수가 방학이라서 학생들을 데리고 고적(古蹟) 답사(踏査)를 떠났다고 하였다. 김씨는 다시 Y미술관 박 박사에게 전화를 넣도록 하였다. 박 박사는 마침 자리에 있었다. 그는 강정오수도를 손에 넣게 된 경위를 간략하게 얘기하고, 정중하게 작품의 감정을 부탁하였다. 박 박사는 흔쾌하게 응낙하였다. 그는 지금 곧바로 물건을 가지고 가겠다며 통화를 끝마쳤다.

"아마 한 일주일은 걸릴 것입니다. 감정이 끝나는 대로 제가 전화를 드리도록 하죠."

김씨는 강정오수도를 붉은 비단보자기에 싸면서 장 여사에게 말했다. 그는 물건을 들고나가 자기의 롤스로이스 승용차 트렁크에 조심스럽게 집어넣고, 깍듯이 예의를 갖춰 장 여사를 배웅하였다.

작년 봄 강정오수도를 처음 본 순간 김씨는 크게 놀라 숨이 제대로 쉬어지지 않았다. 가로 126cm에 세로 72cm 크기의 지본수묵(紙本水墨) 작품을 보자마자 그는 그것이 아직 세상에 알려지지 않은 희귀한 걸작임을 한눈에 알아보았다. 화풍과 행필이 우선 현재 선생의 체취를 물씬 풍겼고, 서명과 낙관 또한 선생의 것이 틀림없었기 때문이었다.

정춘택 사장의 조카라고 자기 신분을 밝힌 젊은이는 경성실업이 은행 관리로 넘어갈 위기를 맞아, 우선 급한 부도라도 막기 위해 정씨 집안 대대로 세전해 오던 작품을 내놓게 되었다면서, 3억이라는 거금을 요구했다. 김씨는 혹 장물(贓物)이 아닌가 하는 의심도 들었으나, 확인해 보니 정 사장이 보낸 사람이 분명하였다. 다른 장물처럼 똥값에 후려치지는 못하였으나 그는 결국 작품을 처음 호가(呼價)의 절반에도 못 미치는 헐값에 사 들였다.

김씨가 강정오수도 구입에 그 같이 큰돈을 쾌척한 것은 작품이 워낙 거작이어서 마음이 끌리기도 하였지만, 또 한편으로는 딴 생각이 있어서였다. 그는 그 그림을 처음 대한 순간부터 이 대작이야말로 아무도 모르게 모사(模寫)해 볼만한 가치가 있고, 또 감쪽같이 그걸 모사해 낼 수 있으리라는 어떤 전율과도 같은 영감과 흥분을 느꼈던 것이다.

그는 우선 그의 저택 비밀 지하창고에 보관되어 있던 옛 종이들 중에서 300여 년쯤 묵은 낡은 한지(韓紙)들을 골라내었다. 지난 20여 년 동안 그의 점포를 드나들던 도굴꾼, 호리꾼 들이 전국 각처의 고가나 서원, 사찰, 제각 등의 벽에 도배된 것들을 훑어 오거나, 병풍이나 민화, 탱화들의 배지(褙紙)로 사용되었던 것을 기술적으로 박리(剝離)한 것들이었다.

그리고, 그는 전라도 완도에 살고 있는 조모권씨를 모셔왔다. 조씨는 화가가 되려는 꿈을 가지고 오래 습작을 했으나 뜻을 이루지 못하여 일상사에 마음을 붙이지 못하고 허랑하게 살아가는 쉰 댓 돼 뵈는 중늙은이였다. 그는 비록 화가로선 실패했으나 남의 그림을 모사하는 데는 문자 그대로 전문가였다. 김씨는 우연한 기회에 조씨를 알게 되어, 전부터 가끔 조씨에게 모사를 부탁하였고, 그때마다 귀신도 곡할 이만큼 놀라운 그의 모작(模作)에 경악과 만족을 느끼지 않을 수 없었다. 이 바닥에서 잔뼈가 굵어서 이제 내로라하는 실력자가 된 김씨의 안목으로도 진품과 조씨의 모작을 구별해 낼 수가 없을 정도였기 때문이었다.

그는 그의 빌딩 5층의 구석진 사무실에 임시로 조씨의 작업실을 마련하고, 조씨에게 강정오수도를 솜털 같은 획 하나도 다르지 않게 모사토록 하였다. 물론 조씨가 사용하는 먹(墨)도 영조시대의 옛것을 쓰도록 하였고, 그림이 다 된 뒤에 배접(褙接)한 종이도 모두 곰팡내가 풀풀 풍기는 옛것을 사용하도록 했다.

조씨가 작업을 마치자 김씨는 그 그림을 가지고 평소 안면 있는 인장(印章) 수집가 안정명 선생을 찾아갔다. 안정명 선생이 옛사람들의 인장을 수백여 점이나 애장하고 있으며, 강정오수도에 관지(款識)된 '玄齋'라는 심사정 선생의 진짜 인장도 가지고 있음을 전부터 알고 있었기 때문이었다. 몇 년 전 안정명 선생이 인장 전시회를 할 때 김씨는 그가 소장한 그 많은 인장에 크게 놀랐고, 기념으로 찍어 낸 도록(圖錄)을 보며 그 비밀한 쓰임새를 떠올리고 속으로 쾌재를 불렀었다. 김씨는 호고가(好古家)인 안 선생이 좋아함직한 오래된 문방구 몇 점을 가지고 그에게 접근하였고, 그 뒤로 계속 친분을 유지해 왔던 것이다.

그는 안정명 선생에게 넙죽 큰 절을 올리고 안부를 물은 다음 심사정 선생의 공개되지 않은 걸작을 얻게 되었는데, 낙관이 빠져 있는 게 옥의 티가 되었다며, 거액의 수표가 들어 있는 봉투를 내놓았다.

낙관까지 마쳐 작품이 완벽해지자 김씨는 다음 단계로 그림에 가습(加濕)과 햇빛 바래기를 몇 달씩이나 되풀이하여, 먹과 인주의 신예(新銳)한 기운을 휘발시켰다.

드디어 어느 누구도 그 작품이 모사작이라곤 꿈에도 의심치 않을 만큼 예스러운 격조를 은은히 지니게 되자 그는 자기의 단골 고객 몇 사람에게 그 그림을 은밀하게 선보여 보았다. 모두들 그 방면으론 꽤 견식이 있다고 자부하는 사람들이었으나 정춘택 사장이 소장했던 작품이라는 말에 덮어 놓고 찬탄에 찬탄을 거듭할 뿐, 조금이라도 의심의 빛을 띤 사람은 없었다.

김씨는 그들 중 재력 있는 친구가 많은 민 여사에게 그 작품을 구입할 만한 사람을 소개해 주길 부탁하였다. 그리고, 얼마 지나지 않아 민 여사를 통해서 장 여사를 소개받게 되었다. 물론 진짜 강정오수도는 그의 저택 지하실 비밀창고 속에 깊숙이 보관되어 있었다.

김씨는 Y미술관 박 박사에게 가기 전에 기사에게 자기 집으로 차를 몰도록 하였다.

"당신 나 돈 좀 주시려우?"

작품을 가지고 현관에 들어서자마자 아내가 나이답잖게 교태를 지으며 매달렸다. 이 시간이면 으레껏 교회 일로 나돌아다니는 아내가 오늘 따라

집에 있는 게 뜻밖이었다. 아내는 교회에서 집사라는 감투를 쓰고서 교우 심방입네, 불우이웃 돕기 바자휩네, 기도원 무슨 기돕네 하며, 살림은 아예 가정부에게 떠맡기고 밖으로만 나돈 게 벌써 여러 해째였다.

"돈은 또 왜?"

김씨는 눈살을 찌푸리며 퉁명스럽게 물었다. 또 보나마나 교회에 갖다 바치려는 것이 틀림없으리란 생각 때문이었다.

"당신 얼굴이 어쩜 저 탈바가지와 똑같수?"

아내는 거실 벽에 걸려 있는 하회 양반탈을 눈짓으로 가리키며 애교를 떨었다.

"나 바빠. 저리 비켜!"

그는 아내를 밀치고 서재로 들어가려 했으나, 그녀는 완상하게 매달리며 그의 앞길을 막았다.

"나도 바빠요. 지금 곧바로 교회에 가야 하니까."

"일요일도 아닌데 교흰 왜?! 또 돈 갖다 바치려고?"

김씨의 눈이 실쭉 보기 싫게 씰그러졌다. 그는 교회라는 말만 들어도 지긋지긋했다. 자기는 돈을 벌려고 온갖 짓을 다하는데, 아내는 그 돈을 목사 놈에게 못 갖다 바쳐 안달이지 않은가!

지난 번 사건만 해도 그랬다. 교회는 기도원을 새로 짓는 부흥회를 한다며, 안수기도로 전국적으로 명성을 드날린다는 외래강사까지 초빙하여 일주일씩이나 밤낮을 가리지 않고 교인들을 몰아쳐 댔다. 아내는 제 정신을 잃고 울고불고 고함을 지르면서 반미치광이가 되어 날뛰더니, 기도원 건립 성금으로 5천만 원을 하나님께 바치기로 약속하였다며, 그에게 돈을 내놓으라고 성화를 바쳤다. 성령이 임하여서 그렇게 명령하였다나. 그는 콧방귀를 뀌며 아예 아내를 상대도 하지 않았다. 5천만 원이 어디 애들 사탕값인가! 번드르르하게 생긴 목사놈 꾐에 빠져서 놀아나는 꼬락서니라니! 미쳐도 곱게 미쳐야지! 그는 막무가내로 떼거리를 쓰는 아내의 말을 들은 척도 하지 않았다.

그런데, 어느 날 귀가해 보니 거실 벽에 걸어 논 청전(靑田) 선생의 금강십이폭도(金剛十二瀑圖)가 없어져 버렸지 않은가. 그에게서 돈을 긁어내지 못한 아내가 기어이 헌금을 하기 위해 그가 아끼던 30호의 담채 산수화를 들어내 버린 것이었다. 그는 너무나 어처구니가 없어 자기도 모르게 아내의 귀뺨을 갈기고 발길질을 하며 광포한 야차가 되었고, 독이 오를 대로 오른 아내 또한 조금이라도 질세라 그의 얼굴을 앙칼지게 할퀴며 죽자사자 하고 달겨들었다.

"네놈이 빽이 있었냐, 돈이 있었냐, 학벌이 있었냐?! 삼팔따라지로 비벼댈 언턱거리 하나 없는 네놈이 누구 덕에 돈 벌었냐?! 다 내가 주님 받들어 복 받은 것이다! 이놈아! 이 은혜도 모르는 금수 같은 놈아! 어디 더 쳐봐라! 더 쳐 봐!"

아내는 김씨가 주님을 십자가에 매단 원수라도 되는 것처럼 입가에 게거품을 물고 두 눈에 시퍼런 불을 켠 채 악착스럽게 포달을 떨었다. 그때 그는 교회가 그에게서 돈만 빼앗아간 것이 아니라 아내도 함께 빼앗아 갔음을 절절하게 느꼈었다.

"우리 목사님 해외 시찰 가신대요."

"목사놈 놀러 가는데 당신이 무슨 상관이야?"

"사람이 체면이 있지, 인사는 차려야 할 거 아녜요?"

아내의 말꼬리에서 싸늘한 전의(戰意)가 묻어났다.

"인사?! 목사놈의 알랑방귀에 놀아나긴!"

김씨는 빈정거리며 냉담하게 일축했으나,

"당신은 천국 가기가 그렇게 싫우? 심판이 두렵시도 않우?"

아내는 갑자기 착 가라앉은 어조로 천국과 심판을 들먹이며 결코 물러설 기세가 아니었다. 아내의 입에서 천국이니 심판이니 하는 말들이 나오기 시작하면 그 편집광(偏執狂)적인 요설(饒舌)이 어찌나 질기던지 도무지 대책이 없었다. 말이 꼬리에 꼬리를 물고 늘어지며, 그가 완전히 녹초가 되어 나가 떨어질 때까지 집요하게 덤벼들었다. 그는 아내가 본격적으로 한판 시작하려는 낌새를 보이자 진저리를 치며 후딱 지갑에서 수표 한 장을 꺼내 내팽개치듯 아내에게 넘겨주고, 그녀에게서 놓여났다.

그는 서재로 들어가서 도어를 잠갔다. 그리고, 바닥 한 구석에 깔린 호화스런 카펫을 들추고 교묘하게 은폐되어 있는 비밀층계의 뚜껑을 열어젖혔다. 무슨 거대한 짐승처럼 도사리고 있던 어둠이 아가리를 떡 벌리고 덤벼드는 것같이 그를 향해 왈칵 끼쳐 왔다. 그는 전등의 스위치를 올린 다음 지하실로 내려갔다. 출입구 옆의 진열대 위에 놓인 청자상감과형주자(青瓷象嵌瓜形注子)와 청화백자매죽문병(青華白磁梅竹文甁)이 제일 먼저 눈에 들어왔다. 그가 수장(收藏)하고 있는 물건들 중에서도 가장 가치 있는, 국보급에 버금가는 것들이었다. 그는 갖가지 진귀한 도자기와 고서화, 병풍 민화 등이 모두 아무 이상 없이 제 자리에 놓여 있는가를 찬찬히 살펴보았다. 그리고 벽 한쪽에 기대어져 있는 진짜 강정오수도를 보자기에 싸가지고 밖으로 나왔다.

아내는 그 사이 벌써 교회에 갔는지 보이지 않았다. 그는 차에 오르기 전에 몸을 돌려 성채(城砦)처럼 웅장한 대리석 저택을 한번 훑어보고 으쓱 어깨를 치켜올렸다. 집을 나서면서 저택을 일별(一瞥)하며 흐뭇한 기분을 만끽하는 건 이 거대한 건물을 지으면서부터의 그의 습관이었다. 그만큼 그는 주위를 압도하는 자기의 굉걸한 저택이 자랑스러웠던 것이다.

그는 승용차에 오르자 기사에게 Y미술관으로 차를 몰도록 했다.

김씨는 박 박사 앞의 탁자에 짙은 자주색의 화사한 비단보자기로 싼 물건 하나를 가만히 내려놓았다.

"이게 무엇이오?"

"맨손으로 오기가 민망해서…. 조그마한 것입니다."

박 박사가 보자기를 풀었다. 새까맣게 옻칠된 고급스런 상자 속에 십장생(十長生)이 섬세하게 투각된 필통이 들어 있었다. 박 박사는 그 필통이 조선조 초기에 나온 상당한 가치의 물건임을 한눈에 알아보았다.

"아니, 이런 귀한 것을?!"

박 박사의 얼굴에 기쁨의 웃음이 환하게 번졌다.

"박사님의 서재에 어울릴 것 같아서 가져왔습니다."

"번번이 귀한 선물을 받는군요."

"제가 박사님께 받는 은혜에 비하면 너무 약소한 것이지요."

김씨는 박 박사가 만족스런 표정으로 필통을 이리저리 돌려가며 감상하는 것을 지켜보면서 강정오수도를 싼 보자기를 풀었다. 작품을 보자마자 박 박사의 동공(瞳孔)이 놀라움으로 크게 열렸다.

"이건 정말 놀랍군! 감정을 해 봐야 알겠지만, 참으로 희귀한 걸작 같소!"

박 박사는 책상 서랍에서 확대경을 꺼내어 작품 여기저기를 들여다보면서 연신 찬탄의 소리를 토해냈다.

"그런데, 이런 물건이 어디서 나왔소?"

"연전(年前)에 우연하게 굴러들어 왔습니다."

김씨는 아까 전화로 대충 말한 것을 다시 상세하게 되풀이했다.

"이런 거작을 덥썩 사 들이다니! 다 녹슬은 등경걸이 하나를 들고 인사동 골목을 기웃거리던 때가 엊그제 같은데…."

"벌써 옛날이지요."

"벌써 그리 됐나요?"

박 박사가 새삼스럽게 그를 따뜻한 시선으로 바라보았다.

"박사님도 그땐 백면서생이었는데, 어느새 사계(斯界)의 원로(元老)가 되지 않으셨습니까?"

김씨는 희미한 기억의 갈피에서 낡은 사진 같이 빛바랜 박 박사의 젊었을 적 모습을 떠올리며 미소를 지었다. 박 박사는 언제나 염색한 단벌 군복을 입고서 그가 들락거리던 골동품 점포에서 아르바이트를 하고 있었던 것이다.

김씨가 골동품 점포들이 즐비한 인사동 골목에 발을 들여 놓게 된 것은 순전히 우연이었다.

그해에도 그는 예년과 다름없이 계절 따라 채소장사, 과일장사, 발(簾)장사 등을 하며 가족들의 입에 풀칠이라도 하기 위해 안간힘을 다했다. 아버지가 돌아가신 몇 년 전부터 가족 부양의 책임이 장남인 그에게 짊어졌기 때문이었다.

아버지는 평양(平壤) 근교 지주의 아들로서 한때는 세상살이의 어려움을 모르고 갖은 호강을 누리며 살았지만, 해방 후 소련군이 진주하자 모든 전답을 몰수 당하고 솔가(率家)하여 월남하였다. 한번도 스스로의 힘으로 가족의 생계를 감당해 보지 못했던 아버지는 돌변한 환경에 굳세게 뿌리를 내리지 못하고 그렁저렁 실의의 날들을 보내다가, 아직 어린 열아홉 살의 그에게 어머니와 두 동생을 맡기고 세상을 등졌던 것이다.

그는 그해 여름 발(簾)과 함께 화조도가 그려진 싸구려 병풍을 짊어지고 서울 근처의 시골로 싸돌아다니다가 어느 날 여주의 산골에서 낡은 병풍

하나를 얻게 되었다. 칠순이 넘어 보이는 할머니가 다 낡아 못 쓰게 된 산수화 병풍을 가지고 나와서, 웃돈을 얹어 줄 테니 새것과 바꾸자는 것이었다. 그는 그 낡은 병풍을 팔기 위해서 인사동 골동품 가게를 찾아들었고, 그것이 그의 삶의 방향을 바꾸었다.

새 병풍의 열 배가 넘는 엄청난 값을 받고서 그는 뜻밖의 횡재에 얼마나 놀랐던가! 아무 쓸모도 없어 보이는, 귀떨어지고 곰팡내 나는 옛 물건이 그런 큰돈이 되다니!

그는 그 다음날부터 시골 구석구석을 헤매며 온갖 종류의 골동품을 쓸어 모았고, 그걸 가지고 생쥐 풀방구리 들랑거리듯 인사동을 드나들었다. 다른 장사로는 그날그날 입에 풀칠하기도 바빴는데 비해 호주머니에 조금씩 돈이 불었다. 잘만 하면 목돈도 잡을 수 있을 것 같은 생각이 들었다. 그는 돈을 벌기 위해 눈에 불을 켜고 발톱이 빠지도록 걷고 뛰었다. 어떤 때는 며칠이 가도 조그마한 호롱 하나 구하지 못하기도 했으나, 재수 좋은 날은 한 집에서 청화백자매화문호(靑華白磁梅花文壺)와 분청사기대접을 거저이다 싶은 헐값에 후리기도 하였다.

박 박사와는 그때 단골로 다니던 점포에서 만나 친분을 갖게 되었는데, 세월이 많이 흐른 뒤의 일이지만, 그가 맨 처음 가져온 병풍이 조선조 중기의 유명한 화가 고송유수관도인(古松流水館道人)의 그림으로, 시가(時價)의 백분의 일도 안 되는 어처구니없는 값에 넘겨졌음을 귀띔해 준 것도 박 박사였다.

김씨는 그악스럽게 돈을 모아 인사동 골목 안에 점포를 세 내었다. 어렵게 골동품을 수집하러 다니기보다는 가게를 직접 운영하는 것이 몇 배 몇십 배 더 큰 이익을 남길 수 있다는 걸 알았기 때문이었다. 그는 호리꾼들이나 수집꾼들에게 인근의 점포들보다 훨씬 후하게 값을 쳐 주었으며, 그렇게 하여 손에 넣은 많은 물건들을 원매자에게 넘길 때도 지나친 욕심을 부리지 않았다. 그의 가게는 당연히 크게 붐비게 되었고, 얼마 지나지 않아 그는 골동계(骨董界)의 돌아가는 사정에 환하게 되었다.

그는 값비싼 골동품을 취급하면서, 몸으로 뛰어서 먹고 사는 놈들은 밤낮으로 뛰어 봤자 벼룩 신세를 면하기 어렵고, 머리통을 굴려 먹고 사는 놈들의 세상으로 발돋움해서 그들과 어울려야만 큰 돈을 거머쥘 수 있다는 걸 깨달았다.

고객들에 대한 그의 서비스는 어느 누구도 따를 수 없을 만큼 대단하였다. 그는 주먹 안에 쏙 들어오는 조그마한 기름병이나 연적 한 개일지라도 온갖 정성을 다하여 깨끗하게 손질하였다. 그리고, 오동나무로 물건에 알맞는 상자를 짜고, 안팎을 새까맣게 옻칠을 하여 윤을 낼 뿐만 아니라, 상자 속을 새빨간 우단으로 장식하여 물건의 품위를 한껏 돋보이게 하였다. 고서화의 경우엔 최고급의 목재인 흑단을 이용하여 표구를 새로 하는 등 세심하고 치밀한 주의를 기울였다.

그는 또한 자기 스스로의 기품과 격조를 드높이기 위해 많은 시간을 들여 세심한 주의를 기울였다. 그는 언제나 최고급의 단색 양복에 새하얀 와

이셔츠를 입고 세계적인 상표가 붙은 넥타이를 맸을 뿐더러, 매일 이용원에 가서 상큼하게 머리를 손질하고, 먼지 하나 없이 손질한 고급 구두를 신었다. 그리고, 고객을 그 집으로 찾아 가거나 밖에서 만날 때에는 점포에서 100미터밖에 안 되는 가까운 거리일지라도 반드시 사람들의 눈이 번쩍 띄는 외제 승용차를 타고 갔다.

재력이 늘어남에 따라 그는 점점 고가(高價)의 문화재를 취급하게 되었고, 사업의 영역도 고미술품 전반으로 확대되어 갔다. 그는 해가 갈수록 갈퀴로 낟가리를 긁어모으듯 엄청난 돈을 긁어 들였다. 그리하여, 그는 초현대식 갤러리가 있는 10층 빌딩과 어마어마한 저택을 세우고, 희귀한 걸작들을 비장(秘藏)하여 골동계의 입지전적 인물이 되었다.

그는 권세와 재력을 겸비한 상류층 사람들을 가까이하기 위해 남이 따르기 어려운 정성과 노력을 투자하였고, 그 결과 재계와 법조계, 정계, 학계의 많은 저명인사들과 두터운 친분을 갖게 되었으며, 필요할 때마다 직접적으로 또는 간접적으로 그들을 이용하였다.

"그때만 해도 저는 낫 놓고 기역 자도 몰랐었죠. 고송유수관도인의 팔 폭 병풍을 똥값에 넘기고도 횡재를 했다고 환호작약했으니!"

김씨가 옛일을 생각하고 쓴웃음을 지으며 말하자,

"그래도 그 병풍이 오늘의 김 사장을 있게 한 것 아닙니까?"

하고 박 박사가 사람 좋아 보이는 너그러운 웃음을 머금으며 그의 말을 받았다.

"그때 생각을 하면 저는 배고픈 기억밖에 안 납니다. 입에 풀칠하기가 그렇게 어려운 건지…."

"다들 어려웠던 때였죠."

박 박사도 고생스러웠던 옛날 생각에 빠져 드는지 문득 눈빛이 수연(愁然)해졌다.

"마침 점심시간이 되어 가는데, 가시지요. 제가 꽤 괜찮은 델 알고 있습니다."

김씨는 사양하는 박 박사를 억지로 권해서 밖으로 나왔다. 그는 귀한 손님을 접대할 때마다 들르곤 하는 조촐한 고급 한정식집으로 박 박사를 안내했다.

"이런 국보급 물껀은 돈이 있다고 아무나 소장하는 건 아니죠. 인연이 닿아야 하는 겁니다."

김씨가 커피를 한 모금 마시고 컵을 탁자에 내려놓으며 말했다.

"인연이라뇨?"

장 여사가 강정오수도에서 김씨에게로 눈길을 돌렸다.

"심마니가 여럿 지나가도 눈에 띄지 않던 산삼이 인연 있는 사람의 차지가 되는 것에 빗대어 얘기할 수 있겠죠. 그 사람이 지닌 안목과 가치관에 따라 산삼과 잡초가 같게도 보이고 달리도 보일 테니까요."

김씨는 넌지시 장 여사의 자존심을 건드렸다. 그는 그녀가 일찍부터 부동산 투기에 눈을 떠서, 여러 개의 크고 작은 빌딩과 수십만 평의 목장, 수천 평의 노른자위 땅을 소유하고 있는 이른바 여왕벌이지만, 고미술품에 대해선 아무 것도 아는 게 없고 별 애정도 없이 다만 투기의 대상으로만 생각하고 있다는 걸 간파하였기 때문이었다.

"제가 잡초와 산삼을 구별하지 못한다는 얘기로 들리는군요."

장 여사가 입가에 그 미묘한 미소를 지으며 가볍게 항의조로 말했다.

"그런 뜻으로 들으셨다면 용서하시기 바랍니다. 제 말씀은 귀한 물건은 주인이 따로 있는 것 같더라는 뜻이었습니다."

김씨는 침착하게 변명하였다.

그는 오늘 아침 Y미술관으로 가서 강정오수도와 그것이 진품임을 확인한 박 박사의 감정서를 찾아왔다. 박 박사는 그 그림이 심사정의 국보급 걸작이 틀림없다면서, 김씨가 원한다면 당장이라도 원매자(願買者) 몇 사람을 소개해 주겠다는 호의를 보였다. 김씨는 가격만 적당하다면 양도할 뜻이 있다며, 그에게 심심하고 정중한 감사의 뜻을 표했다.

그는 집으로 가서 진품 강정오수도를 다시 지하창고에 집어넣고, 모사작의 뒷면에 박 박사의 감정서를 붙였다. 그리고, 그 모사작을 화랑으로 가져온 다음, 장 여사에게 감정이 끝났다는 전화를 넣었다.

"단도직입적으로 말해 이 그림과 인연을 맺으려면 얼마면 되죠?"

장 여사가 정색을 하며 당돌하게 그를 응시하였다. 그는 지금이야말로 고비라는 생각을 하며, 진지한 시선으로 그녀를 맞바라보았다.

"4억입니다."

그는 한참 뜸을 들인 뒤에 낮은 목소리로 가격을 제시했다.

"너무 엄청나군요."

장 여사의 얼굴에 조금 당황한 듯한 어설픈 미소가 스쳐 지났다.

"본래 이런 물건은 너무나 희귀한 것이라 정해진 값이 없습니다. 지난 가을 소당(小塘) 선생의 독서도(讀書圖) 한 폭이 3억 7천에 거래됐었죠. 성북동 G박물관으로 넘어갔습니다. 소당 선생은 연대도 현재 선생보다 50년쯤 후대이고, 작품의 성가(聲價)도 현재 선생보다 좀 떨어진다는 게 중평입니다만."

"그렇더라도 너무 세군요."

그녀가 심각해진 얼굴로 혼잣말처럼 뇌까렸다.

"너무 세죠. 저도 항상 그림값이 지나치게 높다는 생각을 하곤 합니다. 지금 살아서 활동하고 있는 화가들 중에서도 호당 가격이 수백만까지 나가는 사람이 여럿이니까요. 그러나, 이런 물건은 앞으로 시간이 흐를수록 그 가격이 기하급수적으로 치솟게 되어 있습니다. 물건은 없고 돈은 갈수록 많아지니까요. 사실 저도 내놓고 싶은 생각이 별로 없습니다."

장 여사는 두 손을 만지작거릴 뿐 말이 없었다. 입가의 미소도 사라져 버렸다. 그때 미스 리가 박봉진 박사의 전화라면서 무선전화기를 들고 왔다. 김씨는 장 여사에게 양해를 구하고 전화를 받았다.

"김 사장, 그 작품 말이요, 어떻습니까? 적당한 조건이면 양도하는 게?"

대영제약 이봉한 사장에게 그 작품 얘기를 했더니, 이 사장이 작품을 보자다면서, 임자 나섰을 때 넘기는 것이 어떻겠냐는 박 박사의 권유였다. 그는 좀 생각해 보고 연락을 드리겠다며, 사례의 인사를 하고 전화를 끊었다. 계획적으로 박 박사와 짜고서 통화를 한 것처럼 공교롭게도 적당한 때에 전화가 온 것이었다.

"이 작품에 대한 얘기 같군요."

장 여사가 전화의 내용에 관심을 보였다.

"이걸 감정한 박봉진 박사군요."

그는 그녀가 전화의 내용을 대강 짐작했으리란 생각을 하고는, 일부러 전화의 내용에 대해선 말하지 않았다. 그래야만 그녀의 마음이 초조해지리란 계산에서였다.

"사실 이런 물건을 개인이 소장한다는 건 쉬운 일이 아니죠. 박물관이나 미술관이라면 몰라도…. 국민 전체의 문화 혜택이란 면에서 볼 때도 개인보다는 기관에서 구입하여 전시하는 게 바람직하기도 하고요. 깊이 생각해서 결정하시기 바랍니다."

그는 다시 정중하게 장 여사에게 양해를 구하고 자리에서 일어났다.

장 여사는 한참을 숙고한 뒤 갤러리에서 다른 고객과 얘기를 나누고 있는 김씨를 불렀다. 그녀는 3억5천을 제시했으나, 그는 값을 깎을 수 있는 물건이 아님을 단호하게 강조하였다. 이미 다 무르익어 저절로 떨어질 홍시(紅柿)가 분명한데 단 몇 푼이라도 값을 깎아 줄 필요가 없을 뿐 아니라, 오히려 할인을 해 주게 되면 물건이 대단찮아 보일 위험이 있다고 생각했기 때문이었다.

결국 장 여사는 김씨가 제시한 가격으로 작품을 인수하였다.

"오래 기다리셨군요."

김씨는 장 여사의 굳은 표정을 살피며 그녀의 맞은편 자리에 앉았다. 그녀는 은여우 롱코트를 옆자리에 벗어 놓고 잡지를 보고 있다가 자세를 고쳤으나, 심각하고 딱딱한 얼굴이었다.

"이것 때문에 조금 늦었습니다."

김씨는 들고 온 달력을 탁자에 펼쳐 보였다.

"제가 갖고 있는 민화(民畵)들 중에서 해학적인 것 몇 점을 골라, 달력을 찍은 것입니다."

그는 전에도 몇 번 같이 일한 적이 있는 달력 제조업자와 화랑 옆 다방에 앉아 있다가, 장 여사가 왔다는 미스 리의 연락을 받았다. 장 여사는 달력을 거들떠보지도 않고서,

"이 책 보신 적 있으세요?"

하며, 보고 있던 잡지를 들어 보였다. '하이센스'라는, 주로 젊은 기혼여성을 독자층으로 하여 발간되고 있는 월간지였다.

"갑작스럽게 잡지는 무슨?"

김씨는 돌연 독사처럼 머리를 쳐드는 좋지 못한 예감에 흠칫 몸을 떨었다.

"여길 좀 보시지요."

장 여사가 아트지(紙)에 인쇄되어 있는 화보를 펼쳐서 그에게 넘겨주었다. 초호(初號) 크기의 둥근고딕 활자로 된 '이달의 名士 탐방 – 대영제약 이봉한 사장'이란 표제가 퍼뜩 눈에 들어왔다. 그는 급격하게 높아지는 가슴의 동계(動悸)를 억누르며 마음을 가다듬었다. 이봉한 사장이 잘 다듬어진 잔디 위에서 배드민턴을 하는 모습, 부인과 함께 조깅을 하는 모습, 서재에서 독서를 하는 모습이 천연색 사진으로 실려 있고, 사진 밑에는 짤막한 해설들이 붙어 있었다.

독서하는 사진 밑에 붙어 있는 해설을 읽은 순간, 김씨는 망치로 뒤통수를 세차게 얻어맞은 듯한 둔중한 충격에 하마터면 쓰러질 뻔하였다. 거기에 '서재에서 망중한을 즐기며 독서하는 모습, 뒤의 그림은 그의 애장품인 신사정 선생의 강정오수도(江亭午睡圖)'라는 글이 쓰여 있었기 때문이었다. 그러고 보니 이봉한 사장이 앉아 있는 의자 옆 벽에 강정오수도가 선명하게 나와 있었다. 아뿔싸! 하필 이런 것이 찍히다니! 그는 온몸의 피가 일시에 아래로 빠져 나가는 것 같은 어지럼증을 주체키 어려웠다.

"어떻게 된 거죠? 어떻게 내 그림이 거기에도 붙어 있죠?"

장 여사의 어조에 얼음처럼 차가운 날(刃)이 섰다.

"드문 일입니다만 같은 그림이 둘씩 있을 수도 있죠."

그는 거대한 구렁이처럼 온몸을 휘감는 현기증에 휘둘리며 안간힘을 다해 태연한 얼굴로 말했다.

그는 지난 여름 장 여사에게 모사한 강정오수도를 양도한 뒤, 얼마 지나지 않아 진짜 강정오수도를 대영제약의 이봉한 사장에게 넘겼다. 어쩐지 마음이 내키지 않아서 주저하다가 박 박사의 적극적인 권유도 권유려니와, 이봉한 사장이 제시한 금액이 워낙 파격적이어서 양도해 버리고 말았다. 만에 하나라도 또 하나의 강정오수도가 딴 사람에게 팔렸다는 사실을 장 여사가 알게 된다면 걷잡을 수 없는 사태가 벌어질 게 뻔하지 않은가! 진짜는 비밀창고에 몇 년쯤 착실하게 넣어 두는 게 좋을 것 같은 생각이 들었다. 그가 왠지 마음이 켕겨서 망설망설하며 별로 내켜하지 않았더니, 이 사장은 오히려 몸이 달아서 저돌적으로 덤벼들었고, 그가 제시한 엄청난 거금에는 김씨도 더는 저항할 수 없었던 것이었다.

그런데, 바로 그 일이 일어난 것이었다.

"어떻게 둘씩 있을 수가 있죠?"

장 여사의 시선에 힘껏 당겨진 활시위 같은 긴장이 실렸다.

"저 백자들을 보시지요. 똑같은 것이 열일곱 개나 됩니다."

그는 갤러리의 중앙 진열장에 일렬로 놓여 있는 자기를 가리켰다. 똑같은 크기, 똑같은 모양, 똑같은 색깔의 달덩이같이 둥근 민무늬 조선백자들이 새까만 벨벳 위에서 형광등 불빛을 받아 유백색으로 빛나고 있었다. 김씨가 자기의 실력을 과시하기 위해 온갖 애를 써서 수집한 것들로서 그의 그러한 의도는 충분히 성취되었다. 이 갤러리에 처음 들어온 사람은 누구나 그 귀한 물건이 똑같은 것으로 17개씩이나 진열되어 있는 것에 크게 놀라며, 김씨의 실력에 압도되지 않을 수 없었기 때문이었다.

"그래서 김 선생님은 그림도 똑같은 것이 있을 수 있단 말이죠?"

"같은 밑그림을 수십 장씩 그린 사람도 많습니다. 이중섭 같은 화가도 같거나 비슷한 것을 여럿 그리지 않았습니까?"

"그러니까 현재 선생도 같은 그림을 여럿 그렸다는 건가요?"

장 여사는 차가운 비웃음을 입가에 떠올리며 얄미우리만큼 냉정한 어조로 말했다.

"그렇습니다!"

그는 황급하게 말했다. 그의 등허리로 진땀이 흘러내리고, 손바닥에도 땀이 흥건하게 고였다.

"그럼 김 사장님이 사기를 친 건 아니란 말이군요?"

그녀의 말투에 빈정대는 뜻이 완연히 묻어났다.

"사기라니?! 장 여사 그렇게 막 가는 말을 함부로 해도 되는 겁니까?!"

그는 창백하게 질린 얼굴로 격앙해서 대들었으나, 말이 저절로 떨려 나오고 힘이 빠졌다.

"나를 더 이상 우롱하지 마세요! 내 딸년이 이 잡지를 읽다가 그 기사를 본 뒤로 내가 모든 걸 확인했으니까요. 내가 직접 이봉한 사장을 만났습니다. 그 그림도 내 눈으로 봤고, 출처까지 다 알아 봤어요! 김 사장의 명예를 생각해서 똑같은 그림이 내게도 있다는 얘긴 하지 않았습니다만⋯. 이제 사장님도 내 명예를 좀 살려 주시지요. 이 장동숙이가 남의 웃음거리나

될 그런 여자는 아니니까요."

장 여사가 갑자기 목소리를 착 낮춰 의논하듯이 말했다. 그러나 김씨는 그녀의 그 같은 말에서 힘겹게 억제되어 있는 불같은 분노의 열기를 뚜렷이 느낄 수 있었다.

"제가 장 여사를 속인 것은 없습니다. 속이지 않았어요. 다만 똑같은 그림이 두 개라는 말을 하지 않은 것 뿐입니다. 물론 그 말을 하지 않은 건 잘못이지만… 그러나, 여사님이 인수한 물껀은 심사정 선생의 진품 강정오수도가 틀림없습니다."

그는 자기도 모르게 몸이 옹동그라지고 기세까지 위축되어 어눌해진 말을 힘겹게 뱉어냈다.

"정춘택 사장한테서 인수할 땐 한 폭이었던 그림이 어떻게 두 폭으로 세 포 분열이 되었죠? 한 폭은 낮도깨비한테서 샀나요?"

그녀는 고삐를 늦추지 않고 바짝 죄었다.

"낮도깨비라니! 말씀 삼가시죠! 그 한 폭은 오래 전에 내 수집꾼이 강릉 근처의 시골 고가에서 얻어낸 것입니다. 화풍이나 낙관, 지질(紙質), 연대 등 무엇 하나 의심할 바 없는 현재 선생의 진적(眞跡)이 분명합니다. 이봉한 사장의 그림을 보셨다니 아시겠지만, 두 작품이 어디가 다릅니까? 관지(款識)까지 똑 같은 것 아니던가요? 장 여사께서 그래도 못 믿으신다면 다시 내놓아도 좋습니다. 원매자는 얼마든지 있으니까요."

김씨의 얼굴과 목덜미에서 기름 같은 땀이 번들번들 흘러내렸다.

"그러니까 결국 김 사장께선 진짜를 내게 팔았다는 말씀이군요?"

그녀의 얼굴에 야릇한 미소가 떠올랐다.

"그렇습니다!"

그는 힘주어 말했다.

"그렇다면 이제 긴 얘긴 필요 없겠군요. 그 작품을 다시 인수해 주세요. 6억의 가격으로!"

"뭐라구요?!"

"지난 몇 달 사이에 제 부동산들은 50퍼센트쯤 뛰었는데, 무리한 가격은 아니잖아요?!"

그녀는 독립 선언이라도 하듯 엄숙하게 말했다. 그는 느닷없이 뺨이라도 한 대 세차게 얻어맞은 듯한 얼얼한 기분이었다.

"이거 누굴 가지고 노는 겁니까?! 장난하자 이거요?! 이 김가가 그렇게 맹물로 보입니까?!"

그는 억누르고 억눌렀던 울화가 치밀어올라 불같이 화를 냈다.

"왜 고함을 지르고 화를 내죠? 지금 장난을 치고 있는 사람은 내가 아니라 김 사장이라는 건 스스로 아실 텐데! 그렇게 화를 내는 것은, 그러니까 김 사장은 작품을 인수받지 못하겠단 말씀이군요. 좋습니다. 이 장동숙이를 우습게 본 모양인데!"

그녀는 분연히 일어나 은여우코트를 걸치며 말했다.

"난 성미가 급해요! 오래 기다리지 못합니다! 오늘밤 자정까지 나의 제

안을 받아들이든지, 아니면 철저한 파멸을 각오하세요! 아직도 꿈을 꾸며 사태를 파악지 못한 것 같은데, 이건 협박이 아니라 현실을 일깨워 드리는 것입니다."

장 여사는 싸늘한 미소를 머금고 휑하니 찬바람을 일으키며 갤러리를 나갔다. 열린 문 사이로 몰아쳐 들어온 칼날 같은 바람이 그의 얼굴을 사정없이 후려갈겼다. 온몸을 훑고 지나가는 소름에 그는 부르르 몸을 떨었다.

밤이 깊어 있었다. 김씨는 잠자리에서 벌떡 일어나 거실로 나갔다. 아무래도 잠을 이룰 수가 없었다. 창 밖에는 거친 바람이 사나운 갈기를 펄럭이며 어지럽게 날뛰고 있었다.

그는 마루에 놓여 있는 강정오수도를 물끄러미 바라보다가, 그것을 벽에 걸었다. 전에 청전 선생의 금강십이폭도가 걸려 있었던 자리였다. 그는 두어 시간 전에 장 여사를 찾아가서 액면 6억 원짜리 자기앞수표를 건네주고 그 그림을 찾아 왔던 것이다.

그는 장 여사에게 굴복하였다. 어쩔 수가 없었다. 그녀는 이미 칼자루를 쥐고 있었고, 그것을 그의 치명적인 급소에 바싹 들이대고 있었다. 그가 끝까지 굴복하지 않으면 가차 없이 베어 버릴 것이었다. 그는 수십 년 쌓아 올린 자기의 공든 탑이 한 순간에 허물어져 내리는 거대한 굉음(轟音)에 몸서리를 치며 그녀를 찾아가지 않을 수 없었다.

그는 골똘하게 그림을 바라보았다. 훌륭한 그림이었다. 아무리 보아도 그

것이 가짜라는 걸 알아보기는 어려웠다. 그는 빙긋이 미소를 지었다.

조금만 기다리자. 좀 시간이 지난 후에 다시 봉을 잡으면 되지! 오늘 그 여자에게 결재한 수표보다 훨씬 높은 값으로 넘길 자신이 있다! 이건 가짜가 아닌 신강정오수도니까! 그는 애써 스스로의 마음을 위로하였다.

그러나, 그의 마음은 진정되지 않았다. 아까 낮에 그녀와 만나던 때부터 위태롭게 출렁이던 초조와 불안이 그림을 되찾아 오고 모든 문제가 해결된 지금까지도 여전히 그를 멀미나게 했다.

무엇 때문인가. 큰 대가를 치르고 호랑이굴에서 벗어났지 않았는가. 그런데, 왜 이렇게 점점 걷잡을 수 없이 흔들리는가.

그는 거실 한쪽에 설치해 놓은 홈바로 가서 시바스 리갈을 유리컵에 가득 부어 벌컥벌컥 들이켰다. 목이 타는 듯한 짜릿한 통증에 그는 흠칫 진저리를 쳤다. 마음이 조금 가라앉는 것도 같았다. 그는 다시 컵에 넘치도록 술을 따랐다.

그가 한 병의 독한 양주를 거의 다 비웠을 때 아내가 현관문을 밀고 들어섰다. 밍크코트로 온몸을 감싸고 있었으나, 꽁꽁 언 얼굴에서 차가운 겨울 기운이 뚝뚝 듣고 있었다. 그는 아내를 본 체도 하지 않고 다시 술잔으로 손을 가져갔다.

"아, 그 목사놈이 교회를 팔아 처먹고 뺑소니를 놓지 않았겠어요?! 어쩜 그렇게 감쪽같이 해처먹었는지…. 어휴, 회를 쳐 먹어도 시원찮을 놈! 지옥에나 떨어져라!"

아내가 대뜸 푸념을 늘어놓았다.

목사놈이 교회를 팔아먹고 뺑소니를 쳐?! ㅎㅎㅎㅎ ㅎㅎㅎㅎ! 잘코사니다! 잘코사니! 그 목사놈 생김새도 번드르르하더니, 솜씨도 괜찮아! 나보다 낫군! 그는 걷잡을 수 없이 치밀어오르는 홍소를 어쩔 수가 없었다. ㅎㅎㅎ ㅎㅎㅎㅎ ㅎㅎㅎㅎ!

그러다가 그는 문득 웃음을 뚝 그쳤다. 신강정오수도의 그림이 없어지고, 그 액자 속에 유들거리는 목사의 얼굴이 들어가 있었기 때문이었다. 그는 머리를 세차게 흔들며 눈을 부릅떴다. 그러자 그 얼굴은 목사의 얼굴이 아니라 바로 자기의 얼굴이었다. 그는 자기도 모르게 그 얼굴을 향해 술병을 힘껏 던졌다.

〈희곡〉

이판본 이몽룡뎐

정염(情炎)

이판본 이몽룡뎐

나오는 사람들

이몽룡(19세, 낙방거자) | **방돌**(22세, 이몽룡의 하인) | **어사중**(35세, 선비) | **바우쇠**(22세, 어사중의 하인) |**변학도**(40세, 남원부사) | **춘향**(19세, 기생) | **월매**(45세, 퇴기) | **향단**(21세, 춘향의 몸종) | **김 현감**(임실 현감) | **최 현감**(곡성 현감) | **정 영장**(운봉 영장) | **박 군수**(순창 군수) | **주막집 주모**(43세, 과부) | **소댕이**(19세, 주모의 딸) | **군졸 1, 군졸 2, 군졸 3, 군졸 4** | **역졸 다수**

때 : 조선조 숙종시대

무대

제1막 : 전주 초입의 주막

제2막 : 남원 월매의 집 마당

제3막 : 남원부의 동헌

프롤로그

1980년 전남 곡성군 겸면 백운리의 오래된 고가에서 필사본으로 된 〈이몽룡뎐〉
이라는 한 권의 소설이 발견되었다. 이몽룡이라면 한국인 모두가 사랑하고 동경하
는 주인공이 아닌가. 인물은 관옥으로 깎아 놓은 듯 준수하고, 철관풍채는 심산맹
호 같으며, 문장은 이백이요, 필체는 왕희지라. 춘향과 연애할 땐 천하의 팔난봉으
로 갖은 희롱을 다하지만, 과장(科場)에 들어서선 일필휘지 선장(先場)하여 장원급제
한 후, 암행어사를 제수 받아 탐관오리를 징치하고, 계급을 초월한 사랑을 쟁취한
영웅 중의 영웅이다. 그러나 이 백운리본 〈이몽룡뎐〉에서의 이몽룡은 지금까지 널
리 알려져 있던 영웅 이몽룡과는 사뭇 다른 인물이다.

본 연극에서는 이몽룡이 춘향과 연애하는 전반부는 생략하고, 이야기가 달라져
있는 뒷부분만을 극으로 재현하였다.

제1막 제1장

무대

허름한 초가집 주막. 마당 한쪽에 낡은 사립문이 있고, 그 반대편에 평상이 놓
여 있다. 평상 뒤쪽으로는 마굿간이 있는데, 마굿간에 여물통이 놓여 있고, 그곳
에 말이 한 마리 매여 있다. 무대 밝아지면 마당에 놓인 평상에서 어사중과 바
우쇠가 저녁을 먹고 있는데, 폐포파립의 이몽룡과 추레한 차림의 방돌이 주막으
로 들어선다.

방돌 (호기롭게) 어이 주모! 주모! 여기 손님 왔소.

이몽룡 어따, 그놈 목소리 한번 크다. 밥 먹을 생각을 하니까 힘이 나는 모양이구나.

방돌 도련님, 이놈의 뱃속엔 거지가 들어앉았는지, 배가 고파 환장하겠소. (다시 큰 소리로) 어이, 주모! 주모!

소댕이 (부엌에서 나오며) 아이고, 손님, 어서 오씨요. 하룻밤 쉬어 가시게요?

방돌 보면 모르겠냐? 배가 등허리에 붙어 부렀응께 빨리 밥 차려오고, 탁배기도 두어 병 내 와라.

소댕이 잠깐만 기다리씨요. 내 금방 밥상 차려 내올텡게. (소댕이가 이몽룡을 보고 추파를 던지며) 아따! 샌님 참말로 인물도 좋소!

이몽룡 어허허허! 네가 사람 보는 눈은 있구나.

소댕이 샌님같이 잘생긴 사람은 처음 보요.

이몽룡 어허허허! 너도 이런 시골 구석에서 썩기는 아까운 인물이다. 얼굴이 훤하고, 이목구비가 시원시원한 것이, 제법이다!

소댕이 (반색을 하며) 그런 말 자주 들어라우. 샌님 눈에도 제가 곱게 보이요?

이몽룡 곱다마다! 오호(五湖)에 편주 타고 범소백 좇던 서시가 환생한 듯, 해성(垓城) 월야에 옥장비가(玉帳悲歌)로 초패왕을 이별하던 우미인이 돌아온 듯, 단봉궐 하직하고 백용퇴로 떠난 왕소군이 부활한 듯, 장신궁 깊은 곳에서 백두음(白頭吟) 읊던 반첩여가 나타난 듯, 소양궁에서 시측(侍厠)하던 조비연이 재생한 듯, 낙포 선녀인가 무산 선녀인가 혼비중천(魂飛中天)하여 제 정신이 아니로다.

소댕이 워매! 샌님은 인물만 좋은 것이 아니라 학문도 무지무지 뛰어나구만요. 그런데 샌님, 그게 다 무슨 말이다요? 하나도 못 알아듣겠소.

이몽룡 허허허! 네가 곱다는 말이다.

소댕이 (좋아서 몸을 비비꼬며) 아이, 샌님도 참!

이몽룡 이름이 무엇이냐?

소댕이 소…, 소댕이라고 하는구만요.

이몽룡 소댕이?

소댕이 제 엄니가 저를 부엌에서 낳았는데, 솥뚜껑에다 애를 받았다고 해서…. 좀 촌스런 이름이지요?

이몽룡 촌스럽긴! 소박하고 꾸밈없고, 평생 밥 굶을 염려 없는 좋은 이름이다.

소댕이 역시 많이 배우신 귀한 샌님이라 말씀하시는 것도 다르구만요.

방돌 얼씨구! 옆에서 듣고 있자하니 정말 갈수록 가관이구만! 야, 소댕인지 껌댕인지 너 빨리 가서 저녁 가져오라니까 뭐하고 있어?

소댕이 알았어요! 가면 되지 왜 소락대기는 지르고 그래요? (토라져서 부엌으로 들어간다.)

방돌   아니, 저 년이 도련님을 보고 회가 동했나? 왜 꼬리를 치고 지랄
을 한대요?

이몽룡   허허허! 이 이몽룡이를 보고 마음 안 동하는 여자 봤냐? 해반주
그레한 얼굴에 뽀얀 도화색이 흐르고, 가슴이 봉긋하게 부푼 것
하며, 엉덩이가 도톰통실한 것이, 익을 만큼 익었구나. 익으면 저
절로 벌어지는 것이 꽃이 아니냐?

방돌   하이고! 뭐, 서시가 어떻고, 우미인이 어째요? 그간 장안의 이름
있는 기생들깨나 찾아다니더니, 여자 후리는 데는 아주 이골이
났습니다그려.

이몽룡   이놈 방돌아, 영웅호색이란 말도 모르느냐? 대장부가 여색을 탐
하는 것은 결코 허물이 아니니라.

방돌   아무렴요. 영웅이 되려면 치마 두른 여자만 봤다 하면 젊거나 늙
거나도 가리지 않고, 신분이 높은지 낮은지, 추한지 고운지도 상
관없이 발정 난 수캐처럼 눈이 벌개져서 쫓아다녀얍지요.

이몽룡   이놈, 방돌아, 내 아무리 너를 허물없이 대했기로 주종이 엄연한
데, 어디서 그 따위 패설을 함부로 씨부리는 것이냐?

방돌   아이쿠, 도련님, 쇤네가 잘못했습니다요. 그렇지만 도련님 지체가
있는데, 도련님이 저런 천한 시골 처자를 다 희롱하시다니요?

이몽룡   내 저 처자를 희롱한 것이 아니라 말 보시(布施)를 좀 했느니라.
내 말 한마디에 저 처자 얼굴 환해지는 것 보았지? 말 한마디로

천 냥 빚을 갚는다고 했는데, 돈 안 드는 말 보시 좀 한 게 무에 그리 못마땅하냐?

방돌 말 보시가 아니라 몸 보시를 하려고 수작한 게 아니굽쇼?

이몽룡 뭐라고? 아니, 이놈이 터진 주둥이라고 못하는 말이 없구나! (갑자기 방돌의 엉덩이를 걷어찬다.)

방돌 아이쿠, 내 엉덩이! 도련님, 왜 건뜻하면 발길질이시오?

이몽룡 네놈은 그저 맞아야 제 정신이 나는 놈이다.

방돌 세 말이 잘못이면 말을 탓해야지 아무 죄 없는 엉덩이는 차고 그러십니까요? 엉덩아, 네가 주인을 잘못 만나 고초가 이만저만이 아니구나!

이몽룡 허허허! 그놈, 못 말릴 놈이로다.

어사중 (밥을 먹다가 수저질을 멈추고서) 허허허! 재미있는 분들이구려! 보아하니 오늘밤 봉놋방에서 함께 지내야 할 분들 같은데, 이리 앉으시지요.(어사중 평상 한쪽으로 물러나 앉자 바우쇠가 밥상을 그쪽으로 들어 옮긴다.)

이몽룡 그럼 실례하겠소이다. (머리를 약간 굽혀 예를 표하며) 저는 한양 북촌에 사는 이몽룡이라 하외다. (평상으로 올라앉는다.)

어사중 (고개를 약간 숙여 답례하며) 어사중이라 하오. 나도 한양에서 왔소이다. (두루미병을 들어 사발에 탁배기를 따라 이몽룡에게 건네며) 저녁이 나오기 전에 우선 이 탁배기로 허기나 면하시지요.

이몽룡 이거, 초면에 고맙소이다. (탁배기를 단숨에 마시고 나서) 아따, 거 맛 좋

다. 나만 먹기 좀 뭣하니 이놈한테도 한 잔 내려주시면 고맙겠소
이다. 내 하인놈이외다.

어사중 그러시지요. 애, 바우쇠야, 한 잔 따라라.

바우쇠 예. (방돌에게 술을 따르며) 나는 바우쇠라 하우.

방돌 방돌이라고 불러 주시우. (어사중에게 꾸벅 고개를 숙이며) 나으리, 고맙
습니다.

어사중 한 잔 더 하시지요. (다시 술병을 들어 이몽룡에게 술을 권한다.)

이몽룡 그럼 염치 불고하고 한 잔 더 받겠소이다. 내 팔도를 돌아다니면
서 술맛을 보았는데, 이 집 술맛이 장히 좋소이다.

어사중 이 선비 같은 분이 아무 까닭 없이 팔도를 돌아다닐 리는 없고….
혹 암행어사가 아니오?

이몽룡 (화들짝 놀라며) 암행어사라니? 그게 무슨 말이오?

어사중 요즈음 이 삼남 지방 여기저기에 암행어사가 출두했단 얘길 들
은 적이 있어서 하는 말이오. 이 선비의 준수한 얼굴과 당당한
풍채를 대하니, 예사로운 분이 아니라는 느낌이 드는구려.

이몽룡 저를 그렇게 좋게 봐 주시니 고맙소이다만, 제가 암행어사라니
요? 당치도 않소이다.

어사중 내 며칠 전에 금산군을 지나왔는데, 그곳에 암행어사가 출두했
다더군요. 그곳 사람들이 얘기하는 암행어사의 용모와 풍채가 이
선비와 방불해서 해본 말이오.

방돌   우리 도련님이 암행어사라니, 지나가는 개가 웃겠소. 주색잡기로
　　　　　과거를 본다면 모를까, 장안에 팔난봉으로 이름이 떠르르한 우
　　　　　리 도련님이 과거 급제 암행어사가 당키나 한 말이우?

이몽룡 이런 아가리를 찢어 놓을 놈! 이놈 방돌아, 네놈이 방자하기 짝
　　　　　이 없구나.

방돌   입은 비뚤어졌어도 말은 바로 하랬다고, 소인놈 말이 틀렸습니까
　　　　　요? 일찍이 열여섯 살 때 벌써 기생 첩을 얻어놓고, 식구들 몰래
　　　　　도둑괭이처럼 밤마다 이슬을 맞으면서 밤마실을 다니기 시작하
　　　　　여, 그간 장안의 내로라하는 기생들 꽁무니를 쫓아다니느라 정
　　　　　신이 없었는데, 어느 세월에 과거 공부를 했겠습니까요?

이몽룡 이 싸가지 없는 놈! (앉은 채로 발로 방돌을 사정없이 걷어찬다. 방돌 평상 밑
　　　　　으로 나가떨어진다.)

방돌   아이고, 나 죽네. 나 죽어! 용 못된 이무기 심술만 남더라고, 우
　　　　　리 도련님이 한번 그릇되더니, 이제 사람까지 잡는구나!

이몽룡 이놈, 아무 데서나 촐싹촐싹 주둥이를 놀려? 아주 혓바닥을 뽑
　　　　　아 놓을라!

　이때 주모가 부엌에서 밥상을 들고 와서, 평상 위에 놓고, 소댕이가 두루미병과
사발이 놓인 소반을 들고 와서 밥상 옆에 놓는다.

주모 시골이라 반찬이 변변찮아서 죄만스럽습니다요.

소댕이 술은 얼마든지 있으니께 부족하면 말씀만 하시씨요.

방돌 (땅바닥에서 일어나 밥상으로 덤벼들며) 아따, 이만하면 진수성찬이요. 밥아, 너 본 지 오래다. 어디 갔다가 이제 왔냐?

이몽룡 이놈, 썩 물러나지 못할까? 오늘 네놈이 먹을 밥은 없다. 너 같은 놈은 몇 끼 굶어봐야 제 정신이 날 게다.

방돌 아따, 도련님, 제 옆구리를 그만큼 찼는데도 화가 덜 풀리셨소? 우리 도련님이 말 한마디에 울그락불그락하는 그런 양반은 아닌데, 오늘은 공연한 말씀을 다 하시네. 뱃속이 출출해서 그러시나? (재빨리 사발에 술을 따라 권하며) 우선 이 탁배기부터 한 잔 쭈욱 들이키십쇼.

이몽룡 (어처구니가 없어서) 허허, 그놈 참 못 말릴 놈이로다. (못 이긴 척 술잔을 받아든다.)

방돌 (밥상으로 달려들어 숟가락을 잡으며) 소댕 아씨, 밥 한 그릇만 더 갖다 주쇼. 대장부가 이것 한 그릇 갖고 어디 간에 기별이나 가겠소?

소댕이 알았소. (소댕이와 주모 부엌 쪽으로 퇴장하고, 방돌이 밥을 먹기 시작한다.)

이몽룡 아따, 그놈 뱃속에 못 처먹고 굶어 죽은 귀신이 들었나? 먹는 데는 아주 이골이 났구나.

방돌 귀신도 먹고 죽은 귀신이 때깔이 좋고, 금강산도 식후경이라! 먹을 수 있을 때 양껏 먹어 두는 게 남는 겁니다요. (이몽룡 술잔을 기울이고, 방돌 걸신 들린 듯 밥을 먹는다. 무대 암전.)

제1막 제2장

무대

제1장과 같음. 무대 밝아지면 이몽룡과 어사중 술상을 앞에 두고 마주 앉아 있다.

어사중 원공월백안비남(遠空月白雁飛南)하고,

이몽룡 야심성희인행멸(夜深星稀人行滅)이라.

어사중 여잔등화독명휘(旅棧燈火獨明輝)한데,

이몽룡 행객불면수부절(行客不眠愁不絕)이라.

어사중 먼 하늘에 달이 흰데, 기러기는 남쪽으로 날아가고,

이몽룡 밤은 깊어 별은 드물고, 사람 오가는 것 끊어졌구나.

어사중 주막의 등불은 홀로 밝게 빛나는데,

이몽룡 나그네 잠 못 이루고 근심만 끊이지 않네.

어사중 허허허! 내 노래에 곧바로 대구(對句)를 하다니! 이 선비가 시서와
음률에 조예가 깊구려! (이몽룡에게 술을 권한다.)

이몽룡 (술잔을 받으며) 조예랄 것까지야 있겠소이까? 기방을 드나들며 풍
류랍시고 기생들과 희롱하며 장난으로 옛사람들의 흉내를 내본
것에 불과하외다.

어사중 (진지한 목소리로) 이 선비 같은 재능으로 청운의 뜻을 품고서 정진

한다면 몇 년 안에 과거 급제도 어렵지 않을 것 같은데, 젊은 선비가 어찌 기방이나 드나들며 허송세월을 한단 말이오?

이몽룡 허허허! 과거 급제하여 청운의 뜻을 이룬다? 일찍이 누가 말하길 '나라에서 써 주면 죽음으로써 은혜에 보답하고, 써 주지 않으면 초야에서 밭갈이하는 것으로 족하리라.'고 했는데, 나는 이렇게 말하고 싶소이다. 태평성세 현군을 만나면 나라와 백성을 위해 한 몸 바치려니와, 난세(亂世) 암군(暗君)을 만나면 나그네가 되어 정처 없이 떠돌리라.

어사중 허허허! 그럼 이 선비는 지금을 난세라 생각하오?

이몽룡 (강개하여) 태평성세 할 순 없지요. 지난 임진, 정유년의 왜란(倭亂)도 그렇고, 정묘, 병자년의 호란(胡亂) 또한 임금과 신료들이 나라 안팎의 급변하는 정세에는 아무런 대비도 없이 서로 붕당을 지어 제 밥그릇 챙기기에 혈안이 되어 있었으니, 그렇고도 나라의 명맥이나마 유지한 게 참으로 천행이지요. 더욱 한심한 것은 몇 번씩이나 그런 외침을 겪고도 아직도 제 정신을 차리지 못하고 더욱더 붕당 싸움에 골몰하고 있는 조정 대신과 사대부들이오. 지금 우리 조정의 중신이라는 것들은 어느 붕당이든 다 이전투구하는 싸움개들이외다.

어사중 (나무라는 어투로) 이전투구하는 개들이라니?! 이 선비의 말이 너무 지나치구려! 지난 번 사사(賜死) 당한 송우암 같은 분은 한 시대를 주름잡았던 대학자이자 당대의 대정치가가 아니오? 싸움개라니, 이 선비의 말이 너무 방자하고 무례한 것 아니오?

이몽룡 우암이 대학자라니오? 학문이란 것이 대체 무엇이외까? 학문이란 경세제민하는 데 본 목적이 있는 것인즉, 마땅히 학문은 나라를 보전하고, 백성들의 삶을 풍요롭고 아름답게 하는 데 이바지해야 할 것이오. 그런데 우암은 이용후생과는 거리가 먼 주자(朱子)를 우상화하여, 그의 말이라면 단 하나의 토씨도 다르게 해석해서는 안 된다는 극단적인 원리주의에 빠져서, 자기 주장 외에는 어떤 사람의 의견도 받아들이지 않았던 독선적인 인물이외다. 송우암이 한 것이 무엇이오? 효종과 인선왕후가 돌아가신 뒤 이른바 예송논쟁을 주도하여 반대파를 숙청하고, 경신대출척(庚申大黜陟) 때는 피바람을 일으켜 무수히 많은 사람을 죽게 하거나 유배를 보내고, 종내는 그 자신도 유배지에서 사약을 받고 돌아가신 분이 아니오? 우암이 얼마나 유아독존적인 인물인가는 그가 그의 제자 윤증과도 불화하여 결국 노론과 소론으로 분열한 것을 보아도 알 수 있는 일이 아니외까?

어사중 우암이 한 시대를 주름잡았던 인물이니 정치적으로야 훼예포폄이 있겠지만 율곡의 학통을 이어 받아 아국(我國)의 성리학을 발전시킨 공로야 폄훼할 수 없는 것 아니오?

이몽룡 성리학만 해도 그렇소이다. 이(理)가 어떻고 기(氣)가 어떻고… 국리민복과는 상관없는 공리공론이라 하여, 성리학의 본고장인 중국에서도 폐기된 지 이미 오래되어 해골이 된 학문을 우리는 무슨 절대불가침의 성스러운 보배인 양 신성시하여 몇 백년을 이기일원이다, 이기이원이다, 콩이다 팥이다 하고, 핏대를 올려가며 목소리를 높이고 있으니, 가히 우스운 일 아니외까? 또 그 성리학을 신봉하는 우리 조정의 그 많은 신료들의 행태를 보시오. 이른바 목민(牧民)을 한다면서 백성들의 삶에 관심을 가지고, 민생에 힘쓴 벼슬아치가 한 사람이라도 있소이까? 끼리끼리 붕당을 지어서 한 무리가 중전을 폐하고, 후궁을 새 중전으로 삼으니까, 또 실세(失勢)했던 다른 무리가 와신상담하여 그 중전을 다시 몰아내고 옛 중전을 복위시키고, 또 실세한 무리들은 권토중래를 획책하고…. 이전투구도 이런 이전투구가 없으니, 싸움개란 말이 조금도 지나치지 않지요.

어사중   이 선비의 말이 신랄하기 그지없구려. 이 선비의 말을 듣고 있자니, 현 조정의 내막에 대해 환히 알고 있는 듯한데, 이 선비의 집안은 당색(黨色)이 어떻게 되시오?

이몽룡   이름 없는 하찮은 과객이 당색이 어디 있겠소이까? 가친께서 잠깐 환로(宦路)에 나가신 적은 있으나, 다른 사람들과 파당 짓는 것을 꺼리시다 보니, 어떤 당색도 없으셨고, 아시다시피 끼리끼리 권력을 독점하는 당금(當今)의 조정에서 당색 없는 사람이 설 자리가 어디 있겠소이까. 지방관으로 몇 년 계시다가 한양으로 올라오셨지만 한직으로만 밀려다니다가 그것도 그만두신 지 한참 되었소이다.

어사중 그럼 요즈음 춘부장 어른께선 무얼 하고 계시오?

이몽룡 성품이 청렴하여 가렴주구와는 거리가 멀었으니 모아놓은 재산도 없고, 세전되어 온 전답도 없으니 어떻게 생계를 이어 가겠소이까? 곤궁하게 지내는 중에 재산깨나 있는 중인(中人)들 집안에서 아이들을 가르쳐 달라고 하여, 심심파적으로 그 아이들에게 천자문이나 동몽선습 같은 걸 가르치고 계시는 모양이오.

어사중 춘부장 어른의 함자가 어찌 되시오?

이몽룡 그걸 알아서 무엇 하시겠소. 쓸데없는 말을 늘어놓다 보니, 반배가 늦었소이다. 한 잔 받으시지요. (술잔에 술을 따라 어사중에게 권한다.) 그런데 어 선비께선 이곳 전주엔 무슨 일로 오셨소이까?

어사중 (술을 마시며) 이 선비 생각엔 내가 무엇 하는 사람으로 보이오?

이몽룡 내 짐작엔 어느 고을의 사또를 제수 받아서 부임하시는 분 같으외다.

어사중 벼슬아치라? 무얼 보고 그리 생각하오?

이몽룡 국록을 먹는 사람에게선 냄새가 나지요.

어사중 냄새라니? 나에게서 무슨 냄새가 나오?

이몽룡 그런 게 있지요.

어사중 그래요? 허허허! 내가 한때 출사(出仕)를 한 건 사실이오. 그러나 지금은 조정에서 물러나 이렇게 팔도를 유람하며 소일하고 있소이다.

이몽룡 혹 암행어사로 민정을 살피고 있는 게 아니고요?

어사중 이 선비도 금산과 여산에서 암행어사가 출두했단 말을 들은 모양이구려? 나도 그 말은 들었소이다만….

이몽룡 금산과 여산의 군수가 탐학이 심해서 백성의 원성이 자자했던 것 같더이다. 환곡을 못 냈다고 갇혀 있던 백성들을 암행어사가 출두하여 모두 방면하고, 군수를 형틀에 묶어 놓고 곤장을 쳤다는 소문이 파다하더이다. 지방관으로 내려오는 벼슬아치들이 열이면 아홉이 탐관오리이니, 금상께서도 어사를 내려보낼 만하지요. 목민(牧民)을 한다는 벼슬아치들이 백성들에게 가혹한 조세와 군포를 부과하고, 환곡에 몇 곱절의 이자를 붙여서 수탈을 해대며 백성의 고혈을 짜고 있으니…. 암행어사 몇 명 내려보내서 바로잡아질 일이 아니지요.

어사중 벼슬아치들이 토색질을 한 게 어제 오늘 일이 아니니, 참으로 걱정이지요. 우리 이런 답답한 얘긴 그만하고 달구경이나 하며 풍류나 즐깁시다.

이몽룡 그러시지요.

어사중 밤 깊어 뜰에 나오니 달빛이 더욱 좋다.

이몽룡 목로에 벗과 앉아 술잔을 기울이니,

어사중 세상의 근심걱정이 한 점 티끌 같아라.

이몽룡과 어사중 술잔을 주고 받으며, 암전.

제2막 제1장

무대

월매의 집. 무대 밝아지면 월매와 향단이 마당 약탕기 앞에 앉아 부채로 숯불을 부치며 약을 달인다. 뒤로 정갈한 기와집과 마루가 보이고, 왼편이 대문이다.

월매 (자리에서 일어나며) 아이고, 아이고, 내 일이야. 모지도다. 모지도다. 이 서방이 모지도다. 위경(危境) 내 딸 아주 잊어 소식조차 돈절하니, 아이고, 아이고 설운지고. (코를 홱 풀고서) 향단아, 나 담배 한 대 붙여 도라.

향단 (담뱃대에 담배를 담아 불을 붙이며) 담배만 피워 댄다고 아씨가 살아난다요? 무슨 방책을 세워야제.

월매 아, 이년아, 방책이 없응께 이러고 있는 것 아니냐?

향단 아, 집을 팔아서라도 아씨를 구해내야 할 것 아니요? 사또가 뇌물이라면 환장을 한당께 이 집이라도 팔아서 바치면 안 되겠소?

월매 이 큰 집이 그리 쉽게 팔리겠냐?

향단	집이 안 팔리면 집문서라도 바치고 구명을 해야지라우!
월매	그럼 내일이라도 이방을 만나서 손을 써 봐야겠다. 이방도 그간 나한테 받아먹은 게 있으니, 모른 척은 못할 게다.
이몽룡	(밖에서 소리) 그 안에 뉘 있나?
월매	뉘시오?
이몽룡	내로세.
월매	내라니, 뉘신가?
이몽룡	(방돌과 함께 마당으로 들어가며) 이 서방일세.
월매	이 서방이라니? 옳제! 건넌마을 이 풍헌의 아들 이 서방인가?
이몽룡	허허 장모, 망령이로세. 나를 몰라? 나를 몰라?
월매	내라니 뉘기여?
이몽룡	사위는 백년지대객인데, 어찌 나를 모르는고?
월매	(그때에야 이몽룡을 알아보고) 아이고, 아이고, 이게 웬 일이여? 호랑이도 제 말하면 온다더니 우리 이 서방이 왔구나! 어디 갔다 이제 와? 바람결에 풍겨 온가, 구름 속에 싸여 온가? 어서어서 들어가세.
방돌	마님, 그간 안녕하셨습니까?
월매	방돌이구먼. 서방님 모시고 오느라 얼마나 수고가 많았는가?
향단	서방님, 원로에 평안히 행차하셨습니까?
이몽룡	아따, 춘향아, 이게 얼마만이냐?

향단	(깜짝 놀라 쓰러지며) 에그머니, 서방님, 저는 향단이어요.
이몽룡	뭐? 향단이?
방돌	향단을 부축하여 일으키며) 향단아, 그간 잘 있었냐? 네가 보고 싶어서 눈이 빠질 뻔했다.
향단	얼씨구! 방돌이, 네 입방정은 여전하구나!
월매	이 서방, 어서어서 들어가세.

이몽룡과 월매 마루 위로 올라가고, 방돌은 마루 끝에 걸터앉는다. 향단이 처마의 등롱에 불을 붙인다.

월매	(이몽룡의 모습을 보고 깜짝 놀라며) 아니, 이게 웬 일이여?
이몽룡	아니, 장모. 무얼 그리 놀라는가?
월매	이 서방 몰골이 이게 어찌된 거여?
이몽룡	허허허! 아니, 장모. 내 모습이 어떻다고 그러시나?
월매	아니, 지금 그걸 몰라서 물어? 자네 꼴이 영락없는 비렁뱅이 아닌가?
이몽룡	오다가 주막에서 잠을 자다가 도적놈에게 다 털리고, 이리 되었네.
월매	허허허! 뭐, 도적놈한테 털려? (어처구니 없다는 듯) 소문이 헛소문이 아니었구만! 헛소문이 아니었어!
이몽룡	소문이라니? 무슨 소문?

향단	사또 나으리께서 당파싸움에 몰려 귀양 가시자, 가산이 탕진되어 마님께선 친가로 가시고, 서방님은 파락호가 되어 이곳저곳 떠돌아다닌다는 소문이 있었습니다요.
이몽룡	아니, 뭐라구? 그런 소문이 났어?
월매	자네 꼬락서니를 보니 그 소문이 사실이었구만! 양반이 그릇되매 형언할 수 없구나. (가슴을 치며) 아이고, 아이고, 쏘아놓은 살이 되고 엎질러진 물이 되었으니 누굴 탓하고 누굴 원망할까만, 에이! 이 못난 인사! (이몽룡에게 덤벼들어 코를 물어뜯으려 한다.)
이몽룡	(깜짝 놀라 뒤로 물러나다 마당으로 나뒹굴며) 아니, 장모! 내 탓이제 코 탓인가? 죄 없는 코는 왜 물어뜯어? 신체발부(身體髮膚)는 수지부모(受之父母)라, 불감훼상(不敢毁傷)이 효지시야(孝之始也)라.
월매	아이고, 주제에 양반이라고 문자속은 살아서! 저 유들유들한 넉살에 홀딱 넘어간 춘향이와 내가 바보제! 이제 이 일을 어찌해야 할꼬?
이몽룡	향단아! 급히 오다보니 아직 저녁을 못 먹었구나. 식은 밥이라도 좀 없느냐?
향단	어메, 시장해서 어쩔끄라요? 잠깐만 기다리씨오.
월매	밥 없네!
이몽룡	없으면 새로 해야지.
월매	쌀 떨어졌네.

이몽룡   쌀 떨어졌으면 사와야지.

월매   돈 없네.

이몽룡   아니, 이 괄시가 웬일이여? 사위는 백년지대객인데, 나한테 이래
도 되는 거여?

월매   거렁뱅이 주제에 괄시 안 받게 되었나?

이몽룡   그런데 춘향이는 어디 갔나? 혹 어느 놈팽이와 정분나서 살림 나
간 것 아녀?

월매   뭣이여? 이런 몹쓸 놈의 인사! (분이 나서 이몽룡을 붙잡으려 하자 이몽룡
재빨리 피하고, 월매 거꾸러진다.)

이몽룡   아따, 아니면 그만이지 아까부터 왜 날 못 잡아먹어 성화여?

월매   (가슴을 치며) 아이고, 아이고, 저런 인사를 믿고 금지옥엽 내 딸 춘
향이 죽을 날만 기다리다니! 아이고! 아이고! (처절하게 운다.)

이몽룡   죽을 날만 기다리다니? 뜬금없이 그게 무슨 말이여?

월매   아이고, 아이고, 말하기도 싫네.

이몽룡   얘, 향단아, 춘향 아씨가 어디 병이라도 났느냐?

향단   서방님, 도덕 높은 우리 아씨, 일구월심 서방님 과거급제 빌고 빌
고 또 빌며 정절을 지키다가, 본관사또 변학도의 수청을 거절하
여, 변 사또의 노염으로 곤장을 맞고, 옥에 갇혀 죽을 날만 기다
리고 있사옵니다요.

이몽룡   (크게 놀라) 아니, 춘향이가 옥에 갇히다니, 그게 정말이냐?

| 월매 | 곤장 백 대에 꽃 같은 몸이 걸레 조각이 되어 다 죽은 몸이 되었으니, 이제 어쩔 텐가? |

월매   곤장 백 대에 꽃 같은 몸이 걸레 조각이 되어 다 죽은 몸이 되었으니, 이제 어쩔 텐가?

이몽룡   (신음하듯) 음…!

향단   서방님 과거 급제하여 암행어사나 되어서 변 사또를 징치하고 우리 아씨 살려내길 천지신명께 빌고 빌었건만, 공든 탑이 무너지고, 깨진 독이 되었구나. 애구! 애구! 우리 아씨 불쌍해서 어찌할꼬?

방돌   양쪽 집안이 다 거덜나고, 하릴없이 되었구나.

이몽룡   그래, 저 약이 아씨 드릴 탕약이냐?

향단   옥사장에게 엽전 몇 닢씩 쥐어주고 사또 몰래 탕약을 올리고 있나이다. 약이 다 달여졌으니, 함께 가십지요.

이몽룡   내가 무슨 염치로….

방돌   만나셔얍지요. 지금이 염치 코치 따질 땝니까? 빨리 일어서십시오.

향단   서방님, 소녀가 앞장설 테니 함께 가사이다.

이몽룡   오냐. 면목이 없구나. (마루에서 일어나며, 암전)

제2막 제2장

무대

전과 같은 무대. 무대 밝아지면 월매와 향단 마당 한쪽 정화수가 놓인 소반 앞에서 무릎을 꿇고 빈다.

월매　비나이다 비나이다 천지지신께 비나이다. 비나이다 비나이다 일
월성신께 비나이다. 비나이다 비나이다 조상님전 비나이다. 금쪽
같은 내 딸 춘향 살려지이다 살려지이다. 금지옥엽 내 딸 춘향 살
려지이다 살려지이다. 비나이다 비나이다 빌고 빌고 비나이다.

향단　천지신명 일월성신 부처님 전 비나이다. 도덕 높은 우리 아씨 살
려지이다 살려지이다. 천지신명 일월성신 부처님 전 비나이다. 여
중군자(女中君子) 춘향 아씨 살려지이다. 살려지이다.

월매　(빌기를 마치고) 아이고, 아이고, 내 신세야. 아이고, 아이고.

향단　마님, 이제 그만 일어나시지요.

월매　(집 쪽을 돌아보며) 아이고, 이 서방인지 저 서방인지 저 화상은 우리
춘향이가 다 죽게 생겼는데도 쿨쿨 잠만 처자고 있으니, 저런 화
상을 믿고 정절을 지킨 내 딸만 불쌍하제.

향단　마님, 너무 그러지 마시씨오. 춘향 아씨가 하늘같이 생각하는 서
방님인데, 마님이 서방님을 홀대하면 아씨 마음이 어떻겠소?

월매　내 춘향이를 생각해서 지금 참고 있제, 그렇잖았다면 저 화상 진
즉에 다리몽갱이를 분질러서 내쫓고 말았다! 아까 옥방에서 그
화상이 춘향이한테 한 말 너도 들었지야? 뭐, 하늘이 무너져도
솟아날 구멍이 있다고? 양반이라고 오기는 있어서 곧 죽어도 휜

217

소리는!

향단　마님, 잘났어도 못났어도 춘향 아씨 서방님 아닙니까요? 아씨 생

각해서 너무 그러지 마시씨요.

월매　내 복장이 터져서 안 그러냐? 아이고, 내 팔자야!

향단　밤이슬이 찬데, 그만 들어가시씨요. (향단이 월매를 부축하여 퇴장.)

방문이 열리고 이몽룡이 마루로 나와 앉아 생각에 잠긴다. 잠시 후에 방돌이
따라나온다.

방돌　밤이 깊었는데, 왜 안 주무시고 어울리지 않게 청승이십니까요?

이몽룡　이놈아, 너 같으면 잠이 오겠냐? 춘향이가 다 죽게 되었는데!

방돌　아따, 도련님도! 과장이 심하십니다요. 죽긴 누가 죽어요? 춘향

아씨는 멀쩡하시던데! 약간 핼쑥한 것이 전보다 오히려 더 예쁘

기만 하던뎁쇼.

이몽룡　네놈 눈에는 쑥대머리가 되어 칼을 쓰고 있던 게 안 보이더냐?

기고만장하여 하늘 높은 줄 모르는 변학도의 역린을 건드렸으

니….

방돌　…역린이라니, 그게 뭣입니까요?

이몽룡　그런 게 있느니라. 차가운 옥방에서 떨고 있을 춘향이를 생각하

니 가슴이 찢어지는 것 같다.

방돌　아따, 도련님도 이제 철이 드는갑소. 그런데 춘향 아씨를 그렇게

생각하는 사람이 그 동안 어떻게 기생들 뒤꽁무니를 그리 열심

나게 쫓아다녔소?

이몽룡 이놈아, 지금 그 말이 왜 튀어나와?

방돌 아이쿠, 도련님 죄송합니다요. 바른 말을 참지 못하는 게 제 병

인지라….

이몽룡 미친 놈! (말없이 생각에 잠긴다.)

방돌 뭘 그리 골똘히 생각할 게 있습니까요? 암행어사 출두를 불러 남

원부를 벌컥 뒤엎어 버려얍지요!

이몽룡 …그게 그리 간단한 문제가 아니다.

방돌 이럴 때 어사 출두를 안 부르고 언제 부릅니까요?

이몽룡 이곳 남원부는 전에 내 가존께서 사또로 계셨던 곳인데…. 마음

속에 좀 걸리는 게 있구나. 이곳 아전이나 군졸, 사령들도 나를

알아보는 사람들이 있을 것이고.

방돌 그렇다고 죽어가는 춘향 아씨를 저렇게 놔둘 수는 없지 않겠습

니까요?

이몽룡 그러니 고민이 아니냐? 그렇다고 다른 방도가 있는 것도 아니

고….

방돌 까짓것 이판사판이지요! 사흘 후에 변사또가 생일잔치를 요란하

게 벌인다니, 그날 통쾌하게 어사 출두를 해서 변 사또를 물고를

내얍지요! 소인놈이 내일 마패를 가지고 가서 오수역과 금지역 역

졸놈들을 불러오겠습니다요.

이몽룡　글쎄…, 괜찮겠느냐? 왠지 좀 켕기는 게 있구나!

방돌　아, 평소 도련님답지 않게 웬 걱정이십니까요? 달 같은 마패를 햇빛처럼 번듯 들고 벼락처럼 들이치면 강산이 무너지고 천지가 뒤집힐 텐뎁쇼. 고개를 든 놈들은 모두 육모방치로 어육다짐하듯 조져 놓으면 제깟놈들이 그 자리에 엎어져서 똥을 싸지 별수 있겠습니까요? 고민 그만하시고 들어가 주무십시다요.

이몽룡　너 먼저 들어가서 자거라. 난 좀 있다가 들어가마.

방돌　서리가 내릴 듯한데, 빨리 자리에 드십쇼. 소인놈은 이만 들어가겠습니다요.

방돌 방으로 들어가고, 이몽룡 깊은 생각에 잠기며, 암전.

제3막 제1장

무대

남원 동헌. 마당 양쪽으로 사람들이 여기저기 돗자리에 앉아 변 사또의 생일 잔치를 즐기고 있다. 가운데 높은 대청이 있고, 대청 위에 '東軒'이란 현판이 걸려 있다. 대청에 커다란 교자상이 놓이고, 그 가운데 변 사또가 앉아 있다. 양쪽 옆으로 김 현감, 최 현감, 정 영장, 박 군수 등 여러 사람이 앉아 있다. 대청 바로 아래 마당 잔치상에 앉아 있는 어사중의 모습도 보인다. 소란스럽고 활기찬 분위기. 낭자

한 삼현육각 소리 높아졌다가 차츰 낮아지면서 무대 밝아진다.

김 현감 남원은 변 사또의 선정으로 백성들의 격양가가 넘치오이다. 만수
무강을 바라는 뜻으로 소관이 한 잔 올리오리다.

변학도 허허허! 고맙소! 고맙소이다! 본관의 생일잔치에 원로를 마다
하지 않고 이처럼 왕림해 주시니 기쁘기 한량없소이다. 차린 것은
변변치 않지만 많이들 드시기 바라오.

김 현감 이처럼 산해진미가 가득하온데, 무슨 그런 겸손의 말씀을! 남원
고을 백성들이 사또의 선정을 앙축하기 위해 이 많은 음식을 자
진하여 진상했다니, 과연 변 사또의 덕은 혜량하기 어렵소이다.

변학도 허허허! 이 모두 제 덕이 아니라 태평성세를 이룩한 금상(今上) 전
하의 덕택이외다. 허허허!

박 군수 세월이 이리 태평한 것은 물론 금상께서 어지시기 때문이지만,
또한 지금 조정을 장악하고 있는 원로 대신들이 금상을 잘 보필
하셔서 그런 것 아니오이까? 지금 조정에서 실질적으로 권력을
좌지우지하고 있는 좌상(左相) 대감이 변 사또의 장인이시고, 이
판(吏判) 대감이 사또의 숙부되신다면서요? 허허허! 참으로 삼한
갑족 중에 갑족이외다. 앞으로 잘 좀 부탁드리겠소이다. (잔을 변
사또에게 권한다.)

변학도 (거드름을 피우며 술잔을 받고서) 내 어찌 여러분의 후의를 잊을 수 있

겠소이까? 앞으로 내 승차하여 한양 내직으로 가더라도 여러분을 잊지 않겠소. 허허허!

박 군수 참으로 고맙소이다.

최 현감 소관의 술도 한 잔 받아 주사이다. 소관은 사또의 생신을 축하하는 뜻으로 수달피로 만든 옷을 한 벌 준비했소이다.

변학도 뭘 그런 귀한 것을 가져 오셨소? 그냥 왕림해 주신 것만도 그 정성이 어디인데…. 고맙소. 고맙소이다. (술을 마신다.)

이때 이몽룡 등장하여, 어사중을 발견하고 반가운 얼굴로 다가간다.

이몽룡 아니, 어 선비를 여기서 만나다니, 뜻밖이외다.

어사중 (자리에서 일어나며) 아니, 이 선비, 반갑소이다. 그런데 여기는 웬일이시오?

이몽룡 허허허! 이 고을 사또께서 생신 잔치를 떡 벌어지게 한다기에 구경도 할 겸 끼니라도 한 끼 때우려고 왔소이다.

어사중 나도 그렇소이다.

이몽룡 그런데 왜 저 위로 가시지 않고 여기 앉아 계시오이까? 저 위가 상석 같은데.

어사중 그곳은 지체 높은 사또들이 앉는 자리인 모양이오.

이몽룡 아니, 우리 지체가 어때서요? 우리가 저들만 못한 게 무엇이외까? 저리로 함께 가십시다. (억지로 어사중의 손을 잡아끌며 위로 올라가서 큰 소리로) 변 사또, 생신을 축하하오이다.

변학도 당신은 누구요?

이몽룡 지나가는 과객이 사또 덕에 목이나 축이려고 왔소이다.

변학도 지나가는 과객? 여봐라! 누구 없느냐? 오늘 이 자리가 어떤 자리 인데, 개나 걸이나 다 들어오게 놔 뒀느냐? 빨리 밖으로 내쳐라!

군노1·2 (득달같이 달려와서) 여기가 어느 안전이라고 올라왔느냐? 너 같은 비 렁뱅이가 올라올 자리가 아니다! (이몽룡을 붙잡아 끌어내려 한다.)

이몽룡 이놈들 하룻강아지 범 무서운 줄 모르고! (군노 두 명을 사정없이 발로 차서 대 밑으로 떨어 뜨린다.)

변학도 아니, 저 칠칠치 못한 것들! 군노라는 것들이 비렁뱅이 하나를 끌 어내지 못하고 나가떨어지다니!

정 영장 사또, 고정하시오. 오늘같이 경사스러운 날에 사또 같은 대인이 노염을 내서야 되겠소이까? 저 사람이 의관은 남루하나 양반의 후예인 듯하니, 말석에 앉히고 술이나 한 잔 먹여 보냄이 어떠하 오이까?

변학도 양반의 후예라?

정 영장 햇빛은 모든 산천을 골고루 비추고, 좋은 비는 초목을 가리지 않 고 적시는 법 아니오이까? 변 사또 같은 대인의 생신날 술 한 잔 얻어먹겠다고 온 사람을 내친다면, 대인의 크나큰 명망에 해가 될까 저어되오이다.

변학도 나의 명망에 해가 된다? 그럼 안 되지! 정 영장 생각대로 하시오.

정 영장 (자기 옆을 가리키며) 손님, 이쪽으로 와서 앉으시오. (이몽룡과 어사중 정 영장의 옆에 가서 앉자 정 영장 술잔을 권하며) 나는 운봉 영장(營將)으로 있는 정가(鄭哥)외다.

어사중 한양 사는 어가(魚哥)외다.

이몽룡 정 영장, 고맙소! 덕택에 오늘 목구멍의 때를 좀 벗기게 되었소이다. 나는 한양 사는 이가(李哥)외다. (술을 단숨에 마시고서) 거기 정 영장 앞에 있는 갈비가 먹음직하구려! (덥석 들어다 먹으며) 아따, 갈비야, 반갑다! 너 본 지가 이게 몇 년만이냐?

변학도 (이몽룡을 보며 못마땅한 어조로) 어따, 그놈 피죽 한 그릇도 못 처먹고 뒈진 귀신이 들렸나?! 게검스럽게도 처먹네그려!

정 영장 사또, 이런 격조 높은 잔치에 차운(次韻)이 없어서야 되겠소이까? 술도 몇 순배 돌았으니, 차운 한 수씩 해 보는 게 어떻겠소이까?

변학도 차운이라?

박 군수 우리 돌려가며 변 사또의 선정과 높은 공덕을 기리는 차운을 한 수씩 써 봅시다.

김 현감 그것 참 좋은 생각이외다. 참으로 뜻이 깊겠구료!

최 현감 그럼 운(韻)자는 높을 고(高) 자와 기름 고(膏) 자로 하면 어떻겠소이까? 변 사또의 높은 인품과 오늘의 기름진 음식을 생각해서 내 본 운자외다.

좌중 좋소이다!

변학도 여봐라, 사령! 여기 지필묵 냉큼 대령해라!

사령 (소리만) 예이!

잠시 후 사령이 지필묵을 가져오고, 좌중들 돌려가며 시를 짓는데, 이몽룡은 여기저기 놓은 음식들을 게걸스럽게 걸터먹는다.

이몽룡 (먹기를 그치고) 나도 어려서 추구(推句) 권이나 읽었소이다. 이런 좋은 잔치에 술과 안주를 포식하고 그냥 가기 염치없으니, 차운 한 수 해봅시다.

정 영장 그러시구려! (바로 지필묵을 내어 준다.)

이몽룡 일필휘지하는데, 정 영장 들여다보고 있다.

정 영장 아뿔사! 이것 큰일났구나! (갑자기 굳어진 얼굴로 벌떡 일어나서 나가려 한다.)

박 군수 아니, 정 영장 왜 그러시오?

정 영장 아, 갑자기 관격이 들었는지 몸이 심히 떨리고 안 좋구료! 아무래도 이 몸은 이만 실례를 해야겠소이다. (허둥지둥 나가며) 어, 춥다!

추워!

어사중 (이몽룡의 시를 들여다 보며) 금준미주천인혈(金樽美酒千人血)이요, 옥반가효만성고(玉盤佳肴萬姓膏)라. 촉루락시민루락(燭淚落時民淚落)이요, 가성고처원성고(歌聲高處怨聲高)라. 금동이에 담긴 아름다운 술은 천 사람의 피요, 옥쟁반에 담긴 좋은 안주는 만 백성의 기름이라. 촛불의 눈물 떨어질 때 백성의 눈물 떨어지고, 노랫소리 높은 곳에 백성 원망 소리 또한 높더라. 흐음! 이게….

김 현감 (놀라 어쩔 줄 모르며) 아니, 감히 그런 시를 짓다니, 지금 제 정신이오?

이몽룡 허허허! 글이란 모름지기 진실을 담아야만 사람의 마음을 움직이는 힘이 있는 법!

변학도 (불같이 노하여) 저런 찢어 줄일 놈! 여봐라! 군노 사령, 당장 이놈을 잡아내어 형틀에 묶어라! 내 이놈을 당장 물고를 내고 말리라!

군노들이 우루루 몰려들어 이몽룡을 끌어내려 한다. 그때 방돌과 역졸들 '암행어사 출두야!'를 크게 외치며 달려든다.

이몽룡 (허리춤에서 마패를 꺼내서 군졸들 눈앞에 들이대며) 이놈들, 네놈들 눈에는 이게 안 보이느냐?

군졸들 앗! (모두 놀라서 주춤주춤 한두 걸음 뒤로 물러난다.) 마패다!

좌중들 마패? (다들 화들짝 놀라서 자리를 박차고 일어난다.)

변학도   마패라니?! …그대가 정녕 암행어사란 말인가?

이몽룡   그렇다! 지금 팔도에 기근이 들어 백성들은 도탄에 빠져 있는데, 이른바 목민관이라는 자가 백성들을 구휼할 생각은 하지 않고, 오히려 백성들의 고혈을 짜서 이 따위 생일잔치를 하다니, 그러고도 무사하길 바랄까? 나는 사또 같은 탐관오리를 징치하기 위해 어명을 받잡고 내려온 암행어사다!

변학도   암행어사라…. 그대의 직품이 무엇이고 소속이 어디인가? 암행어사라면 대간(臺諫)이나 옥당(玉堂) 출신일 텐데, 기껏해야 5품밖에 더 되겠나? 본관 또한 엄연히 어명을 받고 부임한 종3품의 부사이거늘, 하위직 관리가 윗사람에게 이리 무례해도 된단 말인가?

이몽룡   지금 변 사또는 품계를 내세워 어명을 수행 중인 암행어사를 강박하려는 것이렷다?

변학도   그대도 봉록을 받는 관리이니 조정이 어떻게 움직이는지 모르지는 않을 터! 현임 좌상 대감이 나의 빙장이시고, 이조판서 대감이 나의 숙부라는 걸 모르진 않겠지? 앞으로 그대의 환로(宦路)가 평탄하려면 조정의 권병(權柄)을 누가 쥐고 있는가를 알고 처신을 잘해야 하지 않겠나? 지금 암행어사라는 쥐꼬리만한 권세를 믿고 본관에게 이렇게 큰소리를 치다가는 일신을 크게 그르치게 될 텐데?

이몽룡 뒷배를 봐 주는 배경이 짱짱하단 말이렷다? 그걸로 지금 어사를 겁박하는 것이냐?

변학도 허허허! 겁박이라니! 벼슬길에 먼저 나온 선배로서 충고를 해 주는 것이지.

김 현감 (박 군수에게) 이 사람은 갑자기 몸이 안 좋아서 이만 가 봐야겠소이다. (슬그머니 빠져 나간다.)

박 군수 나도 갑자기 볼 일이 생겼소이다. 함께 가십시다. (허겁지겁 김 현감을 따라간다.)

최 현감 그러고 보니 소관도 요긴한 일을 놓아두고 왔소이다. (황급히 자리를 뜬다.)

군졸 1 아니, 그런데 저 사람 낯이 익은데, …이 도령 아닌가?

군졸 2 이 도령이라니?

군졸 1 아, 전임 사또 이한림 대감의 아들 이몽룡을 몰라?!

군졸 3 맞네. 맞아! 이몽룡 도령이 틀림없구먼!

변학도 무엇이? 저 자가 전임 사또 이한림의 아들 이몽룡이란 말이냐?

군졸 1 그렇습니다요.

변학도 이몽룡이 틀림없으렷다?

군졸 1 틀림없는 이 도령입니다요!

변학도 허허허! 이몽룡! 네놈이 암행어사라니? 네놈이 언제 과거에 급제하였지? 허허허허! 당색이 달라 조정에서 내쫓긴 지 오래인 이한림의 자식이 과거급제가 웬 말이며, 게다가 암행어사라니? 지나가는 소가 웃을 일이로다!

이몽룡 뭐라고? …이놈, 변학도! 네놈이 암행어사를 몰라보고….

변학도 오냐! 오늘 본관이 암행어사를 제대로 대접해야겠다! 여봐라! 당장 저놈을 붙잡아라! 저놈이 바로 가짜 암행어사니라!

군졸들 (놀라서) 가짜 암행어사요?

변학도 당장 저놈을 붙잡아라! 요즈음 가짜 암행어사가 사기를 치고 돌아다니며 어리숙한 지방관을 능멸하였다더니, 바로 저놈이 그 흉악한 가짜 어사가 분명하다! 빨리 저놈을 포박하라!(군졸들 어찌 할 줄을 모르고 머뭇거리자) 이놈들, 본관의 말이 말 같지 않느냐? 당장 저 가짜 어사 사기꾼을 포박하지 못할까! (발을 구르며) 본관의 녕을 따르지 않는 자는 내 엄한 군율로 다스리겠다!

군졸들 주뼛거리며 이몽룡을 붙잡으려 하자 방돌이 그들을 막아선다.

방돌 이놈들, 어찌 감히 어명을 받드는 수의 사또를 몰라보느냐? 역졸들은 저놈들을 쳐라!

변학도 역졸들은 듣거라! 저놈이 금산과 여산에서 암행어사 출두를 불러 관장을 우롱하여 웃음거리로 만들었던 가짜가 분명하다! 너희들도 저놈한테 속은 것이니, 속히 저놈을 포박하라!

역졸들 어쩔 줄 모르는 중에 군졸들 우루루 몰려와 이몽룡과 방돌을 잡아 끌고 간다.

방돌　　아이쿠! 이것 큰일났다! 어쩐지 어젯밤 꿈이 심상치 않더라니!

변학도　저놈이 바로 이한림의 망나니 자식 이몽룡이라고? 괘씸한 놈! 어린 놈이 계집을 밝혀 춘향이 머리를 얹어주더니, 이제 나를 우롱하려고 가짜 어사 노릇을 해? 내 이번에 이 변학도의 무서운 맛을 단단히 봬 주리라! 여봐라! 무엇하느냐? 풍악을 높이 울려라!

삼현육각 소리 높아지는데, 돌연 요란한 징, 꽹과리 소리와 함께 '암행어사 출두요!' 하는 함성. 마패를 높이 든 바우쇠와 또 한 무리의 역졸들 들이닥친다.

변학도　(어이없다는 듯) 아니, 오늘이 무슨 대목장이냐? 웬 암행어사가 또 출두를 하고 지랄이여?

바우쇠　이놈들, 어느 안전이라고! 모두 엎드리지 못할까? 움직이는 놈들은 그 즉시 참하리라!

변학도　암행어사라니? 누가 암행어사라는 게냐?

어사중　(앞으로 나서며) 나외다.

변학도　…당신이 암행어사? (믿을 수 없다는 표정.)

어사중　나도 가어사 같소? 여봐라, 바우쇠야! 변 사또에게 봉서(封書)와 사목(事目), 유척(鍮尺)을 보여드러라.

바우쇠　예이! 여기 성상께 하사받은 봉서와 사목, 유척이 있소이다! (등짐 속에서 봉서와 사목, 유척을 꺼내서 변학도에게 제시한다.)

변학도　(일그러진 표정으로) 으음!

바우쇠　(큰 소리로) 암행어사께서 어명을 봉행하사 본 남원도호부에 출두하셨다! 지금 이 시각부터 남원도호부의 모든 창고는 즉시 봉고(封庫)하고, 남원부 부사 변학도의 업무는 일체 정지된다! 호장과 이방 등 모든 아전들은 업무를 기록한 장부를 즉시 어사또께 제출하고, 차후 어사또의 명이 있을 때까지 대기하라!

변학도　어사또! 아무리 어사또이기로소니, 종3품 품계를 지닌 본관에게 이럴 수 있단 말이오? 어사또 내가 누구인지 모르는 모양인데….

어사중　(변학도의 말을 중간에 끊으며) 변 사또! 나에게도 좌상 대감이 누구입네, 이판 대감이 누구입네 하며 배경과 문벌을 들먹이며 겁박을 하려는 게요?

변학도　겁박을 하려는 게 아니라, 어사또가 실수를 하지 않도록 조언을 하려는 것이외다.

어사중　실수? 변 사또! 사또가 하늘처럼 믿고 있는 좌의정 대감과 이판 대감이 함께 파직된 걸 아직 몰랐소이까?

변학도　(펄쩍 뛰듯 놀라며) 아니, 그, 그게 무슨 말이오?

어사중　말 그대로요. 좌상과 이판이 권력을 남용했다는 죄목으로 파직되어 유배를 갔소.

변학도   ⋯그럴 리가! ⋯그럴 리가? ⋯그럴 리가! (낙담하여 주저앉으며 암전.)

제3막 제2장

무대

앞과 같은 무대. 의자에 높이 앉은 어사중 비단옷을 입고 있다. 초췌한 모습에 소복 차림의 춘향 엎드려 있다.

바우쇠   어사또, 죄인 춘향 대령이오!

어사중   저 죄인의 죄는 무엇이냐?

바우쇠   천한 기생으로서 변 사또의 수청을 거역하고, 포악을 떨어 사또를 능멸한 죄올이옵니다.

어사중   한낱 기생 주제에 수청을 거절하고 관장을 능멸했다? 나는 변 사또를 봉고파직한 암행어사다! 너는 천한 기생으로 관장을 능멸하였으니 죽어 마땅하되, 오늘밤 내 수청을 들면 내 너를 방면하여 주리라.

춘향   (기가 막혀) 내려오는 관장마다 개개이 명관이로구나! 수의사또 들으시오. 층암절벽 높은 바위 바람 분다 무너지며, 청송녹죽 푸른 나무 눈이 온들 변하리까. 그런 분부 마시고 차라리 이년을 죽여 주시오.

어사중   수청을 아니 들고 죽겠다?!

춘향   어서 빨리 죽여 주시오.

어사중   개똥밭에 굴러도 이승이 좋다는데, 너는 꽃다운 나이에 어찌 죽기를 바라느냐? 네가 오늘밤 나와 인연을 맺는다면 내 부귀영화와 권세가 다 너의 것이 될 것이다. 나와 함께 한양으로 올라가자!

춘향   부귀영화도 싫고, 권세도 싫으니, 어서 이 목숨을 끊어주시오.

어사중   과연 듣던 대로 보기 드문 여중군자로다! 내 잠깐 농을 했으니 노여워 마시오. 그대가 기적(妓籍)에 이름이 올라 있어서 변 사또에게 곤욕을 당하였다 들었소. 그대의 정절을 기려 내 직권으로 그대의 이름을 기적에서 삭제해 주겠소.

춘향   어사또, 또 소녀를 놀리는 것이옵니까?

어사중   그럴 리가 있겠소? (바우쇠에게) 여봐라! 기적에서 춘향의 이름을 즉시 깎아내라!

바우쇠   명 받잡겠사옵니다.

어사중   춘향을 즉시 방면하고, 다음 죄인을 들이라!

군졸1이 들어와 춘향이를 데리고 나가고, 곧 군졸2, 군졸3이 이몽룡을 데리고 들어온다.

바우쇠   (이몽룡에게) 죄인은 무릎을 꿇어라! (이몽룡 무릎을 꿇는다.) 어사또, 죄인 이몽룡 대령이오!

어사중 저 죄인의 죄는 무엇이냐?

바우쇠 가짜 암행어사 출두를 하였다가, 정체가 탄로나서 붙잡힌 자이옵니다.

어사중 가어사라! 근래에 삼남 지방 여기저기에서 가어사가 출두하여, 지방 관장을 우롱하고, 옥사를 마음대로 처결한 일이 있었는데, 그게 모두 그대가 저지른 일이렷다?

이몽룡 …그렇소이다.

어사중 언감히 암행어사를 참칭하고, 지방관을 농락한 것도 모자라, 나라에 죄를 지은 죄인들을 마음대로 방면하다니? 그러고도 그대가 살아남기를 바랄까?

이몽룡 소인이 가어사 노릇을 한 것은 잘못이나, 아무런 힘도 없는 백성들을 수탈하는 탐관오리들을 차마 그냥 두고 볼 수 없었소이다. 소인이 방송한 사람들은 흉악범이나 중죄인이 아니라 이 나라의 불쌍한 백성들이외다.

어사중 그럼 환곡을 갚지 않거나, 군포나 조세를 바치지 않는 백성들을 그냥 놔두란 말인가?

이몽룡 백성들이 곡식이나 재물을 감춰두고 안 바치는 것이 아니외다. 아무 것도 가진 것이 없는데 어떻게 바치겠소이까? 그런 백성들을 수탈하기 위해 잡아가두고, 무자비한 형옥을 가하면 백성들이 갈 곳이 어디이겠소이까? 지금 감당하기 어려운 조세와 부역을 피해 유민이나 화적떼가 되어 떠돌고 있는 백성들이 얼마나 많소이까? 어사또께서도 민정을 살피셨을 테니 백성들의 참상을 모르시지는 않겠지요?

어사중 지방관들의 가렴주구가 혹심하고, 백성들이 도탄에 빠진 것을 내 어찌 모르겠는가? 성상께서도 그러한 현실을 잘 알고 암행어사를 파송한 것 아니겠는가? 그렇다 해서 그대가 어사를 참칭하고 관청을 농락한 것이 정당화될 수 있겠는가?

이몽룡 …….

어사중 그대의 죄를 인정하는가?

이몽룡 …벌을 받겠소이다.

어사중 그런데 그 마패는 어떻게 구한 것인가?

이몽룡 소인의 조부께서 선대왕께 하사받은 것이오이다.

어사중 벼슬아치의 임무가 끝나면 상서원에 반납해야 하는 것이 아니던가?

이몽룡 그러하오나 조부께서 조정에서 치사(致仕)하실 때 선대왕께서 영구히 하사하신 것이외다. 조부의 공덕을 생각하셔서 향리에 나들이할 때 역마를 이용하실 수 있도록 은전을 베푼 것이외다.

어사중 내 아까 듣기를, 그대가 전임 사또 이한림의 자제라 했는데, 그럼 그대의 조부가 전(前) 대사헌 이청풍 대감이신가?

이몽룡 …그렇소이다.

어사중　그대는 고개를 들어 나를 보시오.

이몽룡　(어사중을 쳐다보고 깜짝 놀라서) 아니, …어 선비께서?! …그럼 어 선비
　　　　께서…?

어사중　그렇소! 내가 바로 어사요! 이청풍 대감과 이한림 대감은 대를 이
　　　　어 청백리(淸白吏)로 이름이 높은데, 그런 집안의 자제로서 가어사
　　　　라니, 부끄럽지 않소?

이몽룡　…송구할 따름이외다.

어사중　내 그대가 현 조정과 관리들에게 분개하고 있음을 잘 알고 있소.
　　　　패기를 지닌 젊은이라면 누구나 그럴 것이오. 그러나 참다운 용
　　　　기는 가어사 노릇이나 하며 말단의 지방관이나 혼내주는 게 아
　　　　니라, 그러한 현실을 근본적으로 개선광정하는 것 아니겠소?

이몽룡　…….

어사중　호랑이를 잡으려면 호랑이굴로 들어가야 하는 법! 도탄에 빠진
　　　　백성을 구제하고 조정을 개혁하려면 우선 조정으로 들어가야 할
　　　　것 아니겠소?

이몽룡　…그게 무슨 말씀이신지? (눈을 크게 뜨고 어사중을 똑바로 바라본다.)

어사중　내 이제 가어사 이몽룡에게 엄벌을 내리겠다. 그대는 참람되이
　　　　암행어사를 참칭하여, 지방관을 기만하고, 옥사(獄事)를 임의로
　　　　한 대죄를 저질렀다. 그러나 그대가 백성들을 생각하는 충정과,
　　　　그대 부조(父祖)의 대를 이은 충절을 감안하여 특별히 다음과 같

은 벌을 내린다. 그대는 앞으로 과거에 급제할 때까지 일체의 주
색잡기를 금하고 학업에 전념한다. …알겠는가?

이몽룡　…어사또!

어사중　허허허! 내 하나 일러드리겠는데, 이 선비가 한양을 떠난 뒤에 환
국(換局)이 있었고, 이 선비의 부친 이한림 대감이 우상(右相)이 되
셨소.

이몽룡　아버님이 우의정이?…그게 정말이외까?

어사중　그렇소! 바삐 한양으로 올라가 보시오. 그리고 올라갈 때 춘향이
를 데리고 가는 걸 잊지 마시오.

이몽룡　어사또, 고맙소이다! 고맙소이다! (이몽룡 일어나 읍하며, 암전)

에필로그

　2년 후 식년시에서 이몽룡은 장원급제를 하였으며, 그가 이조 좌랑의 자리에
있었을 때 삼남의 암행어사를 제수 받아 그 임무를 훌륭하게 수행하여, '암행어
사 이몽룡'이란 이름이 널리 퍼지게 되었다. 이몽룡은 당시 조정의 고질병이었던
붕당 싸움에 휘말리지 않고 늘 백성들의 삶을 최우선으로 하는 여러 시책을 시행
하여 조야의 칭송을 받았다. 평생 청렴하여 검소한 삶을 살았고, 춘향과의 사이에
삼남이녀를 두고 평생 해로하였다.

정염(情炎)

나오는 사람들

다윗(이스라엘 왕) ┃ **밧세바**(우리아 장군의 부인) ┃ **우리아**(다윗의 장군) ┃ **시종장** (호위대장) ┃ **시종 1**(호위병) ┃ **시종 2** ┃ **아비가일**(다윗의 제2왕비) ┃ **암논**(다윗의 첫째 아들) ┃ **요압**(이스라엘 총사령관) ┃ **압살롬**(다윗의 셋째아들) ┃ **백의 여인**(흑의 여인) ┃ **압살롬의 부하 다수** ┃ **그 밖의 다수**

때와 장소 : 고대 이스라엘, BC 1000년 무렵

무대

제1막 : 왕궁 성벽과 우리야의 샘물

제2막 : 왕국의 대전(大殿)

제3막 : 제1막과 같음

제4막 : 제2막과 같은 대전

프롤로그

이새의 막내아들 다윗은 여호와의 은총을 받은 자로서 어린 시절 양치기 노릇

을 하나. 용모가 준수하고 용기가 넘치는 젊은이이다. 그는 양치기 노릇을 하며 항시 수금을 타며 주님을 예찬하는 노래를 불렀는데, 그 빼어난 미모와 수금 타는 솜씨로 이스라엘의 초대 왕인 사울의 측근이 된다. 그는 블레셋 사람들이 이스라엘을 침공해오자 전장에 나가 블레셋의 거인 골리앗을 돌팔매로 쓰러뜨리고 하루아침에 이스라엘의 영웅이 된다. 그는 사울왕의 딸 미갈과 혼인한 뒤 장군이 되어 여러 전투에서 혁혁한 전공을 세운다. 다윗의 인기를 시샘한 사울왕은 다윗을 죽이려 하나, 우여곡절 끝에 다윗은 이스라엘의 왕이 되어, 주변의 에돔, 모압, 암몬 등 여러 소국가들의 대군주가 되고, 이스라엘 12지파들을 복속시켜 진정한 대제국을 수립하고 이스라엘을 수도로 정한다. 이 시기 다윗의 영광은 사해에 넘쳤다.

제1막 제1장

무대

황궁 성벽 위와 저만치 아래 우리아 집의 샘가. 조명 들어오면 성벽 위에 다윗과 시종장이 서 있다.

다윗 오늘 어찌 이리 달이 밝으냐? 만뢰가 조요(照耀)하니 시흥이 나는구나!

시종장 전하! 늘 읊으시는 그 노래를 한 번 읊으시옵소서.

다윗 그럴까? (목청을 가다듬어)

하늘 위의 주님밖에 내가 사랑할 자 이 세상에 없네!

내 마음과 힘은 믿을 수 없네! 오직 한가지 주님만 믿네!

주님은 나의 힘이오. 영원히 주님을 의지하리.

주님은 나의 힘이오. 영원히 주님을 의지하리.

시종장 (방백) 역시 우리 대왕은 노래 하나는 기똥차구만! 하기야 외롭게
목동 노릇을 할 때 수금을 타며 여호와 주님을 찬양하여 주님의
눈에 띄었으니, 노래 솜씨로 팔자를 바꾼 것이지!

다윗 짐의 노래가 어떤가?

시종장 과연 훌륭한 찬송이옵니다. 하늘에 계신 여호와 주님께서도 흡
족하게 들으셨을 것이옵니다.

다윗 너무 아첨하는 게 아닌가?

시종장 아첨이라니요? 대왕마마의 그 찬송에 여호와께서 감복하셔서 대
왕마마의 머리에 기름을 부어 축복을 내리신 일을 모르는 사람
이 없사옵니다. 여호와의 기름 부음이 없었다면 어찌 어린 목동
이 거인 골리앗을 돌팔매 하나로 쓰러뜨리고, 그 무수히 많은 죽
음의 골짜기를 지나 오늘날 대왕마마가 되셨겠사옵니까! (방백) 목
동 노릇을 할 때 양들을 훔치려는 늑대들을 쫓느라고 매일 돌팔
매질을 했으니, 돌팔매질에 이골이 났겠지! 골리앗이란 놈이 제
힘만 믿고 방심했다가 느닷없이 날아온 돌팔매에 당했겠지!

다윗 내 그것을 너무나 잘 알고 있으니 주님께 이리 찬양을 바치는 게

아닌가.

시종장 대왕마마, 영광이 넘칠수록 겸손하게 몸을 낮추고 주님 보시기에 합당하도록 처신하셔야 하옵니다.

다윗 물론이지! 시종장은 앞으로도 짐이 잘못을 저지르려 하면 옆에서 엄히 간언(諫言)을 하여 주시게!

시종장 이를 말씀이옵니까.

조명이 성벽 아래에 있는 우리아의 샘을 비춘다. 샘터에는 우리아의 아내 밧세바가 2명의 하녀에게 완전히 발가벗은 봄을 맡기고 있다. 하녀 한 명은 머리를 뒤로 젖힌 밧세바의 머리를 감기고 있고, 한 하녀는 발 아래 엎드려 밧세바의 다리를 씻고 있다.

다윗 아니, 시종장! 저게 무엇인가?

시종장 대왕마마, 무엇을 말씀하시옵니까? 소신의 눈에는 안개밖에 보이는 것이 없사옵니다. (방백) 결국 우리아 장군의 부인 밧세바가 대왕의 눈에 들어왔구나! 내 언젠가는 밧세바 때문에 한바탕 큰일이 날 줄 알았지!

다윗 (손을 들어 밧세바를 가리키며) 저 아래 저 모습이 안 보인다는 말인가?

시종장 소신의 눈에는 안개 밖에는 아무 것도 보이지 않사옵니다.

다윗 아니, 시종장이 나이가 얼마인데, 벌써 그리 눈이 멀었단 말인가! (큰 소리로) 여봐라! 여봐라!

시종 1,2 (달려와) 전하, 부르셨사옵니까?

다윗 저기 저 모습이 무엇이냐?

시종 1 여인이 목욕을 하고 있는 것 아니옵니까?

다윗 아니, 어느 여인이 이 깊은 밤 목욕을 한단 말이냐? 저리 온몸이 빛나는 것이 혹시 천사가 내려온 것 아니냐?

시종 2 저 집은 히타이트의 장군 우리아의 집이 분명하옵니다.

다윗 우리아 장군의 집이라?! 네가 어찌 그런 것을 알고 있느냐?

시종 2 우리아 장군의 부인 밧세바가 천하 제일의 미색으로 소문이 자자하여, 모르는 사람이 없사옵니다.

다윗 우리아 장군의 부인이 그리 절색이란 말이냐?

시종장 (방백) 벌써 마음이 동하셨나! (다윗에게) 그 여인이 미색이 뛰어나 봐야 얼마나 뛰어나겠사옵니까? 전하께선 이미 천하절색 10여 명을 왕비와 후궁으로 거느리고 계시지 않사옵니까?

시종 2 그건 시종장께서 모르시는 말씀이옵니다. 세상 사람들이 말하기로는, 대왕의 비빈(妃嬪)들도 밧세바에 비하면 밝은 달에 희미한 별과 같다 하옵니다.

시종장 (방백) 아니, 이놈이! 지금 무슨 말로 대왕의 정염에 기름을 끼얹는 게야! (재빨리 시종2의 뱃구레를 걷어차며) 이놈이 대왕마마의 아름다운 비빈을 욕보이는구나!

다윗 (밧세바를 홀린 듯 내려다보며) 과연 멀리서도 몸에서 환하게 광채가 나는구나! 과연 생전 처음 보는 절색이로고! 절색이야! 으흐흠! (아픈 신음을 흘린다.)

시종장 대왕마마, 날이 차갑사옵니다. 이만 들어가시옵소서

다윗 달빛이 이리 좋은데, 시종장 먼저 들어가 보오. 나는 잠시 달구경을 더 하겠소! (다윗 밧세바에게서 시선을 돌리지 못하며. 암전.)

제2막 제1장

무대
황궁 내전(內殿). 조명이 들어오면 다윗 내전 가운데에서 홀로 고뇌하고 있다.

다윗 내 많은 비빈을 두었으나 평생 여인에게 미혹된 적이 없었는데, 이 나이에 이게 웬 일이냐? 내가 망녕이 든 거 아닌가? 밧세바는 남편이 있는 여인이 아닌가. 그것도 지금 나를 위해 죽음의 전장에서 싸우고 있는 충성스러운 우리아 장군의 아내가 아닌가! 그런 여인을 내가 탐하다니! 이게 말이 되는가?! 이게 뭇 백성들의 본보기가 되어야 할 대왕으로서 있을 수 있는 일인가! 여호와 나의 주님이시여! 이 종을 시험하기 위해서라면, 이 잔을 저에게서 옮겨 주시옵소서! 종은 차마 감당치 못하겠나이다. 아아! 이것이 웬일인가? 밧세바! (무릎을 꿇으며) 아, 그 달처럼 빛나던 얼굴과 터

질 듯 솟아오른 탐스러운 두 가슴! 한 손에 쥐어질 것 같던 날씬한 허리! 아, 만월처럼 부풀어 오른 둥근 엉덩이와 대리석을 깎아 놓은 듯한 죽 뻗은 두 다리! 물에 젖은 머리칼을 흔들며 달을 보고 웃던 그 모습을 어찌 잊을 수 있단 말인가. (신음처럼) 으으윽! 으으으흑! 이 일을 어이할꼬?! 어이할꼬!

이때 흰 옷에 흰 두건을 쓴 여인이 커튼을 젖히고 나타난다.

백의 여인 (위엄 있는 목소리로) 다윗 대왕! 이 무슨 꼴이오? 위대한 이스라엘의 대왕이 이런 우스꽝스런 모습으로 괴로워하다니! 부끄러운 줄 아시오!

다윗   (의아스럽게) 이스라엘의 대왕인 나에게 이런 말을 하는 그대는 대체 누구시오?

백의 여인 이제 눈이 어두워져 나도 몰라보십니까? 정신 차리시오!

다윗   그대가 누구인데, 감히 나에게 그런 말을 하는 것이오?

백의 여인 그런 걸 묻다니, 확실히 대왕의 눈이 전과는 달라졌군요. 그 많은 고난과 시련을 겪을 때마다 대왕에게 용기와 희망을 주고 격려를 아끼지 않았던 나를 몰라보다니! 이제 이 화려한 황궁에서 온갖 즐거움을 누리다 보니, 나도 몰라보게 된 게요?

다윗   나는 그대를 본 적이 없소.

백의 여인 눈이 어두워졌으니 보아도 보지 못하고(視而不見), 들어도 듣지 못하는 것이오(聽而不聞). 한낱 양치기였던 대왕이 무엇으로 오늘의 자리에 앉게 되었소? 오로지 여호와 주님의 은총 때문이 아니었소? 이제 주님의 도움이 필요 없다고 그의 뜻을 배반하고 사울왕과 같은 길을 가려 하오? 사울왕도 처음에는 여호와 주님의 기름 부음을 받아 이스라엘의 초대 임금이 되었으나, 나중에 왕이 된 후로 교만하여져서, 결국 모든 것을 잃고 패망의 길을 가고, 그 은총이 그대에게로 옮아간 것 아니오? 대왕이 끝내 우리아 장군의 부인 밧세바를 취한다면 대왕의 왕국은 결국 무너지고, 대왕의 지친(至親)들 사이에 무서운 골육상쟁이 일어나, 대왕은 비참한 자식들의 참척을 보게 될 것이오! 전에는 내가 대왕에게 이런 말을 할 필요가 없었기 때문에 모습을 나타내지 않았던 것이오! 눈이 다시 밝아지고 정욕이 가을물처럼 가라앉을 때까지 기도하시오! 여호와 주님께서 답변하실 때까지 전심전력 기도하시오!

다윗 고맙소! 내가 잠시 여인의 미염에 취해 제 정신을 잃었소이다. 고맙소이다. (다윗 무릎을 꿇고 묵도를 올리자 흰옷 여인 커튼 뒤로 사라지고, 흑의 여인이 검은 두건을 쓰고 나타난다.)

흑의 여인 호호호호! 호호호호! 다윗 대왕, 그런다고 이미 타오르기 시작한 대왕의 치열한 정염이 사라지겠소이까?

다윗   그대는 또 누구요?

흑의 여인 대왕 또한 이미 알고 있는 것을 왜 물으시오? 그보다 대왕은 무
        엇 때문에 그리 고통에 싸여 괴로워하시오? 임금은 무치(無恥)라
        는 말도 못 들었소이까.

다윗   (호기심어린 얼굴로) 임금이 하는 일엔 부끄러움이 없다는 말 아니
        오?

흑의 여인 그렇소이다! 임금은 무슨 일을 하든 부끄러움이 없다는 말씀이
        오! 한 나라의 임금이 무슨 일을 하든지 상관없다는 것은 온갖
        권세와 부귀향락을 마음껏 누려도 괜찮다는 말씀입니다. 모든
        법과 관습, 계율 위에 군림하는 것이 임금입니다. 마음에 드는
        여자 하나 취하는 작은 향락도 마음대로 누리지 못한다면 임금
        의 임금다움을 어디서 찾겠습니까?

다윗   아무리 그래도 밧세바는 나의 충성스러운 장군 우리아의 부인이
        아니오?

흑의 여인 밧세바가 우리아 장군의 부인이기에 지금까지 그리 괴로워한 것
        아닙니까? 결국 대왕은 밧세바를 취하고 말 것이거늘, 무얼 그리
        고민하고 주저하십니까. 호호호! 호호호호! 밧세바는 몇 년째 우
        리아 장군이 집을 떠나 있어서, 그 온몸이 정염으로 가득차 있
        소! 익을 대로 익은 농염한 여인의 정염이 손만 대면 화산처럼 폭
        발할 준비를 하고 대왕의 손길을 기다리고 있소이다. 대왕도 발

가벗은 온몸으로 달을 바라보고 있는 밧세바를 보았지 않습니까? 대체 달 밝은 밤에 여인이 달에 나체를 드러내며 무엇을 염원했겠습니까? 그 몸을 아낌없이 애무해 줄 사내의 손길을 바라고 있는 게 아니겠습니까. 밧세바가 황궁에서 바로 내려다보이는 그곳에, 그것도 대낮처럼 달이 밝은 그곳에 나체로 나타난 게 우연이겠습니까? 대왕도 밧세바의 뜻을 이미 알고 있지 않습니까? 호호호! 호호호호! 대왕은 지금 사치스러운 고민을 하고 있는 것입니다. 대왕이 손을 내밀기만 하면, 밧세바의 몸은 지금까지 대왕이 몰랐던 황홀한 쾌락, 그 자체가 될 것이오! 호호호호! (감격조로) 아, 아무리 만져도 더 만지고 싶고 아무리 맡아도 더 맡아보고 싶은 그 향기로운 육체! 아무리 파고 들어도 끝이 없이 솟아나는 향락! 아, 아무리 몸부림치며 마음껏 채워도 다시 허기가 지고, 진저리를 치며 빠져들어도 끝이 없는 쾌락! 아, 그대 여인의 쾌락이여! 특별한 여인에게만 신이 선사한 죽음과도 같은 향락이여! (불쑥 다윗에게 육박하여) 위대한 대왕만이 그만한 쾌락을 맛볼 자격이 있소이다. 큰 용기를 지닌 자만이 그 큰 쾌락을 취할 수 있는 법이오! 호호호호! 그 쾌락에 한번 빠지다 보면 오늘 주저한 것을 후회하게 될 것이오. 지금까지 밧세바 같은 여자를 본 적이 있소? 무얼 주저하는 게요? 다윗이여! 그대는 이스라엘의 위대한 왕! 주저하지 마시오! (흑의 여인, 호호호호! 호호호호! 간사하게 웃으며 사라진다.)

다윗   아무리 그렇더라도 나, 천하의 다윗이 차마 충신의 아내를 훔칠

수 있나! (괴롭게) 으으음! 으으음! (한참 고민하다가) 여봐라! 여봐라!

시종장   (내전으로 들어오며) 대왕마마, 부르셨사옵니까?

다윗   그렇소! 지금 당장 아비가일을 불러오시오!

시종장   갑자기 무슨 일이시옵니까?

다윗   (성난 목소리로) 불러오라면 불러올 것이지 웬 말이 그리 많소?

시종장   송구하옵니다. 곧 모셔오도록 하겠사옵니다. (밖으로 나가며. 암전.)

제2막 제2장

무대

전과 같음. 다윗 의자에 앉아 허리를 잔뜩 구부리고 있다. 얼굴이 고통으로 일그러져 있다. 시종장이 아비가일을 모시고 들어온다.

시종장   대왕마마, 아비가일 제2왕비를 모시고 왔사옵니다.

다윗   알았소! 시종장은 이만 나가 보시오!

시종장   (방백) 꿩 대신 닭이라더니! 영웅호색이란 말이 괜한 말이 아니군!

시종장이 퇴장하자 다윗이 아비가일을 다짜고짜 옆 침실로 끌고 간다. 침실은 관중이 볼 수 있게 엷은 베일이 쳐져 있어 방 안의 모습이 희미하게 보인다.

아비가일 (소리) 대왕마마, 왜 이리 난폭하시옵니까? 전과 같지 아니하옵니다. 대왕! 대왕!

다윗 (미친 듯이 아비가일의 옷을 벗기는 모습 베일을 통해 얼핏얼핏 보인다.)

아비가일 대왕마마! 왜 이러십니까? 소첩이 옷을 벗겠사옵니다. 이러지 마시옵소서!

다윗 (성난 소리로) 잔말 말고 내 하는 대로 가만 있어! 오늘 내 그대를 죽이고 말 테요!

아비가일 대왕마마! 지금 제 정신으로 하시는 말씀이옵니까?

다윗 내 오늘 그대에게 사내란 것이 어떤 것인지 똑똑하게 보여 주리다. (다윗, 아비가일을 난폭하게 침대에 쓰러뜨리고, 그녀를 마구 유린한다.)

아비가일 대왕마마, 왜 이러시옵니까? 지금 제 정신이옵니까?

다윗 지금 나는 짐승이오! 그대에게 짐승 맛을 보여 주겠소! (베일 너머로 난폭하게 날뛰는 다윗의 모습이 보인다.)

아비가일 아악! 아아아! 대왕마마! 대왕마마! 전하! 이제 그만하소서!

다윗 그게 더 해 달란 말이 아니오? (더 날뛰면서) 이제 어떻소? 만족하오?

아비가일 (헐떡거리면서) 대왕마마! 대왕마마!

다윗 아직도 타지 못한 정염이 남았소? 내 오늘은 그대의 정염을 모조리 불태워 재로 만들어 주지! (다윗 다시 아비가일의 몸을 올라타며, 암전.)

제3막 제1장

무대

제1막과 같음. 다윗 성벽 너머로 우리아의 샘을 내려다보고 있고 그 옆에 시종 장 서 있다.

시종장   대왕마마, 오늘은 밧세바가 아니 나올 모양이옵니다. 이제 그만 안으로 듭시옵소서! 바람이 차갑사옵니다.

다윗   내 밧세바를 보기 위함이 아니라 달빛을 구경하기 위해 나와 있는 것이오.

시종장   (방백) 그래도 대왕이라고 체면은 지키고 싶은가 봐! (다윗에게) 대왕 마마! 소신은 대왕마마께서 밧세바를 그리워하여 나오신 줄 알 았사옵니다.

다윗   시종장, 짐과 가까이 있다고 함부로 아는 체하면 큰 봉변을 당하 는 수가 있소! 태양에 너무 가까이 가면 타 죽는다는 말이 있지 않소? 임금을 모시는 사람은 그제 보고도 안 본 척 알고도 모르 는 척 해야 하는 것 아니오?

시종장   (방백) 이크! 뜨거워라! 역시 일개 목동이 저 자리까지 올라간 데 에는 뭔가 남다른 데가 있어! (황급히 머리를 조아리며) 대왕마마, 소 신이 잠깐 제 정신이 나가서 망녕된 말씀을 지껄였사옵니다. 너

그러이 용서하여 주시옵소서!

다윗 뭐, 그렇다고 그렇게 주눅들 건 없소!

시종장 아니옵니다. 소신이 잠깐 망녕이 들어 주제넘는 말씀을 사뢰었사옵니다. 용서하여 주시옵소서!

이때 밧세바, 2명의 하녀와 함께 샘가에 나타나, 훌훌 옷을 벗고, 실오라기 하나 걸치지 않은 몸으로 하늘을 바라본다.

시종장 대왕마마! 밧세바가 나타났사옵니다!

다윗 쉿! 아무 말도 마시오! (홀린 듯이 밧세바를 내려다 본다.)

밧세바 샘터 옆에 놓인 의자에 나체로 비스듬히 앉아 하늘의 달을 바라보고, 하녀 한 명은 바세바의 머리를 감기고, 다른 하녀는 무릎을 꿇고 그녀의 하얗게 빛나는 다리를 씻는다.

다윗 아아! 밧세바! 그대는 어찌 이리 나를 괴롭히는 것이오? 어찌 내 눈에 띄어 나를 이리 견디기 어려운 고통에 빠뜨린단 말이오? 하나님은 어찌 그대를 태어나게 하고, 내 눈에 띄게 하고, 또 어찌 나에게 그대를 갖지 못할 운명을 주었단 말이오? (한참 밧세바를 내려다보다가, 갑자기 쓰러지며) 아아! 가슴이 찢어지는 듯 아프도다! 내 아무래도 죽을 것만 같도다.

시종장　대왕마마, 어찌 그러시옵니까? (다윗을 부축하며) 대왕마마, 안으로 듭시옵소서! (암전)

제4막 제1장

무대
제2막과 같음. 다윗 고통에 일그러진 얼굴로 서 있는데, 백의 여인 커튼을 젖히고 나타난다.

백의 여인　대왕, 아직도 밧세바 때문에 그리 괴로워하시오?

다윗　　　(백의 여인에게 무릎을 꿇으며) 정녕 내가 밧세바 때문에 죽게 생겼소! 내가 이토록 고통스러운데 정녕 밧세바를 가져서는 아니 된단 말이오?

백의 여인　그게 바로 대왕을 지옥으로 떨어뜨리려는 사탄의 시험이오! 여인이란 알고 보면 다 같은 것이지, 밧세바라고 뭐 특별히 다를 것이 있겠소? 부디 사탄의 유혹에 빠지지 마시오!

다윗　　　나도 그렇게 생각하오! 그러면서도 이렇게 그녀를 향하여 활활 타오르는 내 마음의 불꽃을 끌 수가 없으니, 그대가 도와주시오!

백의 여인　저는 대왕께 말씀만 드릴 뿐 선택은 대왕께서 하시는 것이옵니다. 쾌락이 얼마나 순간적이고, 지나고 나면 얼마나 허망한 것인지는 대왕께서도 잘 아실 것이오! 대왕에게는 이미 10여 명의 비

빈(妃嬪)이 있지 않소? 그것으로도 부족하오? 왜 하필 우리아의
부인 밧세바여야 합니까?

다윗   압니다! 알아요! 그들도 하나같이 둘째 가라 하면 서러울 미녀들
이지요. 그러나 지금은 달빛에 하얗게 빛나는 밧세바의 풍만한
몸매밖에 보이는 것이 없소이다.

백의 여인 아담이 에덴에서 사과 한 개를 따먹었다가 영원히 추방당한 옛일
을 잊으셨습니까? 부디 자중하소서!

이때 흑의 여인 관능적으로 둔부와 허리를 흔드는 춤을 주며 나타난다.

흑의 여인 (백의 여인에게) 호호호호! 내 그대가 대왕께 와 있으리라 생각했소!
그대는 무엇 때문에 대왕을 그리 괴롭히는 것이오? 그대의 말은
대왕에게 견디기 어려운 번뇌와 고통만 줄 뿐 아무런 도움이 안
된다는 걸 모르오? (손을 뻗어 허공을 가리키며) 더 이상 대왕을 괴롭
히지 말고 어서 사라지시오!

백의 여인 대왕을 괴롭히는 건 내가 아니라 그대가 아니오? 무엇 때문에 대
왕의 잠자고 있던 관능을 깨워서 시험에 들게 하는 것이오?

흑의 여인 그대는 지금이 관능과 쾌락이 춤추는 밤의 시간임을 잊었소? 지
금은 내가 지배하는 밤의 시간이오! 모든 계율과 도덕이 고개를
숙이고 관능과 쾌락의 불꽃이 활활 타오르는 밤의 시간! 그대는

더 이상 방해하지 말고 빨리 사라지시오! (백의 여인, 불만스러운 얼굴로 커튼 뒤로 사라진다.) 대왕! 무엇 때문에 저 자의 말 때문에 괴로워하는 것이오! 대왕은 이 나라의 위대한 임금이고, 임금은 무엇이나 할 수 있기 때문에 위대한 것입니다. 손만 뻗으면 당장 밧세바가 달려올 텐데, 무얼 그리 주저하고 괴로워하십니까? 대왕에게는 무슨 일이나 다 허용됩니다.

다윗 내 말 한마디에 밧세바가 달려올 것이기 때문에 괴로워하는 것이오.

밤의 여인 (계속 춤을 추면서 다윗의 주변을 감돌며) 대왕의 가슴속에 활활 타오르고 있는 정염의 불길은 밧세바 외에는 어느 누구도 끌 수 있는 것이 아닙니다. 지금 밧세바의 가슴도 대왕 못지않게 치열하게 타오르고 있을 것입니다! 몇 년을 독수공방하고 있는 농염한 밧세바의 육체를 머릿속에 그려보소서! 대왕의 손길을 목마르게 기다리고 있을 것입니다! 당장이라도 밧세바를 부르소서! 그 뜨거운 불로 이 밤의 어둠을 모조리 태워 버리소서! 대왕은 이 밤 안에 밧세바를 부를 것입니다. 이는 여호와 주님이 대왕을 위해 마련한 잔치입니다. 호호호호! (흑의 여인 사라진다.)

다윗 아, 이 가슴속에 타오르고 있는 뜨거운 불꽃을 정녕 끌 수 없단 말이냐? 정녕 충성스런 우리아 장군을 배신하고 밧세바를 취해야 한단 말이냐? 아니 되지! 천하의 다윗이 어찌 그런 배신을 할 수 있단 말이냐? 아니 되지! 아니 되는 일이야! (세차게 머리를 의자에 짓찧으며 신음한다.)

궁녀 1   (들어오며) 대왕마마, 차 대령하였사옵니다. (공손히 탁자에 찻잔을 내려

놓는다.)

다윗   (게슴츠레한 눈으로 궁녀를 훑어보며) *그깟 차가 나의 목마름을 잠재우겠*

느냐?

궁녀 1   목이 마르시옵니까?

다윗   짐의 몸이 지금 지금 불꽃처럼 타오르고 있다. 그깟 차 한 잔으

로 이 불길이 꺼지겠느냐? 너 이리 가까이 오너라!

궁녀 1   대왕마마, 어디가 편찮으시옵니까?

다윗   네 몸을 취하면 이 불길이 꺼질까? (다짜고짜 궁녀1을 바닥에 쓰러뜨리고

야수처럼 덮친다.)

궁녀 1   대왕마마, 어찌 이러시옵니까? 전하! 전하! (암전)

제4막 제2장

무대

전과 같음. 조명 들어오면 다윗 바닥에 쓰러져 있고, 궁녀1 허겁지겁 일어나 옷
도 입지도 못한 채 대충 가슴과 하체를 가린다.

궁녀 1   대왕마마께서 변했어! 마치 짐승 같아! 그리 인자하고 점잖으시

던 대왕마마께서 미친 것 같아! 아무래도 정상이 아니야! (재빨리

255

밖으로 나간다.)

다윗　(웃음인 듯 울음인 듯) 흐흐흐흐! 그래, 이 다윗은 이제 짐승이다! 너를 취해도 이 가슴의 불길은 조금도 꺼지지 않으니! 이 다윗은 짐승이야! 흐흐흐흐! (흐느껴 운다.)

밤의 여인　(관능적인 춤을 추며 나타나서) 호호호호! 대왕, 이제 아셨지요?! 그 불길은 밧세바만이 꺼줄 수 있는 불길이라는 것을! 이제 더 이상 괴로워하지 말고 밧세바를 부르라니까요!

다윗　알았소! 내 알았소! 내가 죽지 않으려면 밧세바를 불러야지! (밖을 향하여 큰 소리로) 여봐라! 시종장을 들라 하라! 시종장을 급히 들이라!

　밖에서 (목소리만) 예이!

흑의 여인 진작에 그러실 것이지! 밧세바의 무르익은 몸을 열고 들어가면 지금까지의 모든 고통은 안개처럼 사라지고, 대왕은 황홀한 요지경 속에 빠지게 될 것입니다. 호호호! 호호호호! (퇴장한다.)

시종장　(들어오며) 대왕마마, 부르셨사옵니까?

다윗　지금 당장 밧세바를 데려오라!

시종장　(놀란 얼굴로) 이 밤에 말이옵니까?

다윗　(짜증어린 목소리로) 무슨 말이 그리 많은고? 당장 데려오라!

시종장　(방백) 내 처음부터 이리 될 줄 알았지! 다윗 대왕의 찬란한 빛이 드디어 사라지고, 그 오명(汚名)이 천세 후, 만세 후까지도 전해지겠구나! (다윗에게) 당장 명 받들겠사옵니다. (밖으로 나가며, 암전.)

제4막 제3장

무대

전과 같음. 조명 밝아지면 다윗 초조하게 방 안을 서성거린다.

시종장 (밧세바를 데리고 들어오며) 대왕마마, 우리아 장군의 부인 밧세바 대령

하였사옵니다. (머리를 조아리고 밖으로 나간다.)

다윗 (달려와 환희에 겨워 밧세바의 손을 움켜잡으며) 그대가 정녕 밧세바요? 짐

의 가슴을 그리 데우던 밧세바요?

밧세바 (공손하게 무릎을 꿇고 머리를 조아리며) 소첩 히타이트의 장군 우리아의

아내 밧세바, 대왕마마를 뵈옵니다.

다윗 과연 아름다운지고! 아름다운지고! 내 눈이 지금까지 본 여인 중

에 그대 같이 놀라운 여인은 없었소! 그대 같은 여인이 있으리라

생각해 본 적도 없소! 아! 밧세바! 그대가 우리아 장군의 부인이

라니! 그러나 지금 여기엔 임금도 없고 장군의 부인도 없소! 오직

젊고 아름다운 한 여인과 그녀를 미치게 원하는 한 불쌍한 사내

가 있을 뿐이오!

밧세바 대왕마마께서 소첩을 언제 보셨다고, 그런 말씀을 하시옵니까?

다윗　(떨리는 목소리로) 내 밤마다 그대가 샘가에서 목욕하는 것을 지켜보
　　　았소! 달빛에 환하게 빛나던, 아니, 달보다 더 환하게 빛나던 그
　　　대의 몸을 보는 그 순간, 나는 단번에 그대의 사랑을 간구하는
　　　비참한 포로가 되고, 그대의 은총을 바라는 가여운 노예가 되고
　　　말았소. (감동적으로) 밧세바! 그대가 내 운명을 바꿔 놓았소!

밧세바　위대하신 대왕마마를 소첩 같은 미천한 것이 그리 애타게 하다
　　　니, 소첩이 큰 죄인이옵니다.

다윗　죄인이라니! 그 무슨 당치 않은 말이오? 밧세바! 그대는 그 밤부
　　　터 나의 태양이고, 나의 주인이오! (간절하게) 아! 밧세바! 나의 구
　　　원(久遠)한 여인이여! 나의 이 애타는 마음을 받아 주겠소?

밧세바　위대하신 대왕마마께선 이 나라의 임금이신데, 당연히 소첩은
　　　대왕마마의 것이옵니다. 대왕마마의 사랑을 받는다면, 이는 소
　　　첩의 더할 수 없는 영광이옵니다.

다윗　아아! 밧세바! 내 어찌 이제야 그대를 만났던가?! (다윗, 밧세바를 안
　　　고 옆 침실로 들어간다.) (허덕이듯) 아아! 밧세바! 밧세바! (밧세바를 침대에
　　　뉘고 그녀의 몸을 덮치는 다윗의 모습이 베일 너머로 흐릿하게 보인다.) 밧세바!
　　　정녕 내가 죽을 것 같소!

밧세바　대왕마마! 소첩은 대왕마마의 것이옵니다! 소첩을 마음껏 가지
　　　시옵소서! (다윗을 쓸어안으며. 암전.)

제4막 제4장

무대

전과 같은 대전. 조명 들어오면 다윗 용상에 앉아 있는데, 밧세바 환히 웃으며 들어온다.

다윗 (일어나 밧세바에게 다가가 다정하게 안으며) 오! 나의 여신 밧세바여! 그대는 아무리 마시고 또 마셔도 목이 마르는 독주(毒酒)와 같구려! 지금도 그대를 보니 또 목이 마르는구려! (밧세바에게 키스한다.)

밧세바 과연 위대하신 대왕마마는 다르시옵니다. 밤새 잠도 안 주무시고 이 몸을 탐하시고 또 탐하시고도, 아직도 부족하시옵니까?

다윗 나도 나를 모르겠소! 그대는 다른 여인과 너무나 다르오!

밧세바 소첩이 다르다니, 호호호! 어떻게 다르옵니까?

다윗 아무리 탐하고 탐해도 더욱 탐하고 싶은, 마치 독주와도 같소!

밧세바 그런데 소첩, 대왕마마께 아뢸 말씀이 있사옵니다.

다윗 무슨 말이오? 주저하지 말고 해 보시오.

밧세바 (약간 뜸을 들이더니) 대왕마마, 기뻐하소서! 우리들의 사랑이 결실을 맺었사옵니다.

다윗 그게 무슨 말이오?

밧세바 대왕마마, 소첩이 위대한 대왕마마의 아이를 가졌사옵니다.

다윗 (깜짝 놀라며) 뭐라고? 아이를 가졌다고?

밧세바   왜 그리 놀라시옵니까? 대왕마마를 모신 지 세 달이 넘었으니, 당연한 것 아니옵니까?

다윗   그건 그렇지! (한참 생각에 잠겼다가) 아이를 가졌으면 피곤할 텐데, 들어가서 쉬시오.

밧세바   대왕마마, 소첩이 아이를 가진 게 마땅치 않으시옵니까?

다윗   그럴 리가 있겠소? 내 생각할 게 있어서 그렇소!

밧세바   그러시다면 소첩 이만 물러가겠나이다. (밧세바, 가볍게 읍하고 물러간다.)

다윗   이 일을 어쩐다?! 밧세바가 내 아이를 낳으면 천하가 다 나를 배신자라고, 음욕에 사로잡혀 충신의 아내를 범한 천하에 몹쓸 놈이라고 손가락질을 할 텐데! 이거 정말 큰일났군! (용상에서 내려와 대전을 뱅뱅 돌며) 이 일을 어찌해야 할꼬. 어찌해야 할꼬?

흑의 여인 (옆에서 나타나) 호호호호! 대왕 그깟 일로 무얼 그리 걱정을 하시오? 그런 일이 일어날 걸 미리 생각지 않았소?

다윗   아! 이 일을 어찌하면 좋을꼬?

흑의 여인 이리 하면 간단할 일을 무얼 그리 걱정하시오?

다윗   무슨 좋은 계책이 있소이까?

흑의 여인 간단한 계책이 있지요. 지금이라도 당장 전장에 나가 있는 우리아 장군에게 휴가를 준다며 그를 이곳으로 불러오시오. 그리고 밧세바를 미리 그의 집으로 돌려보내면 사람들은 다들 대왕의 아이를 우리아의 아이로 알 것 아니오. 한 주일쯤 지나 우리아를 다시 전장(戰場)으로 보내 버리고 밧세바를 불러오면 감쪽같지 않겠소?

다윗　(손뼉을 치며) 그 참! 그럴 듯한 생각이오! (흑의 여인 사라지고, 다윗 밖을 향해) 시종장을 들라 해라!

시종장　(안으로 들며) 대왕마마, 부르셨사옵니까?

다윗　지금 당장 랍바성으로 사람을 보내 우리아 장군을 불러 오시오!

시종장　지금 전쟁이 한참 고비인데, 갑자기 전장에 나가 있는 장군을 부르시다니요?

다윗　그건 알 것 없고, 한시가 급하오!

시종장　(방백) 대왕께서 요새 밧세바에게 폭 빠져 정신이 없으시더니, 밧세바가 베겟머리 송사(訟事)를 하여, 그 남편에게 상을 내리려나? 아니면 우리아 장군한테 미안하여 무슨 대가를 내리려나? (큰 소리로) 명령을 봉행하겠사옵니다. (급히 나가며, 암전)

제4막 제5장

무대

전과 같음. 다윗 용상에 앉아 있는데, 우리아 뛰어 들어온다.

우리아　(꿇어 엎드리며) 위대하신 다윗 대왕마마! 소장 우리아, 대왕의 명을 받잡고 급히 달려왔사옵니다.!

다윗   아, 우리아 장군! 짐이 장군의 혁혁한 전과(戰果)에 감동하여 얼굴을 한번 보려고 불렀소.

우리아 위대하신 다윗 대왕마마! 일장공성 만졸골고(一將功成 萬卒骨枯)라 하였사옵니다. 어찌 소장만의 공로이겠사옵니까. 이름 없이 죽어 간 뭇 졸병들의 희생을 생각하여 주시옵소서.

다윗   과연 그대는 듣던 대로 훌륭한 장군이오! 짐이 감동했소!

우리아 전쟁이 한창 급한데, 소장을 부르신 까닭이 무엇이옵니까?

다윗   짐이 방금 말했듯이 다른 뜻은 없고, 장군의 노고를 위로하기 위해서요. 내 듣자하니 장군의 부인이 절세미인이라던데, 오래 독수공방했을 테니, 오랜만에 집에 가서 그간의 회포를 푸시오!

우리아 대왕, 소장 그 분부는 받잡기 민망하옵나이다. 지금 제 전우들은 모두 목숨을 걸고 싸우고 있는데, 어찌 소장만 홀로 한가하게 운우의 즐거움을 누리겠사옵니까? 의리상 차마 전하의 명을 받잡지 못하겠사오니, 통촉하여 주시옵소서!

다윗   (크게 놀라서) 그게, 그게 무슨 말이오?

우리아 대왕마마! 소장은 지금 즉시 전장으로 돌아가거나, 시간이 늦었으면 왕궁을 지키는 위사들의 막사에서 하룻밤을 자고, 내일 일찍 랍바성으로 돌아가겠사옵니다.

흑의 여인 (홀연 나타나서 귓속말로) 대왕, 향기로운 잔치를 마련하고, 우리아를 독한 술에 취하게 하십시오! 술에 취한 장군을 그의 집으로 돌려보내면 목석이 아닌 이상 밧세바를 취하지 않을 수 없을 것입니다. 호호호! 좋은 술은 높은 산을 더욱 높아 보이게 하고, 아름다운 여인을 더욱 매혹적으로 보이게 하지 않습니까? 호호호호! (다시 흑의 여인 사라진다.)

다윗　(우리아에게) 허허허허! 짐이 오늘 장군을 다시 보았소! 과연 훌륭한 장군이오! 모든 장졸들이 그대의 말 한마디에 죽을 자리로 뛰어드는 까닭을 알겠소! 정히 장군의 뜻이 그러하다면 내 장군의 노고를 위로하는 뜻에서 조촐한 잔치를 베풀겠소! 이는 내 최소한의 성의이니 거절하지 마시오!

우리아　대왕마마, 성은이 망극하옵니다. 하오나 지금 우리 병사들이 무수히 죽어가며 전쟁을 치르고 있는 이 마당에 장수 된 자가 잔치를 즐긴다는 것은 차마 아니 될 일이옵니다. 제 양심이 이를 허락지 않사옵니다! 대왕께서 내리시는 잔치는 전쟁에 이기고 돌아와, 병사들과 함께 받겠사옵니다. 그때는 큰 잔치를 베풀어 주시옵소서!

다윗　(어이가 없어서 할 말을 잊고 있다가) 장군은 정말 이 짐을 부끄럽게 만드는군! 장군의 뜻이 정히 그러하다면 내 명마 한 필을 장군에게 내릴 터이니, 그 말을 타고 전장으로 돌아가시오!

우리아　성은이 망극하옵니다. (우리아 일어나 퇴장)

다윗   (용상에서 내려와 내전을 뱅뱅 돌며) 우리아! 진정 훌륭한 장군이로다! 참
다운 충신이로다! 장군은 짐을 심히 부끄럽게 하는도다!

흑의 여인 (나타나며) 대왕이 지금 우리아를 찬양하고 있을 때입니까?

다윗   그대가 보기에도 참으로 당당한 충신이며 대장부가 아니오?

흑의 여인 우리아 장군은 대장부 중의 대장부지요. 그러나 지금 위대한 대
왕의 명예가 땅에 떨어져 박살날 찰나인데, 그런 말이 입에서 나
옵니까.

다윗   나는 방금 우리아를 보고서 너무 부끄러웠소! 신하가 저리 당당
한데, 그 임금이란 자가 …차마 내 입으로 말하기도 무안하오. 이
제라도 내가 저지른 일의 대가를 내가 감당해야지요!

흑의 여인 그 무슨 무책임한 말씀이오? 대왕은 만백성이 존경하고 따르는
어버이요! 어버이가 그런 짓을 했다는 걸 백성들이 용납하겠소?
우리아에 대한 의리는 작은 것이고 만백성에 대한 의리는 크고
도 큰 것이오! 대왕은 백성들에게 실망과 낙담을 주어서는 아니
됩니다!

다윗   그러면 어찌 하란 말이오?

흑의 여인 당장 랍바성의 총사령관 요압 장군에게 서신을 보내시오!

다윗   서신이라니? 아니, 그게 무슨 말이오?

흑의 여인 대왕께서는 지금 제 정신이 아니니, 제가 서신의 내용을 불러드
리겠습니다. 대왕은 받아 적으시오!

다윗　　잠깐 기다리시오! (붓과 종이를 준비한다.)

흑의 여인　준비되었소? 그럼 서신 내용을 부르겠소. 나, 이스라엘의 대왕 다윗이 명하노니, 대장군 요압은 들으라.

다윗　　나, 이스라엘의 대왕 다윗이 명하노니, 대장군 요압은 들으라. (받아쓴다.)

흑의 여인　장군 우리아는 겉으로는 더없이 충직해 보이나.

다윗　　장군 우리아는 겉으로는 더없이 충직해 보이나.

흑의 여인　속으로는 역모를 꾀하고 있다.

다윗　　속으로는 역모를 꾀하고 있다. (받아쓰기를 멈추고) 우리아 장군이 역적 모의를 하다니, 이거 너무한 것 아니요?

흑의 여인　모르시는 말씀! 이런 일에 인정사정은 금물이오. (호호호호! 간들어지게 웃으며) 그가 뭇 졸병들의 존숭을 받고 있고, 전쟁이 바야흐로 깊었으니, 반역죄로 처형할 수 없다.

다윗　　(온몸을 부들부들 떨며) 그가 뭇 졸병들의 존숭을 받고 있고, 전쟁이 바야흐로 깊었으니, 반역죄로 처형할 수 없다.

흑의 여인　우리아를 처형하면 우리 군의 사기가 땅에 떨어지고, 적군의 사기가 오를 것이 명약관화하기 때문이다.

다윗　　우리아를 처형하면 우리 군의 사기가 땅에 떨어지고, 적군의 사기가 오를 것이 명약관화하기 때문이다.

흑의 여인　싸움이 바야흐로 고비에 다다랐을 때 우리아를 최전선에 내보내서 화살받이를 만들어 죽게 하고, 그를 우리 이스라엘의 영웅으로 대접하여, 시신을 정중히 장례하라.

다윗   싸움이 바야흐로 고비에 다다랐을 때 우리아를 최전선에 내보내서 화살받이를 만들어 죽게 하고, 그를 우리 이스라엘의 영웅으로 대접하여, 시신을 정중히 장례하라.

흑의 여인 이제 즉시 파발을 띄워 요압 장군에게 그 서신을 보내시오!

다윗   (탄식하며) 아, 이렇게까지 해야 하는가? 이 이스라엘의 대왕 다윗이 이렇게까지 전락(顚落)했단 말인가!

흑의 여인 호호호호! 남들이 못하는 것을 과감하게 해야 하는 자리가 바로 대왕의 자리요. 이제 와서 무엇을 주저하십니까?

다윗   알았소! (밖을 향하여 큰 소리로) 시종장! 시종장은 들라! (암전)

제4막 제6장

무대

전과 같음. 조명 들어오면 밧세바 비통하게 울고 있고, 다윗 밧세바를 안고 달래고 있다.

다윗   밧세바! 이제 울음을 그치시오! 우리아 장군을 보내는 그대의 울음은 이미 넘치고도 또 넘치오! 이미 저승에 가 있는 우리아 장군도 그대의 울음을 듣고 충분히 위로를 받았을 것이오! 나도 우리아 같은 장군을 잃어서 애통하기 그지없소! 그의 이름은 천추에 남을 것이오! 그러나 이제 그대의 뱃속에 있는 우리들의 아이를 위해서도 그만 울음을 그치고 진정하시오! 지나친 슬픔은 아이에게도 해로울 것이오.

밧세바 소첩, 대왕마마의 심기를 어지럽혀서 송구하옵니다. 그러나 저도 모르게 끝없이 울음이 터져 나옵니다.

다윗 그러겠지요! 그러나 우리아 장군이 전사한 이상 이제 그대는 떳떳하게 짐의 비(妃)가 될 수 있게 되었소! 내 즉시 책명을 내려 그대를 왕후로 책봉하겠으니, 이제 울음을 멈추고 그만 물러가 쉬시오! 얘들아! 왕비 밧세바를 모셔 가거라! (궁녀 2명이 달려나와 밧세바를 부축한다.)

밧세바 (두어 걸음 가까스로 걷다가) 어흑! (비명을 토하며 쓰러진다.)

궁녀 1 (놀라며) 밧세바 마님, 어찌 그러시옵니까?

궁녀 2 마님, 정신 차리시옵소서! 어머나 이를 어쩌나?! (어쩔 줄 모른다.)

다윗 어찌 그러느냐?

궁녀 2 그것이! 그것이!

다윗 아니?! 이게 웬 피냐? 빨리 어의를 불러라! 어의를 불러! (다윗 어쩔 줄 모르며, 암전)

제4막 제7장

무대

전과 같음. 조명 밝으면 다윗 비통한 얼굴로 대전을 서성이고 있다.

다윗   아, 이 무슨 재앙인고! 우리아 장군이 죽자마자 밧세바가 아이를 잃다니! 정녕 우리아 장군이 우리를 저주함인가? 아니야! 그럴 리 없어! 아무 것도 모르고 죽은 사람이 저주를 할 리가 있나? 그럴 시간도 없었을 거야!

백의 여인 (커튼 사이로 나오며) 대왕! 아직도 대왕의 죄를 모르겠소? 지금 대왕의 모습을 보시오! 왕위를 빼앗기고 비참하게 죽은 사울왕과 다를 게 뭐가 있소?

다윗   그게 무슨 말이오?

백의 여인 일찍이 사울에게 기름을 부어 주었던 여호와 주님께서 사울을 버리셨듯 여호와께선 이미 그대에게 내린 은총을 거두셨소! 이제 그대에게 남은 것은 비참한 멸망 뿐이오! 밧세바 부인의 비극은 이제 그 막을 열었을 뿐이오!

다윗   아니, 그게 정말이오?

백의 여인 여호와 주님의 은총은 그 분과의 약속을 지킬 때에만 유효합니다. 대왕이 그 약속을 깼으니, 이제 남은 것은 그 분의 무서운 징벌뿐입니다. 여호와 주님은 때로는 은총과 구원의 하나님이지만, 때로는 증오와 멸망의 무서운 하나님임을 몰랐습니까?

다윗 그럴 리가?! 그 분이 주신 이 모든 영광을 그 분의 손으로 거두어 가실 리가 있겠소?

백의 여인 (싸늘하게 웃으며) 그야 두고 보면 알겠지요! (총총히 사라진다.)

다윗 (고통스럽게 머리를 쥐어뜯으며) 아, 내가 도대체 무슨 짓을 한 것인가? 더없이 충성스러운 우리아 장군을 죽게 하고, 그 부인을 취하다니! 내가 과연 이스라엘 대제국의 대왕인가? 어찌 그런 짓을 저질렀단 말인가!

흑의 여인 호호호! (요염하게 웃으며 나타나서) 대왕, 위대한 대왕께서 이 무슨 추태요? 너무 절망하지 마소서! 설마한들 여호와께서 그리 하시겠소? 여호와께서 아무리 눈이 밝다 한들 이 세상의 수천수만 가지 일을 어찌 다 살피시겠소? 게다가 대왕이 밧세바 부인과 누린 놀라운 쾌락은 아직도 생생하게 대왕을 사로잡고 있지 않소? 아직 오지도 않은 일에 미리 두려워할 것 없! 밧세바 부인이 주는 무한한 향락을 생각하면 모든 근심 걱정이 안개처럼 사라질 것이오. (사라진다.)

다윗 그렇지! 인생이란 늘 끝없이 사건이 일어나는 법! 이 또한 지나가리라! 암! 이보다 크고 힘든 일이 얼마나 많았던가. 다윗, 그대는 위대한 이스라엘의 대왕! 너무 근심치 말라! 하하하하!

다윗의 맏아들 암논이 새파랗게 질린 얼굴로 대전으로 뛰어들고, 곧 뒤따라 그의 셋째 아들 압살롬이 검을 치켜들고 쫓아온다.

다윗   이놈들, 여기가 어디라고 방자하게 장난짓이냐?

암논   (다급하게 다윗의 앞으로 달려와 엎드리며) 아바마마, 압살롬이 저를 죽이려 하옵니다. 저를 살려주시옵소서!

다윗   (크게 놀라) 그게 무슨 말이냐?

암논   압살롬이 잔치를 베풀고 저를 초대하더니, 느닷없이 검을 빼들고 저를 죽이려 하였사옵니다!

압살롬   아바마마! 암논은 죽어 마땅한 놈입니다! 저놈이 짐승 같은 정욕에 사로잡혀 제 누이 다말을 강간하고 죽게 했으니, 이는 용서받을 수 없는 죄악이옵니다.

다윗   뭐라?! 암논이 다말을 범해?! 그, 그게 무슨 말이냐? 너는 다말과 남매가 아니냐?

암논   아바마마, 소자 평소에 다말 누이를 매우 연모해 왔으나, 다말이 소자의 뜻을 받아들이지 않아서, 술김에…. 아바마마, 용서해 주시옵소서!

압살롬   다말 누이가 암논에게 욕을 당하고 분을 참지 못해 자결을 했사옵니다.

다윗   뭐라?! 다말이 자살을 했어?! (용상에서 일어나) 이런 짐승 같은 놈!

아무리 욕정에 눈이 멀었더라도 제 누이를 범하고 죽게 하다니!

암논   아바마마, 외람되오나 아바마마는 충성스러운 우리아 장군을 죽이고 밧세바를 취하지 않으셨습니까? 정염이란 한 번 타오르면 결코 꺼지지 않는 불길 같아서, 소자도 어쩔 수 없었사옵니다!

다윗   네 이놈, 지금 뭐라고 지껄이고 있는 것이냐? 네놈이 제 정신이냐?

압살롬 이런 놈은 당장 죽여야 합니다. 이런 놈이 사람의 탈을 쓰고 살아 있다는 것은 바로 인간의 수치입니다. (암논에게 달려들어 사정없이 칼질을 한다.)

암논   으크크큭! (비명을 토하며 쓰러진다.)

다윗   (너무 놀라서) 압살롬! 압살롬! 이게 무슨 짓이냐? 어찌 아우가 되어 그리 무참하게 형에게 칼질을 한단 말이냐? (암논을 안고서) 암논! 암논아! 내 큰아들 암논아! (넋을 잃고 있다가, 무섭게 분노하여) 이놈, 압살롬! 네놈이 감히 내 앞에서 형을 죽이다니!

압살롬 이 모든 게 아바마마께 책임이 있사옵니다.

다윗   (무슨 뚱딴지같은 말이냐는 듯) 그, 그게 무슨 말이냐?

압살롬 방금 암논도 말하지 않았습니까? 아바마마에게 배웠다고! 아바마마는 공식적으로 열 일곱 명의 비빈을 두고, 그 외에도 얼마나 많은 여인을 취하셨습니까? 여자 한 명 때문에 충직한 장군을 죽게 하다니, 그게 어디 임금이 할 짓입니까?

다윗　　너, 너 지금 그게 자식이 아비에게 할 수 있는 말이냐?

압살롬　아버지가 아버지다워야지요! 이제 아바마마는 이스라엘의 대왕

자격이 없습니다. 그 자리에서 물러나실 때가 되었습니다.

다윗　　아아! 아아아! (탄식하며) 내 여러 아들 중에서도 너를 제일 총애했

거늘, 네놈이 나에게 칼을 들이대다니?!

압살롬　(밖을 향해서) 다들 들어오라!

압살롬의 말에 군졸들 20여 명 대전에 들어와 다윗을 둘러싼다.

다윗　　어어? 어어? 이놈들! 나는 이스라엘의 위대한 대왕 다윗이다! 이

게 무슨 짓이냐?

압살롬　지금부터는 이 압살롬이 이스라엘의 대왕입니다. 얘들아, 아바

마마를 별궁에 감금하고, 엄히 감시하라! 궁 밖으로는 한 걸음도

나오지 못하게 해야 한다!

다윗　　이놈, 압살롬! 이놈! 네가 지금 제 정신이냐?

압살롬　아바마마가 아직도 세상 바뀐 것을 모르시는구나! 얘들아, 다윗

대왕의 후궁들을 모두 옥상으로 데려가, 너희들 마음대로 취하

여라!

다윗　　뭐?! 뭐라구! 이놈!

압살롬　이제야 누가 이 나라의 대왕인지 확실하게 아시겠지요?

| 다윗 | 압살롬! 이놈! (너무 분노하여 넋을 잃고 쓰러지며, 암전) |

제4막 제8장

무대

전과 같음. 조명 밝으면 요압 장군과 20여 명의 군사들이 다윗을 호위하여 들어온다.

다윗	(용상에 앉으며) 요압 장군! 정말 수고 많았소! 내 이번 장군의 공로는 결코 잊을 수 없을 것이오!
요압	소장 요압, 대왕마마의 말씀 받잡기 송구하옵니다. 이는 신하로서 마땅히 해야 할 일이옵니다.
다윗	아니, 아니오! 그 먼 데서 마치 바람처럼 군대를 거느리고 달려왔으니, 짐을 구한 공로가 참으로 크오! 그래, 그 괘씸한 압살롬은 지금 어찌 되었소?
요압	소장이 대군을 몰고 온다는 말을 듣고 지레 놀라 그의 잔당(殘黨)을 데리고 예루살렘을 빠져 나갔사옵니다. 지금 대왕께서는 안전하옵니다.
다윗	요압 장군은 당분간 예루살렘을 떠나지 말고, 이곳에 남아 짐을 지켜 주시오.
요압	명 받들겠사옵니다. (암전)

제4막 제9장

무대

전과 같음. 조명 들어오면 다윗이 걱정스런 얼굴로 앉아 있다.

밧세바   (들어오며) 대왕마마, 헤브론에 있던 압살롬이 반역을 하여, 그의 군대가 지금 예루살렘으로 쳐들어오고 있다는 게 사실이옵니까?

다윗   …사실이오!

밧세바   (놀라며) 대왕마마, 그럼 이렇게 태연하게 앉아 있을 일이 아니지 않사옵니까? 빨리 파천(播遷)을 하셔야지요.

다윗   그대는 너무 걱정하지 마시오! 벌써 요압 장군과 그의 아우 이비새, 그리고 기드 사람 잇대가 2만 명의 대군을 거느리고 압살롬을 치러 나갔소!

밧세바   대왕마마! 부자지간은 천륜이온데, 이리 군대를 맞대고 싸움을 하다니. 이 어인 일이옵니까? 결국 아비가 아들을 죽인 꼴이 되지 않겠사옵니까?

다윗   내 그 때문에 압살롬을 해하지 말고 사로잡아오라고 신신당부하였소이다.

밧세바   정말 잘 하셨사옵니다. (암전)

제4막 제10장

무대

전과 같음. 대전 옆의 침실. 베일 너머로 남녀의 교접하는 모습이 희미하게 보인다.

밧세바 (소리만) 아아! 대왕마마! 대왕마마께선 어찌 이리 강성하신지! 대왕의 연치(年齒) 얼마이신데 이리 힘이 좋으십니까?

다윗 밧세바, 그대야말로 참으로 신비한 사람이오! 내 그대를 취할 때마다 세상의 모든 괴로움을 잊고 나를 이리 한없이 황홀하게 하다니!

내전으로 시종장과 병사들 허겁지겁 뛰어들어온다.

시종장 (다급하게) 대왕마마! 대왕마마! 대왕마마!

다윗 (침실에서 대전으로 나서며) 시종장은 뭐가 그리 급하오? 전장에서 연락이 왔소?

시종장 (무릎을 꿇으며) 대왕마마, 그러하옵니다. 마하나임에서 전갈이 왔사옵니다.

다윗 뭐라고 왔소? 물론 전쟁에 이기고 압살롬을 사로잡았겠지? 그놈을 끌고 왔소?

시종장   대왕마마, 그게… (시종장 병사에게) 그 상자를 들여라!

다윗   그게 무엇이냐?

시종장   (상자를 열며) 대왕마마, 놀라지 마시옵소서! 압살롬 왕자의 머리이 옵니다.

다윗   (크게 놀라) 아니, 뭐라고? 압살롬의 머리라고?! (상자를 들여다보고 고 꾸라지며) 압살롬! 압살롬! 이게 웬 일이냐? 네가 정말 죽었단 말 이냐? 내 압살롬을 반드시 생포하라고 명했거늘, 어찌 압살롬이 죽었단 말이냐?

시종장   병사들 말로는, 에브라임 숲에서 전투가 벌어졌는데, 압살롬 왕 자가 말을 타고 큰 상수리나무 밑을 달리다가, 왕자의 그 치렁치 렁한 머리칼이 상수리나무 가지에 엉켜, 말은 도망치고 왕자는 나뭇가지에 대롱대롱 매달려 있었다 하옵니다. 숲이 너무 어두 워 병사들이 왕자인 줄 모르고 그 목을 베었다 하옵니다.

다윗   (거의 정신이 나가서) 뭐라구?! 그 아름다운 머리칼이 나뭇가지에 걸 려 죽었다고?! 아! 압살롬! 내가 제일 사랑했던 내 아들 압살롬 아! 네 어찌하여 지금 이렇게 비참한 모습으로 내 가슴을 찢어 놓느냐? 아아! 너의 이 빛나는 얼굴! 너의 이 자랑스러운 아름 다운 머리칼! 아아! 하필 이 머리칼 때문에 목숨을 잃었단 말이 냐?! 내 아들 압살롬아! 내 아들아! 내 아들 압살롬아! 너 대신 차라리 내가 죽을 것을! 내가 가장 사랑하는 압살롬아! 이 일을

어찌 한단 말이냐? (다윗, 바닥에 머리를 짓찧으며 대성통곡. 암전)

제4막 제11장

무대

전과 같음. 조명 들어오면 쑥대머리의 늙은이가 바닥에 엎드려 통곡하고 있다.

다윗 (절규하며) 아아아! 여호와, 나의 주님! 이게 정녕 주님께서 이 종에게 내리시는 징벌이옵니까? 평생을 주님께 충성한 이 종에게 이리 무서운 징벌을 내리시는 것이옵니까? 평생 처음으로 제 마음에 든 밧세바를 취했기로 이리 가혹하실 수가 있사옵니까?

백의 여인 (나타나서) 아직도 대왕의 잘못을 잘 모르겠소? 밧세바를 버리고 참회하시오! 대왕의 온몸을 불태우고 있는 정염에서 벗어나서 진실로 참회해야 주님의 용서를 받을 것이오!

다윗 내 밧세바에게서 생전 처음으로 천국을 맛보았소! 나에게 이런 천국을 맛보게 해 준 것도 여호와 주님이실진대, 어찌하여 그걸 금한단 말이오! 이제 와서 밧세바를 포기해야 한다면 차라리 죽는 게 낫소! (머리를 쥐어뜯으며) 아아아악! 아아아악! 으흐흐흑! (다윗 계속 흐느끼며 막 내린다.)

〈꽁트〉

닭서리

덕수 형

닭서리

　예전 농가에서는 봄이 되면 으레 암탉에게 달걀을 품게 하여 병아리를 부화시켰다. 암탉이 볏집 둥우리에서 20여 개의 달걀을 3주(週)쯤 품고 나면 솜털 같은 노오란 병아리가 깨어난다. 봄의 따스한 햇볕 아래 노란 개나리가 삐약삐약 꽃을 틔우고, 그 밑에 암탉이 앙증스러운 병아리들을 데리고 모이를 찾는 모습은 봄의 정취 있는 모습 중의 하나였다. 봄이면 집집마다 병아리들의 삐약거리는 소리가 안 들리는 집이 거의 없었다. 그만큼 닭은 농가의 흔하고 중요한 가금(家禽)이었다.

　집집마다 닭을 기르긴 하지만 너나없이 가난했던 그 시절에 닭고기를 먹는 것은 흔치 않았다. 기껏해야 설날이나 추석날 닭을 한 마리쯤 잡아 차례상에 올리고, 조부모님이나 아버님 생신날에나 한 점 맛보는 것이 고작이었다. 내다팔 것이 별로 없는 농가에선 5일장이 되면 닭 한두 마리를 가지고 나가, 긴요한 생필품과 바꿔오곤 했다.

　진 선생도 초등학교 다닐 때 달걀 한두 개를 가지고 학교 옆 가게에 가서 노트 1권이나 연필 두어 자루와 맞바꿨던 기억이 있다. 그 시절 달걀은 그만큼 귀하고 가치가 있었다. 그 때문에 평소에 달걀 반찬은 엄두를 못 내었고, 어쩌다가 할아버지가 몸이 좀 편찮으시거나 하면 입맛 돌아오라고 수

란을 해 드리곤 했다.

초등학교 시절 방과 후에 귀가하면 조부모님과 부모님은 모두 논밭에 나가고 집이 텅 비었는데, 집 뒤란에서 암탉이 꼬꼬댁거리며 운다. 달걀을 낳았다는 신호다. 닭 둥지에 가 보면 보오얀 달걀이 동그마니 놓여 있다. 달걀을 손에 쥐어 보면 아직 따스한 온기가 그대로 전해진다. 대개는 달걀을 가져다가 달걀 바구니에 넣는데, 어떤 날은 보는 사람도 없겠다, 배도 고프겠다, 좀 망설이다가 날달걀을 위 아래로 구멍을 내서 쪽 빨아먹는다. 고소한 노른자 맛이 가히 일품이다. 그러나 그런 날은 저녁 내내 어머니의 눈치를 살피느라 안절부절못한다. 혹 어머니가 눈치 챘을까. 다행히도 그 때문에 진 선생이 어머니에게 꾸중을 먹은 적은 없었다. 지금 생각해 보면 어머니가 그걸 몰랐을 리는 없다. 진 선생 무안할까 봐 모른 체해 준 것이다.

소풍날에는 어머니가 도시락을 챙겨 주시면서,

"두 개는 담임선생님 갖다 드리고, 한 개는 너 먹어라!"

하고, 삶은 달걀 3개를 넣어 주셨다.

전에는 귀한 사위가 처갓집에 오면 장모가 씨암탉을 잡아 대접한다는 말이 있었다. 자급자족 중심이었던 농경 사회에서 반찬이란 게 김치나 새우젓, 한두 가지의 장아찌, 된장국 같은 것밖에 없는데, 어느 날 멀리 사는 사위와 딸 식구가 찾아온다. 지금처럼 전화가 있는 것도 아니고, 또 교통수단이 발달된 것도 아니어서, 예고 없이 방문한, 참으로 귀한 손님이다. 그 때 특별하게 별식으로 잡아 대접한 게 닭이다. 닭도 그간 시나브로 없어져서 이제 남은 게 씨암탉 서너 마리밖에 없는데, 그 귀한 걸 잡는 것이다.

진 선생이 중학교 2학년 겨울방학 때였다. K시에서 학교를 다니던 그는 방학을 맞아 곧바로 시골인 고향엘 갔다. 고향에 무슨 특별한 것이 있는 것도 아닌데, 그때는 왜 그렇게 간절하게 고향엘 가고 싶었는지 모른다.

그날은 동창 경남이네 부모님이 무슨 일 때문인지 집을 비우고 안 계셔서, 진 선생과 친구들은 그 집에서 난리를 치며 놀았다. 그러다가 누군가가 말했다.

"우리 배도 출출한데, 닭서리나 할까?"

갑작스런 그의 말에 그들은 금방 의기투합하여 의기양양하게 닭서리를 나갔다. 그들이 초등학교엘 다닐 때엔 수시로 서리를 하곤 했다. 그땐 간식이란 게 아예 없었고, 방과 후 집에 오다 보면 늘 배가 허출했다. 그들은 오뉴월엔 길 옆에 있는 감자밭에서 감자를 캐서 구워먹거나, 아직 덜 익은 보리를 구워 손으로 비벼 먹기도 했다. 고구마 알이 들 때가 되면 고구마를 캐서 길가 풀에 대충 흙을 씻고 날것으로 먹기도 했고, 무도 뽑아 먹었다. 감자나 고구마, 무만이 아니다. 방과 후에 소 먹이 꼴을 베러 망태기를 메고 나갔다가, 남의 밭에 주렁주렁 매달려 있는 오이나 가지를 따 먹는 것도 예삿일이었다. 별 죄책감 같은 것도 없었다.

그들이 닭서리를 하러 간 마을은 바로 아랫마을이었다. 아랫마을은 매일 그들이 학교에 다닐 때마다 지나다니는 마을이기 때문에 그 사정을 환히 알고 있었다. 그들은 우선 견고한 대문과 담장이 있는 집은 피하고, 싸리 울타리나 허름한 사립문이 있는 집을 택했다. 그런데 닭서리란 게 생각보다 그리 만만한 게 아니었다. 그들이 사립문 가까이 다가가면, 컹컹컹컹! 인기척을 느낀 개가 사납게 짖으면서 달려 나온다. 그러면 그들은 혼비백산하여 걸음아 날 살려라 하고 도망을 친다. 개 짖는 소리가 멎기를 기다려 다시 그 옆집으로 가면 또 개가 쫓아나온다. 나중에는 마을 전체의 개들이 함께 짖어댄다. 개들에게 쫓겨 마을 밖으로 나온 그들은 한참 후 다시 마을로 잠입한다. 싸나이 대장부들이 칼을 뽑았는데, 그깟 개한테 쫓겨 그냥 돌아선다는 게 말이 되나!

이번에는 진 선생과 경남이 둘만 특공대가 되어 들어간다. 두 사람은 마을 제일 끝에 있는 소단이네 집을 공략하기로 한다. 소단이네는 위아랫 마을에서 제일 가난하고, 소단이는 정신지체라서 학교도 안 다녔다. 그리고 소단이네는 사립문도 없고, 개도 없었다. 그들은 도둑괭이처럼 발소리를 죽이고 살금살금 집 옆 닭장으로 다가갔다. 그리고 조심스럽게 닭장 문을 열고 플래시를 비췄다. 토실토실한 암탉 두 마리가 횃대에 달랑 앉아 있었다. 그들은 그 두 마리의 닭을 잡아들고 개선장군처럼 돌아와, 닭을 삶아 먹었다.

다음날 마을엔 간밤에 살쾡이가 소단이네 닭을 물어간 모양이더란 말이 있었지만, 그뿐 그 일은 그대로 묻혀졌다. 아무 일도 아니었다.

그런데 그게 아무 일도 아닌 게 아니었다. 도시에서 학교를 다닌 진 선생은 1년에 기껏해야 대여섯 번 고향을 찾곤 했는데, 소단이네 집을 지나칠 때면 불쑥 그때 그 닭서리 생각이 떠오르곤 했다. 이튿날 소단이랑 그의 부모가 텅 빈 닭장을 들여다보고 얼마나 속이 상했을까. 차마 아까와서 잡아먹지도 못하고 아끼는 닭, 이듬해 달걀을 안겨 병아리를 깰 씨암탉 아닌가! 진 선생은 평소엔 까맣게 잊고 있다가도 고향을 들를 때면 저절로 소단이네 집으로 눈이 갔다. 어린 시절 친구들과 장난한 것인데, 뭘! 그까짓 걸 가지고 이제까지 소심하게! 그는 소단이네 집 앞을 지날 때마다 약간씩 동계(動悸)가 높아지는 걸 스스로 달랬다.

진 선생이 처음 교사가 되었을 땐 보너스라는 게 없었다. 그러다가 10여 년이 되어 나라 살림이 조금 넉넉해지고 보너스라는 게 생겼다. 진 선생은 첫 보너스를 받자 그걸 봉투째로 가지고 고향으로 갔다.

마침 소단이네는 밭일을 나갔는지 아무도 없었다. 그는 방문을 열고 보너스 봉투를 놓았다. 봉투에는 "옛날 저희들이 닭서리를 했습니다. 용서해 주십시오."라고 써 넣었다.

고향에서 돌아오자 아내가 말했다.

"보너스 받아 부모님 용돈 드리러 갔다 왔어요?"

그는 아내에게 예전 닭서리 얘기를 했다.

"이제 마음에서 내려놓으세요."

아내는 웃으며 진 선생의 손을 꼭 잡아 주었다.

그렇다고 해서 진 선생의 마음이 가벼워진 것은 아니었다. 그것은 마치 옛날 죄인의 이마에 불로 지진 경(黥)처럼 그의 가슴에 언제까지나 선명하게 남아 있었다.

덕수 형

내가 초등학교에 다녔을 때 육촌 형 덕수는 우리 마을 아이들의 우상이었다. 덕수 형은 나보다 6살이 많았는데, 엄장이 보통 사람보다 훨씬 컸고, 주먹질 잘하고 힘도 장사라고 소문이 났다. 그때 우리 마을 처녀들이 영화를 보러 읍내 극장엘 갔다가, 읍내 소악패들한테 희롱을 당했던 일이 있었다. 그 말을 들은 덕수 형은 곧바로 읍내로 가서 1:5로 그놈들을 넙치가 되게 패주었다 한다. 그 일이 있은 후로 덕수 형은 틈만 나면 읍내에 가서 소악패들과 어울렸다. 소문으론 덕수 형이 그들의 우두머리 노릇을 한다는 것이었다. 어느 땐가는 읍내 경찰들이 덕수 형을 잡으러 마을에 나타나기도 했다. 덕수 형이 읍내 젊은이 한 명을 심하게 패 줘서 잡으러 왔다는 것이었다. 그때 덕수 형은 경찰을 보고 담을 뛰어넘어 뒷산으로 도망을 쳐서 잡혀가지 않았고, 그런 덕수 형은 우리들의 우상이 되었다. 우리들은 덕수 형이 다섯 명의 읍내 깡패들을 어떻게 제압했는지 손짓 발짓으로 흉내를 내며 형을 자랑스러워했다.

그런 덕수 형이 이웃 마을 순분이 누나와 그렇고 그렇다는 소문이 돌았다. 기껏해야 동식이네 누렁이와 후남이네 복돌이가 흘레를 붙었다는 게 얘깃거리가 되었던 우리들에게 두 사람이 연애를 한다는 소식은 단연 엄청난 화제였다. 우리 어렸을 적만 해도 남녀칠세부동석이라는 유교적인 인습이 많이 남아 있었고, 남녀간의 자유로운 연애는 상상하기 어려운 시절이었다. 그때 덕수 형보다 두어 살 위였던 우리 고모만 해도 선 한 번 보지 않고 어른들의 중매로 시집을 갔던 것이다. 그만큼 그 시절엔 연애라는 말도 낯설었고, 인근 마을에서 연애를 한 사람도 없었다. 그런데 덕수 형이 그 금기(禁忌)를 깨뜨린 것이다. 무언가 불온하지만 그렇기 때문에 더욱 매혹적인 것이 금기 아닌가.

순분이 누나는 시골 처녀답지 않게 얼굴이 뽀얗게 예뻤다. 인근 마을에서 인물 좋기로 소문이 났다. 그런데 그 순분 누나와 덕수 형이 연애를 하다니! 막연하게 이성(異性)에 호기심을 가졌던 우리들에게 그것은 일대 사건이 아닐 수 없었다. 얼레리 꼴레리! 얼레리 꼴레리! 덕수 성은 연애를 한다네! 순분이 누나와 그렇고 그렇다네! 우리들은 덕수 형을 보면 목소리를 맞춰 노래를 부르다가, 덕수 형이 쫓아오면 재빨리 달아나곤 했다.

"목숨보다 더 귀한 사랑이건만 창살 없는 감옥인가…"

부엌의 부지깽이도 일손을 거든다는 농사철에도 덕수 형은 농삿일은 아랑곳하지 않고 긴 머리에 포마드 기름을 멋지게 바르고 어깨를 건들거리며 당시 유행하던 노래를 흥얼거리며 읍내로 나갔다.

"덕수란 놈! 사람 되기는 다 글렀어! 그놈이 바로 깡패여! 깡패! 자네는 왜 아들놈 하나 잡도리를 못하나?"

마을 어른들이 갑수의 아버지를 꾸짖으면,

"자식도 품안엣 자식이지, 다 큰 놈을 묶어 놓지도 못하고… 어르신들 뵐 낯이 없습니다."

하고 고개를 숙였다.

내가 중학교에 다니던 때였다. 우리가 다닌 초등학교 옆에 커다란 농협 창고가 있었는데, 보리와 벼를 수확하면 정부에서 그 보리와 벼를 수매(收買)하여, 저장해 두는 창고였다. 그해 11월에도 여느 해와 마찬가지로 농협 창고엔 수매한 벼가 수백 가마니나 쌓여져 있었는데, 그게 하룻밤 사이에 감쪽같이 없어지는 일이 생겼다. 우리 면에서는 처음 발생한 대사건이었다.

그런데 며칠 후 덕수 형이 도둑놈으로 지목되어 형사들에게 잡혀갔다. 재판이 열렸으나 검사나 판사 모두 덕수 형에게 유죄를 때렸다. 덕수 형은 자기가 한 일이 아니라고 극구 발명했으나, 받아들여지지 않고 결국 감방에 떨어졌다. 변호사를 대느라고 내 5촌 당숙이 논까지 팔았으나 아무 소용이 없었다.

우리 마을 사람들도 다들 덕수 형이 그 일을 저질렀다고 생각했다. 우리 마을이 생긴 이래 감옥을 간 사람은 덕수 형밖에 없었고, 당숙 내외는 낯을 들지 못하고 지냈다. 우리 마을은 인근에 하나 있는 반촌(班村) 마을이었고, 다들 일가붙이 집성촌이라 더욱 그러했다.

덕수 형은 1년 8개월 동안 감방살이를 하다가 갑자기 석방되었다. 전북 정읍에서 농협 창고를 털다가 붙잡힌 놈들이 있었는데, 그놈들을 추달하다 보니, 우리 면의 농협 창고도 그놈들이 털었다고 자백을 했다는 것이었다. 덕수 형은 아무런 죄도 없이 그간 억울하게 콩밥을 먹었다는 얘기였다.

"아니, 덕수 형! 죄도 안 지었는데, 옥살이를 했다는 게 말이 돼?"

내가 어처구니가 없다는 듯 묻자,

"야, 말도 마라! 그 형사란 놈들이 냅다 조져대는데, 안 한 것도 했다고 해야지 별 수 없더라!"

"아니, 형, 평소에 제법 주먹깨나 쓴다고 어깨에 힘을 주고 폼을 잡고 다니더니! 그깟 형사놈들의 몰매에 안 한 도둑질을 했다고 자백을 했단 말이야?"

"너, 안 당해 보면 모른다! 그놈들이 숨도 못 쉬게 조져 대는데, 매에는 장사가 없어야! 금방 숨이 넘어가는데, 지장(指章)을 안 찍을 수가 있냐? 범인을 못 잡으니까 읍내에서 껄렁거린 나를 잡아갔던 거야!"

그때 나는 일제 식민지 시대도 아니고 대명천지 자유 민주 국가 대한민국에서 그런 일이 있었다는 게 이해되지 않았다. 그리고 덕수 형을 '겉똑똑이 바보'라고 생각했다.

그리고 한참 더 나이가 든 뒤에야 나는 그 일을 이해할 수가 있게 되었다. 대명천지 현대 국가에서도 여전히 그런 일이 일어날 수 있음을.

우리 시대의 영감님

심규식 지음

발행처·도서출판 **청어**
발행인·이영철
영 업·이동호
홍 보·천성래
기 획·남기환
편 집·방세화
디자인·이수빈 | 김영은
제작이사·공병한
인 쇄·두리터

등 록·1999년 5월 3일
(제321-3210000251001999000063호)

1판 1쇄 발행·2020년 11월 20일

주소·서울특별시 서초구 남부순환로364길 8-15 동일빌딩 2층
대표전화·02-586-0477
팩시밀리·0303-0942-0478
홈페이지·www.chungeobook.com
E-mail·ppi20@hanmail.net
ISBN·979-11-5860-910-8(03810)

본 도서는 충청남도 충남문화재단의 후원을 받아 발간되었습니다.